U0902910

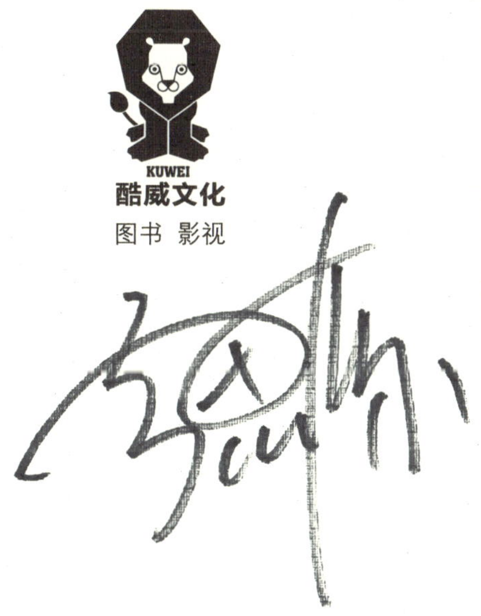
KUWEI
酷威文化
图书 影视

人生苦短甜长

安思源 著

四川文艺出版社

Contents 目录

楔子 徒劳的寒鸦

薛齐收到高中同学聚会的邀请时，他的第一反应是拒绝，原因很简单：他穷。

可他还是去了，原因也很简单：他穷得有骨气！

聚会地点是大学城里的一家小饭馆，连包厢都没有，他以前是绝不会光顾这种地方的。

如他所料，他才到就有人迫不及待地发难了……

“不好意思啊，薛大少爷，咱们这种人也去不起高档餐厅，只好让您屈尊了。”

说话的人叫施易，跟薛齐向来不太对付。

讽刺的是，此时此刻他竟觉得对方那副挑衅的嘴脸有些亲切，让他回想起了曾经那个不可一世的自己。于是，不需要刻意去演，他扬了扬眉，几乎条件反射般回敬道：“偶尔吃一两次也没什么，就当是尝鲜了。”

面前那些人互相使着眼色，眉宇间皆是掩不住的嘲讽，就像是在说——你家那点儿破事谁不知道，还有什么可装的。

然而，没人敢把这话说出口。

最终打破沉默的依旧是施易，他伸出手，豪爽地拍了拍薛齐的肩：“说得好！那这顿就由薛大少爷来请吧。”

这逻辑不对啊！他尝他的鲜，关他们什么事，怎么就该由他来请了？

施易压根儿没有给他反应的机会，自顾自地举起了手里的杯子，冲着其他人挤眉弄眼地吆喝：“都愣着干什么呀？赶紧敬薛大少爷一杯啊，虽说薛大少爷有钱，但请咱们吃饭也是情分，可得好好谢谢他才成。”

众人会意，连忙举杯，起哄附和。

薛齐有些尴尬，他穷啊，请不起啊！可是他穷得有骨气，不能丢了面子啊！

就在他骑虎难下不知道该怎么应对时，突然有个声音从身后传来……

“什么事这么热闹呀？”声音很甜，软软的，透着一种不谙世事的天真气息。

这嗓音太有辨识度了，薛齐很快便猜到了来人——封趣。

他脊背一僵，明显感觉到自己的心跳漏了一拍，这种反应与男女之情无关，是愤怒、不甘，是想见又不愿见的纠结。

他挣扎了片刻后，终究还是没忍住，转头看了过去。

映入眼帘的那张脸跟他印象中的并没有太大差别，一如既往地好看，是带有攻击性的那种好看，就像《洛神赋》里描写的那样：“丹唇外朗，皓齿内鲜，明眸善睐，靥辅承权，瑰姿艳逸，仪静体闲，柔情绰态，媚于语言。”

她什么都不用做，仅仅往那儿一站便能轻而易举地吸引无数人的目光。

按道理，像她这种长相是很容易招来同性妒忌和排挤的。

可奇怪的是，从小到大封趣的人缘始终好得出奇，至今仍是如此。

她的出现成功地将众人的注意力从薛齐身上转移，那些人争相跟她打招呼，其中最为激动的莫过于施易。

“封大小姐！你可算来了，我还以为你又要放我们鸽子了呢！”

这声“封大小姐”和先前称呼薛齐时的“薛大少爷”是截然不同的语气，没有丝毫恶意，反而透着讨好，像是被冷落了许久后在委屈地控诉。

“抱歉抱歉，来晚了，路上有些堵……”她边说，边拿起桌上的空杯子，给自己倒了杯啤酒，“我自罚三杯……”

大概就是这份豪爽让人讨厌不起来，她不矫情也不做作，无论对谁都笑脸相迎，却又保持着一定的距离，但总有一些人又自以为能突破那段距离，比如施易……

他伸出手，猛地按住了她的杯子，掌心牢牢覆在杯口上：“就你这酒量，三杯还不跟漱口似的？”

封趣有洁癖，这一点薛齐是清楚的，这杯酒她是绝对不可能再碰了。

可她连眉头都没有皱一下，笑靥如花地朝施易看了过去，一副很好说话的样子：“那我把这瓶啤酒给吹了？”

“少来，我看你就是口渴了想喝酒吧。”

“哈哈哈，这都被你看出来啦……”她想了想，道，“不如这顿我来请吧。”

薛齐默默地翻了翻白眼，都是套路，一个有洁癖的人怎么可能直接对着别人用手碰过的瓶口喝酒呢？

“哎，今晚还真轮不到你请，有薛大少爷在呢！”说着，施易指了指一旁的薛齐。

封趣像是才察觉到薛齐的存在，转头朝他看了过去，若无其事地招呼道：“呀，你回国啦？”

“嗯。”他别扭地挪开目光。

“什么时候回来的？”她继续问。

“快半年了。”

“工作找好了吗？”

“还没。”

有那么一刹那，薛齐甚至觉得面前坐着的是他家里的那些七大姑八大姨。

自从他回国起，只要家里有亲戚来，就免不了出现这种对话，接下来那些人多半会苦口婆心地教育他——你这样是不行的呀，不要总想着自己是什么海归，现在社会不同了，从国外留学回来的人比比皆是，你心态得放平，别高不成低不就的，不管什么工作先做起来再说，哪怕是去做保安、送外卖也好呀。这么大人了，有手有脚，成天待在家里靠你父母养哪成啊？

封趣并没有那么好为人师，她要比那些人简单粗暴得多：“那你哪来的钱请客？用你爸妈的钱吗？你爸妈也没什么钱吧，他们为了供你读书还欠了一屁股债呢。”

他胸口一闷却无言以对。

“不过以你爸妈的个性，你说要来同学聚会，他们多半还是会给你些钱的，但那是他们从牙缝里省出来的钱啊，你就这么肆意挥霍，良心不会痛吗？”

周围传来阵阵窃笑。

起先他们还算收敛，直到施易拍手称快，火上浇油地道：“薛大少爷，你这小跟班是要上天啊！”

“瞎说什么呢？”封趣瞥了他一眼，半开玩笑地道，“我早就不是他的跟班了，良禽择木而栖啊！”

这话让其他人也不再掩饰，窃笑变成了哄笑。

薛齐在那一张张尚透着稚嫩的脸上看到了“落井下石”四个字。

其中当属封趣的笑容最为刺眼，她大咧咧地拿起他的杯子喝了口饮料，歪过头看着他笑，笑容里有挑衅，还有逆袭后的快感。

这一刻，薛齐回想起了她曾说过的那句话——“穷得有骨气”，这句话本身就是个笑话。

第一章 农夫与蛇

中国市场越来越庞大，各大品牌也逐渐将全球最大的旗舰店落户于此，日本知名的顶级化妆刷品牌“增满堂”当然也不例外。

还有不到半个月的时间，他们筹备了近一年的全球最大旗舰店就要开业了。

身为“增满堂”中国区的市场部经理，封趣最近正忙着接待各大媒体，鉴于传统媒体和新媒体的切入点完全不同，所以光是媒体参观日他们就安排了五天。

今天是最后一天，来的媒体都是大流量的微信公众号和微博大V。

封趣给他们做了简单的介绍后便让助理领着他们去拍些照片，尽量满足他们的要求。

她打算忙里偷闲稍微休息一下，顺便再跟公关部的同事确认下需要发送给各大传统媒体的通稿。

店里二楼就有个休息区，打造得很有未来科技感。封趣刚坐下，助理急匆匆地跑了过来：“姐，有家自媒体说想要跟你单独聊一下。”

“哪家？”封趣得确定对方是不是值得她拨出精力和时间去接待。

“我闻。”

封趣听说过这个名字，这是近几年迅速崛起的自媒体App，起初只是微信公众号。这个公众号擅长用另类的方式来解读一些佶屈聱牙的财政类新闻，渐渐在金融圈中有了影响，但范围还是比较小众的。再后来这个团队开始做社会类新闻以及一些网络热点事件，知名度越来越高，建立了App之后又更加系统化了，用户量确实不小。

于是，她点了点头，示意助理把人带过来。

片刻后，助理领着对方走了过来，封趣赶紧起身迎接。

迎面走来的那个女人看起来应该跟封趣年纪差不多，留着颇为知性的及肩中长发，妆容精致，穿着白色的套装。高跟鞋声由远及近，很快这个女人便停在了她的面前，微笑着握了握她的手，做了个简短的自我介绍："封总您好，我姓吴，口天吴。"

"吴小姐，您好，我们坐下说吧。"她边说，边引着对方入了座，笑眯眯地道，"我跟你们家也算是打过好几次交道了呢，还是第一次见您，以后'增满堂'这边都是由您来负责对接了吗？"

"我算是创始人之一吧，已经很少直接对接客户了。"

"这样啊……"封趣略微愣了下，只不过是旗舰店开业宣传而已，需要劳驾他们的创始人亲自前来吗？她觉得有些困惑，但并未在脸上表现出来，"那我们'增满堂'今天还真是蓬荜生辉呢，没想到吴总会莅临。"

"嗯，我们希望能够做出有别于其他媒体的报道，所以就由我亲自来拜访您了。"

"哪里哪里，您打通电话就是了，应该我去拜访您才对。"封趣始终噙着客套的笑意，却又不希望在虚与委蛇上浪费太多时间，于是说道，"您想从哪里切入呢？我一定竭力配合。"

"那我就开门见山了……"她将手里的包放到了一旁，双腿交叠，调整出一个颇为惬意的坐姿，怎么看都不像是来采访的，语气也从刚才的客气变得有些咄咄逼人，"根据今年年初增满财团公布的财报显示，有 37.6%的销售额来自中国市场，这是不是你们选择把全球最大的旗舰店设立在中国的原因呢？"

封趣笑容不变："之所以会选择在中国设立旗舰店完全是我们增满社长的个人原因，他对中国文化一直有着浓厚的兴趣，相信您应该也能看出来，中国元素在我们的产品中是不可或缺的。比如说我们的高端定制系列，也就是大家说的'贵妇级小红刷'，其实它的全称是'犀皮漆朱柄化妆刷'，是由我们中国犀皮漆世家出身的萧湛负责制造的，每一把'小红刷'的刷柄都由他纯手工锻造，所以产量有限，说它们是艺术品都不为过。"

"那为什么所谓的'全球最大旗舰店'内没有副品牌'三端'的专柜呢？"

封趣脸色一僵。

"你们社长对中国文化有着浓厚的兴趣，却又偏偏不带我们中国曾经的民族品牌玩，这恐怕有点儿说不过去吧？”

吴小姐说这话的时候，口吻就像是在开玩笑，封趣却觉得她字字如针。

失态片刻后，封趣重拾笑意：“公司对‘三端’有其他的规划。”

“什么规划？”对方追问。

“这我暂时还不便透露。”

“是不便透露，还是压根儿就没有规划可以透露？”吴小姐冷笑道，“据我所知，当初‘增满堂’收购‘三端’就属于敌意收购的范畴了，您认为呢？”

“我认为您想多了，只是再正常不过的商业行为而已。”

“当时的‘三端’也推出了化妆刷，并且以物美价廉为优势开始逐步进入海外市场，可自从被‘增满堂’收购后，‘三端’就连在中国的市场份额都急剧缩水，难道不是为了给主品牌‘增满堂’让道吗？当年‘三端’的代工厂和销售渠道都已经被你们‘增满堂’控制了吧？”她仰了仰下颌，眉宇间满是挑衅，“综上所述，我认为‘增满堂’在那次收购案中看中的并非‘三端’这个品牌，而是它背后的市场份额及各种资源。你们那位社长有着浓厚兴趣的也不是中国文化，而是中国市场吧？”

“我想，您可能更适合跟我们公关部的同事交流呢。”说着，封趣想抬手把不远处的公关部同事叫来。

这已经不是市场部可以应付的范畴了，对方明显是带着敌意而来，她所说的每句话都有可能被曲解，这种时候没必要逞强，保持缄默并让专业人士去处理才是最合适的。

对方并没有拦她，而是不急不缓地从包里掏出了名片盒：“说起来，聊了这么久，我连名片都还没给你呢。”

封趣不太明白她的意图，但还是伸手接了。

出于礼貌，她低头瞥了一眼。

吴澜。

当这个名字映入眼帘时，封趣蓦然抬眸，眼神里写满了惊愕。

“你……”她显得不太确定。

“嗯，是你认识的那个吴澜。”面前的吴澜笑着点了点头。

“真的是你？！”对方变化也太大了！她完全认不出啊！

吴澜是封趣的高中同学，她们俩曾经好得形影不离。高三那年，她们之间发生了一些不愉快，绝交是吴澜提出的，那之后她们就再也没有说过话了。高中毕业后，大家各奔东西，两人自然也就没了联系。

封趣没想到，吴澜会以这种方式再次出现，甚至让人分不清她究竟是敌是友。

吴澜仿佛是看出了她在想什么，朝她一笑：“吓到了？刚才跟你闹着玩呢，这么多年没见了，还不允许我出场方式别致一点儿呀！”

“别致过头了啊，姐姐！”何止是吓到，要不是因为吴澜是“我闻”的人，封趣可能就直接叫保安来轰人了。

“还有更别致的呢。”说着，吴澜又从包里掏出了张请帖递给封趣。

珠光粉色的信封仿佛已经说明了很多事，封趣都还没打开就猜到了大概：“你要结婚了？”

“对啊。”吴澜笑得很甜蜜。

“恭喜啊，你这速度也太快了。”封趣打开了请帖，看清了新郎，话音一顿，转变成了惊呼，“施易？”

“嗯。”

“我的妈呀……你们俩什么时候……”她在想词，觉得用“勾搭”好像有点儿不礼貌，但除此之外她一下子又想不出更好的词来形容。

“说来话长，反正就是缘分吧。”

“回头有机会详细跟我说说啊……”今天这场合确实不适合聊这些，封趣小心翼翼地将请帖收好，郑重地道，“我一定会去的，会给你包个超大的红包。”

“你当然要来，不过红包就免了。”吴澜甜蜜地笑道，“伴娘哪需要包什么红包啊。”

“伴娘？”

“对啊。”

“我？”

“不然呢？”

这从惊吓到惊喜再到惊吓，封趣感觉自己有点儿承受不住啊！

“怎么了？不愿意吗？”吴澜小心翼翼地问。

“不是不愿意，只是……”她实在想不通，于是问道，“为什么会找我？”

“你结婚了吗？”

“那倒没有……”

“这不就结了。”吴澜明显松了一口气，“我们以前不就说好了嘛，谁要是先结婚一定要找对方做伴娘。”

没错，像这世上绝大部分的闺密一样，她们以前确实有过这种中二的约定。

她只是没想到吴澜居然还记得那些话，有些惊讶，更多的是感动。

于是，她格外用力地点头：“我做我做，这伴娘说什么都得让我做。”

“那就说好了啊。”

“嗯！”封趣咧开嘴，笑得格外灿烂。

封趣已经很久没有这么发自内心地开心过了，她觉得，可能就算是她自己结婚都未必会这么开心吧。

但这种开心并没有持续太久，随之而来的是种种诡异情形……

这是封趣第一次做伴娘，虽然毫无经验，但她至少知道别人家的伴娘不会连新娘的婚期都不知道，是的，她仔细看过那张请帖了，上面只有新郎新娘的名字，那张请帖看起来就像一份作废的草稿，没有结婚地点，也没有结婚时间。

别人家的伴娘应该也不会一个人去试伴娘礼服，嗯，一个人……

就在她答应给吴澜做伴娘的三天后，她突然接到了一个婚纱店打来的电话，对方声称她预约了今天下午六点到店里挑选伴娘礼服。

还有这种连她自己都不知道的预约吗？

她立刻打电话跟吴澜确认，得到的回复是：“对啊，忘了跟你说了，是我帮你约的，本来想陪你一块儿去的，但是就在刚才某位没事找事的流量小生忽然公布恋情了，我们得跟进报道，你一个人去没问题吧？”

有问题啊！她可是天秤座，出了名的“选择困难症患者”，让她挑东西等于要她的命啊！

不……重点不在这里……

重点是——有问题啊！她怎么觉得吴澜找她做伴娘有问题啊？

至于究竟是什么问题。她还想不明白。

忽然有双手从她身后伸出，打断了她的思绪，她下意识地往一旁挪了几步，并未太过在意，直到那双手从架子上取下了一件礼服递到她面前。

给她的？她愣了愣，困惑地抬头，朝对方看过去。

是个男人，一个从身材到长相再到打扮都精致得无可挑剔的男人。这个男人身材修长挺拔，站姿英挺，穿着样式简洁的黑色西装，露出来的衬衫领口和袖口都白得发亮，简直可以去拍洗衣液广告了。他还有着一双骨节分明的手，指甲修剪得很平整，也很干净，喉结有点儿性感，脸颊轮廓分明，鼻梁高挺，眉清目秀，连名字都很好听……

“薛齐？”封趣有些不敢相信自己的眼睛，语气里透着浓浓的不确定。

他弯起嘴角，浅浅地笑着，戏谑道：“这才几年没见就不认识了？”

七年，他们已经有七年没见了。

两人上一次见面是七年前的高中同学聚会上，那时候大家刚大学毕业，都还不太成熟，有一大半人是为了看薛齐的笑话才去的。各种或明或暗的嘲讽和挑衅过后，那些人也渐渐失去了兴趣，以至于除了封趣几乎没人察觉到薛齐的离开。

他走得悄无声息，没有和任何人打招呼，临走时还把单买了。

八百多块钱，说贵也不贵，但是以当时薛齐的经济条件来说那是一笔不小的支出了。

这个行为让封趣很生气，恨铁不成钢的那种气——从她听说薛齐也会参加聚会的那一刻起，她就猜到了他一定会逞强，果不其然，这个人是卸不掉那身少爷脾气的，那只好由她来卸了，可结果他就像个扶不起来的刘阿斗。

那之后，他们就再也没有联系过了。

其实，在那之前他们也已经很久没联系了。

薛齐理解不了她“留得青山在，不愁没柴烧”的想法，一如她也理解不了他“宁为玉碎，不为瓦全”的高傲，正所谓道不同不相为谋。

“怎么会不认识呢，只是……”最近是怎么了，她接二连三地碰到这种久别重逢的戏码。她想了想，还是觉得没必要跟他提起前些天碰到吴澜的事，想来吴澜和施易结婚也不可能会通知他，从别人嘴里听说，谁知道他会怎么想呢？于是，封趣堆起笑容，将话圆了下去：“只是没想到会在这儿碰上，你这是要结婚了吗？”

男人出现在婚纱店里就只有一种可能吧？那就是陪未婚妻来试婚纱。

薛齐跟她一样大，二十八岁了，也确实该结婚了。

可让她没想到的是……

他微微低下头，自嘲道：“应该不会有女人想要嫁给我这种连自己都养不活的人。”

这绝不是她印象中那个自信到甚至有些自负的薛齐会说出来的话。

他像是不觉得这话有什么不对，继续漫不经心地拨弄着架子上的那些礼服，头也不抬地道：“吴澜说她今天有点儿事走不开，让我来帮你挑一下礼服。”

“为什么是你？”封趣满脸惊愕。

原来他知道？不，不仅知道，他跟吴澜的关系似乎要比她更亲近？

他好笑地反问：“这种事不找伴郎难道让新郎来吗？”

“也是，”新郎单独陪着伴娘试礼服，这画面有点儿诡异啊。她下意识地点头附和，片刻后，才突然意识到不对劲，“你是伴郎？”

他漫不经心地“嗯”了声，又递了件礼服给她。

封趣下意识地接过，专心表达着她的惊讶：“吴澜居然找你做伴郎？”

高中三年，薛齐跟吴澜说的话加起来可能都不超过十句，他们是什么时候有交集的？又是什么时候交情好到足以被吴澜找去做伴郎的？

“是施易找我做伴郎的。”他耐心地解释着。

这更令她难接受了！

“很奇怪吗？”

“非常奇怪啊，你和施易……你们不是……”

她吞吞吐吐的，实在不知道该怎么形容这两个人的关系。

薛齐和施易在高中开学军训时就差点儿打起来，起因是封趣。

不要误会，并不是因为三角恋。

那时候的施易有着一腔疾恶如仇的热血，他坚持认定薛齐总是差遣封趣跑腿的行为已经构成校园暴力了，他必须为她出头。

好在封趣及时把教官找来制止了他们。

那之后，施易就把薛齐视为眼中钉，处处针对，逮着机会便挑衅。

这种关系一直持续到高中毕业，高考结束那一天，施易曾有过冰释前嫌的想法，还特意在考场门口等薛齐，义正词严地教育薛齐：“从今天开始我们就是大人了，要成熟一点儿，别再像小孩子一样只会用欺负对方的方式来表达感情，喜欢她就好好告诉她！”

当时封趣就在薛齐身旁，尴尬得满脸通红。

偏薛齐还转过头来，眼睛一眨不眨地盯着她看。

那道目光宛若质问，吓得她赶紧说：“看、看着我干什么？跟我没关系啊！我也不知道他为什么会有这种奇怪的想法，反正不是我灌输的！”

“比起这个，”薛齐有些困惑地蹙了蹙眉，问，“他是谁？”

那一刻，封趣深深地同情着施易，三年了，他一直认为的头号死敌竟然连他是谁都没记住。

就这种关系……施易居然会找薛齐做伴郎？而薛齐居然也答应了？

封趣觉得匪夷所思。

一旁的薛齐瞟了她一眼，问:“你到底想说什么？”

“我在想……”她眉目一凝，煞有介事地道，“吴澜跟施易这场婚礼根本就是寻仇大会吧！”

闻言，薛齐失笑出声:“你是做了什么天怒人怨的事以至于人家要拿自己的终身大事来寻仇？”

“我也不知道啊。”她一脸无辜，“可是除此之外我想不通他们为什么会找我们俩做伴郎伴娘呀？”

“吴澜说你们曾经有过承诺，若是有一方先结婚了一定要找另一方做伴娘。”

“她连这都跟你说啦，”看起来，这个伴郎跟新娘的关系要比她这个伴娘跟新娘的关系好多了！封趣有些不悦地撇了撇嘴，“就当是这样好了。那施易呢？他找你真的是太奇怪了。”

薛齐又塞了件礼服给她:“我们是同事。”

“啊？”她怔了怔，“你也在‘中林投资’工作？”

“嗯。”他细细打量着她的反应。

“那你还说什么养不活自己？”封趣瞥了他一眼，没好气地道，“你们做金融的不是工资都很高吗？尤其是‘中林’这种大公司……我看到吴澜在朋友圈里晒出来的钻戒了，都快赶上鸽子蛋了，超大颗，有这么大……”

她用手比画着。

前些天见面时她加了吴澜的微信，然后便兴致勃勃地看了吴澜的朋友圈，想知道吴澜这些年过得怎么样，想看看她错过的那些生活。

可惜，吴澜的朋友圈仅展示了最近半年的内容。

一旁的薛齐微微歪着头，眉目含笑，默默看着她比画的模样，直到她的话音落下，他才问道:“你喜欢？”

“这不是废话嘛，哪有女人不喜欢钻石的。”

“嗯。”他点了点头，柔声问道，“你的尺寸是多少？”

“什、什么尺寸？”联系上下文，他该不会是在问她戒围吧？为什么要问这个？因为她喜欢钻戒，所以他打算送她？不要闹啊！他们刚久别重逢，还不熟悉啊！

“衣服啊。”他手上拿着两条相同款式的礼服，在她身前比了比，“小号应该差不多。”

是在说这个吗？对于自己那些自作多情的想法，封趣有些羞愧，更羞愧的是……

“是中号……”她从薛齐手中拿过另一件明显大一码的礼服，默默地转身朝着更衣室走去。

封趣刚走进更衣室，薛齐就收到了一条微信，是施易发来的——

“见到了没？”

隔着屏幕薛齐都能嗅到那股浓烈的想要看好戏的气息。

他随手回了个“嗯”。

“怎么样怎么样？”施易追问。

“跟以前一样。”他依旧回得很敷衍。

“具体一点儿。”

“已经很具体了。”

“那你倒是跟我说说她以前什么样？”

这个问题简直一针见血，薛齐怔住了，不知道该怎么回答。

他第一次见到封趣是在电视新闻里，那一年，他六岁，她也一样。

新闻里说有个女孩被人贩子强行抱上了车，车子直接开往火车站，她没有任何求救的机会，那时候的火车站也没有现在这么多的警员，她根本找不到警察的身影。于是，她不声不响、佯装乖巧地由着人贩子拉着她买票、排队、进站。

因为她的配合，人贩子逐渐放松了警惕，她终于找到了机会。

她偷了一个路人的钱包，与其说是偷，不如说是明抢。

结果当然是被那个路人逮了个正着，她没有表现出丝毫悔过的意思，反而刻意地激怒对方，直到围观的人越来越多，大家都嚷嚷着让那个路人报警，人贩子一看情况不对便丢下她跑了。

警察来了之后，她才说出自己是被人贩子抱来这里的，并且清晰地说出了自己的家庭住址、就读的学校、家人的名字以及她父亲的工作单位。

媒体将其称为“教科书般的自救”。

薛齐记得，那天晚上他的父母看到这则新闻后脸色特别凝重，就好像险些被人贩子拐走的人是他。

那之后没几天，封趣就出现在了他家。

虽然新闻画面里那个女孩的脸部被打上了马赛克，但薛齐还是一眼就认出了她，因为她扎着同样的双马尾，甚至跟那天的穿着一样。

再后来，薛齐才知道，她是封叔叔的女儿。

封叔叔是他们家笔庄里的老笔工了，他去笔庄玩的时候见过几次，是个很和蔼的叔叔。

听说封趣两岁多的时候母亲就丢下了她，说是去西班牙打工，起初还会定期寄点儿钱回来，再后来就没了音信。大人们都说她妈妈多半是在那里结婚了，在那个年代，这是常有的事。很多人都劝封叔叔再找个人，也非常热心地给他介绍过几个阿姨，可他总担心封趣会被苛待，想来想去还是不打算再婚。

为了让封趣生活得更好，封叔叔下班后还会去打些零工，自然也就没时间照顾她了。

幼儿园离家不远，封趣都是自己去、自己回，那天她就是从幼儿园回来的路上被人贩子抱走的。

她自救时确实有着超乎同龄人的冷静，可她终究只是个六岁的孩子。那件事之后她就像一只惊弓之鸟，每晚都会做噩梦，甚至连家门都不敢出。封叔叔只好请假在家陪她，但也不能一直这样下去。

于是，薛齐父母主动提出让封趣在他们家借住。

其实这件事他父母很早之前就提过，只是那时候封叔叔实在不好意思麻烦别人。那次经历之后他怕了，也不敢再嘴硬了，但还是坚持每个月都会给他父母一些钱。

为了让封叔叔心里过得去，他父母便收了。

就这样，封趣在他们家一住就是十几年，即使后来封叔叔条件好些了，他父母还是找了各种借口把她留下，直到他父亲申请破产。

父亲的“三端笔庄”因为经营不善被日本的“增满堂”买下，自身难保的薛家再也庇护不了封趣了。

当时薛齐正在美国留学，收到消息后立刻办了休学，树倒猢狲散的场面是他预料之中的，他只是没想到封趣带着他父母亲自传授的制笔技艺义无反顾地去了“增满堂”。

冷血无情、忘恩负义、唯利是图？不，这些都不足以形容封趣。

她就像一条蛇，谄媚讨好无所不用其极，哄得别人将她放入怀中呵护，当汲取到足够的温暖后便会立刻反咬一口。

六岁时，她是这么对待人贩子的。

二十岁时，她是这么对待他父母的。

从小到大，她没有任何改变，包括善于伪装这一点。

封趣究竟是个怎样的人？他们所看到的恐怕都只是冰山一角，真正的她，也许从未在任何人面前显露过，包括他。

唰——

是更衣间的门被拉开的声响，很轻，但还是打断了薛齐的回忆。

他回过神，抬头看了过去。

封趣有些扭捏地走了出来，裙子大小还挺合适，贴身的设计凸显出她玲珑有致的身材，领口很低、裙摆很短。她不太自在地拉扯着礼服，可惜顾得了头就注定顾不了尾，裙摆拉长了，领口就更低了。

她挣扎了片刻后放弃了，转头征询薛齐的意见：“怎么样？”

人间尤物。

薛齐没有说话，表情也显得很冷淡，只是默默举起手机，对准了她。

封趣见状，猛地拉起一旁更衣间的帘子遮住自己，只露出头，警惕地看着他：“你干什么？”

“拍照。”他回答得理直气壮。

“就是问你为什么要拍照啊！”过于羞愤让她显得有点儿急躁。

“给吴澜看。”

合情合理。

“出来。”他转了转头，正义凛然，眉宇间没有丝毫邪念。

继续遮遮掩掩的话反倒显得她矫情了，于是，封趣往前走了几步，直挺挺地站着。她不爱拍照，姿势很僵硬。

片刻后，“咔嚓”声传来，她松了一口气：“好了吧？”

“嗯。”他点了点头，自顾自地打量着刚拍的照片。

“还要试吗？”她抱着些许侥幸，小心翼翼地问。

“当然。”

那头的封趣默默翻着白眼，无奈地看了一眼旁边的婚纱店店员，呢喃了句“不好意思”后，再次举步回到更衣室里。

就这样，封趣前前后后试了七八件衣服。

店员略显不耐的表情让她确定了一件事——别人家的伴娘是不会这么挑的！这都快赶上挑婚纱了！

“差不多了吧？”她看向薛齐。

听起来是询问，但她的语气很坚定，她累了，不想再折腾了。

“嗯，差不多了。”薛齐再次举起手机。

封趣见状，不由得蹙起眉头：“也不用每套都拍吧？既然吴澜让你来，那就说明她很信任你，是让你来做主的意思吧？”

“说得也是。”薛齐收起手机，想了想，做出决定，“那就第一套吧，挺好的。”

浑蛋！这是耍着她玩呢？

离开婚纱店的时候，封趣才明确意识到她是真的试了很久，天都已经黑了。

走在前面的薛齐推开门，朝她使了个眼色，示意她先走。

她有些警惕地瞪着他，每一步都走得小心翼翼。

“怎么？”薛齐笑出了声，“怕我突然松手？”

“这种事情你又不是没干过。”她没好气地说道。

小时候，那些商场为了防止空调的温度流失，总是会在门口挂上加厚 PVC 软门帘，而薛齐最爱干的事就是假惺惺地帮她掀开帘子，等她走到一半时再突然撒手，她至今都清晰地记得那种帘子弹在头上有多疼！

“放心吧，又不是小孩子了，谁还会玩这种无聊的游戏。”他信誓旦旦地道。

封趣信了他的话，以为他长大了、懂事了，结果——

他依然热衷于这种无聊的游戏！

她才抬腿，薛齐就松开了手，玻璃门朝她迎面而来，幸好门关得慢，她连忙伸手抵住。

恶作剧得逞，他在门外夸张地笑着。

封趣走出门后，没好气地瞪了他一眼：“你到底多大了？”

“这不是很久没见了怀旧嘛。”

“你的怀旧方式还真特别啊！”她咬牙切齿地道。

“好了好了，不闹了，”他看了眼手表，“都八点多了。你饿吗？要不要一块儿吃个饭？”

“不要。”她想也不想地拒绝了。

“干吗？怕我毒死你？”

“没错！”

“想太多，毒药很贵的，我可没钱买。”他不由分说地拉着她往前走，自说自话道，“吃火锅吧？据说附近有家火锅店还不错。再说我们那么久没见了，总得一起吃个饭吧。”

“改天吧。”封趣挣开他的手，“我还得赶回去遛狗呢。”

闻言，薛齐停住了脚步，惊愕地朝她看了过去：“你？养狗？”

“对呀，拉布拉多，超可爱的，我有照片，你要不要看？”看出了他眼里的不信任，她故意说道。

“好啊。”他挑衅地点了点头。

他太了解封趣了，她撒谎从来都不需要眨眼，信手拈来。

可让他没想到的是，她居然真的掏出手机、点开相册，翻找了起来。

片刻后，她把手机递到薛齐面前，边展示里头的那些照片，边滔滔不绝地说着：“它可黏人啦，我在哪儿它就跟到哪儿，特别喜欢守在我身边，我要是太晚回去的话，它还会生气，会故意把家里的东西咬得乱七八糟……”

薛齐狐疑地打量着那些照片，看背景确实是在家里拍的，甚至还有几张她跟狗的合照，有图有真相，极具说服力，但是……

“你不是怕狗吗？”他还是没办法相信，毕竟她小时候可是怕狗怕到不可理喻。

“自己养的有什么好怕的。”她嘴角挂着慈母般的微笑，看着手机里的那些照片，道，“之前家里进过贼啊，我就想养只大狗会安全一些。”

“为什么不干脆搬到男朋友家里住？”他问。

“就是因为没有男朋友才需要养狗。”

“你这话听起来很奇怪啊。”薛齐咋了咋舌，用一种诡异的目光打量着她，“你家的狗是公的吧？”

“是啊，怎么了？”

“你到底企图对它干些什么？”

封趣翻了个白眼，不想回答。

“放开它让我来吧……”

“薛齐！”她恼羞成怒。

薛齐发出一阵爽朗的笑声，伸出手，屈起指节，用力地弹了下她的额头：“那走吧，送你回去。”

他是真的好用力啊！这绝对是薛齐在弥补刚才没能顺利让门砸到她的遗憾！封趣疼得倒抽凉气，揉着额头，埋怨地瞪了他一眼：“谁要你送，我自己有车。”

“那你送我吧。”他倒是不客气。

“你的车怎么办？”

“装你的后备厢里啊。”

他指了指停在婚纱店门口的电动滑板车。

封趣愣怔着合不拢嘴，她知道这样不礼貌，但是太惊讶了，控制不住啊！

她甚至想过可能会是自行车，现实狠狠地击破了她的想象……他刚才到底哪里来的底气说要送她回家的？就拿这电动滑板车送？她坐哪儿？跟背后灵似的挂他背上吗？

薛齐看出了她的疑惑，主动解释：“本来打算叫出租车送你回去的。”

“比起这个，”封趣颇为纠结地看着他，“你跟我说实话，你真的是在‘中林’工作吗？确定不是为了面子骗我？其实你是个代驾吧？”

他眼眸一亮：“好主意。”

“啥？”

“以后下班之后我可以兼职去做代驾，应该挺赚钱的。”他煞有介事地点头。

他果然是在骗她啊。

坊间传言：“宁做乱世狗，不做‘中林’人。”

足见“中林”的工作量有多惊人，他居然还有时间做兼职？

封趣一直把薛齐送到了家门口，停下车后，她有些意外地看着面前的小区。

“你家就住这儿？”她的语气里充满了惊讶。

薛齐转头看她：“怎么了？”

“你还真是在‘中林’工作呀！”封趣发出感叹。

“嗯？”他有些不明白，她是出于什么原因突然就相信他了？

“这儿不是写着嘛——金融人才公寓。”封趣指了指小区外墙上的牌子。

这颇为随便的依据让薛齐失笑出声：“住在金融人才公寓里的人可不一定都是金融人才。”

“可是我听说这里不一样，必须得公司开证明才能租，还得是金融行业相关的公司。”

“应该是吧，”薛齐知道的还没她多，“这的确是公司提供的宿舍。”

“宿舍？”封趣略显夸张地喊了起来，“精装修 loft（阁楼）房型，上下加起来得一百多平方米了吧，超大落地窗，还有地暖！你管这种房子叫宿舍？”

“不然叫什么？”公司安排的难道不叫宿舍吗？

“在我的字典里，这叫豪宅！”

她看起来有些激动，惹得薛齐嘴角上翘：“你喜欢？”

“喜欢啊，我特喜欢这种 loft 房型。”她甚至开始畅想起来，“上面是卧室，下面是工作区。每天晚上在落地窗前，喝着咖啡，看着夜景，连熬夜加班都显得特惬意，就跟拍偶像剧似的。”

薛齐微微侧头，笑看着她侃侃而谈的模样，直到她说完后才问：“要上去坐坐吗？”

她愣了下，很快恢复了理智：“不用了。”

“嗯。”他点了点头，并未继续勉强，而是掏出了手机，“那加个微信吧。”

这听起来像是退而求其次的要求，让人不忍拒绝，更何况他还一脸“你要是不加我就不下车”的表情，她怎么拒绝啊？

事实上，这也确实不是什么过分的要求。

封趣很配合地取下了架子上的手机，扫了他的二维码。

他目不转睛地看着手机，直到“联系人”那一栏里亮起了红点，他迅速通过了她的好友申请后，才心满意足地收起手机，打开车门，叮嘱了句：“到家发个消息给我。”

“好。”封趣答应得很爽快。

然而，她到家后并没有立刻给薛齐发消息，原因是她家就在薛齐家隔壁的那个小区，她不想让他知道。

现在的薛齐到底是什么样的人、过着什么样的生活，她一无所知。这个她七年没联系的人，突然毫无预警地出现在她面前，她实在无法用“巧合”来形容这场重逢，总觉得有很多地方不太对劲，比如他跟施易的关系，比如吴澜找她做伴娘，比如让伴郎来陪伴娘挑礼服……

无论怎么看，这都像是一个精心设计好的局。

当然，也有可能是她想多了，但俗话说得好，防人之心不可无，在确定他并没有什么图谋之前，还是先尽量保持距离为妙。

于是，直到遛完狗、洗完澡，她才给薛齐发了条消息，假装刚到家。

让她没想到的是，他居然直接回了视频电话！

封趣吓得差点儿把手机给扔了，片刻后她才反应过来，赶紧把今天穿的那件外套披在了睡衣外面，好在没洗头，她稍微弄了下头发后，深吸了一口气，接通了他发来的视频……

“怎么了？”她尽量让语气听起来若无其事。

“激动。”

“激、激动什么？”

“我等了很久，但是又不敢主动给你发消息，怕会收到红色感叹号，这种情况下，总算收到你的微信了，你说我能不激动吗？”

“红色感叹号？”什么鬼？

“被对方拉黑之后，系统不是会发一个红色感叹号开头的提示信息吗？”

原来是这个意思，封趣笑出了声：“我怎么可能拉黑你。”

“嗯，我信你了。”他弯起嘴角，笑得竟有些可爱。

封趣下意识地挪开目光：“那我挂了啊……”

“等一下，”他抿了抿唇，咕哝道，“不能再聊一会吗？”

“聊什么呀？”

他想了会儿，突然问：“对了，你家那只狗呢？”

“这才是你发视频过来的真正原因吧！”嘴上说着信她了，可事实上对于她养狗这件事他仍然抱有怀疑。

他噙着笑，并不否认，反而咄咄逼人地追问：“所以，狗呢？”

封趣转头，冲着阳台的方向怒气冲冲地吼道：“海苔！过来！”

没反应……

她号称很黏她的那只狗只是懒懒地抬眸瞥了她一眼，却丝毫没有要过来的意思。

“养不熟的狗东西。”封趣轻声骂了句，认命地站起身，走到阳台上，为了能够让这只狗东西入镜，她索性坐在了地上，抬手强行把它搂了起来。

“居然还真养了只狗。”

她听到手机里传来了薛齐的嘀咕声，不禁朝他愤愤地瞪了过去：“现在你信了吧？！”

让封趣没料到的是，手机里的薛齐的表情忽然严肃了起来：“也就是说，之前家里进过贼也是真的？”

“对啊。”她说的话的可信度到底是有多低啊？

“你当时在家？”

“嗯。”

“然后呢？”他追问。

然后？然后就说来话长了。

事情就发生在去年梅雨时节，那天晚上特别热，但又还没到开空调的季节，封趣也还没来得及换夏被。睡到半夜的时候她被热醒了，迷迷糊糊间就觉得床边站了个人，这感觉让她骤然惊醒，可她下意识地没敢睁开眼睛。

那个人似乎也很紧张，她听到了很沉重的呼吸声，忽远忽近，最近的时候她觉得对方甚至已经凑到了她的面前，那张脸就那么贴着她，仔细分辨着她是不是真的还在睡着。那会儿她还很乐观地想着——幸好她花大价钱买了双层遮光窗帘，房间里很暗，对方应该看不清她全身上下浮起的那层鸡皮疙瘩。

这个过程并没有持续太久，可能连一分钟都不到，但对于她而言格外漫长。

再后来，那个人蹑手蹑脚地离开了，还替她重新关上了房门，可她仍旧不敢放松。

一直熬到天亮，八九点的时候，她的窗外传来了各种人间烟火的声音，她才敢打开房门查看情况。出乎意料的是，一切如常，家里甚至没有明显的被人翻找过的痕迹，以至于她一度怀疑自己可能只是做了个梦。

可是那天中午的时候她接到了民警的电话，说在七楼的窗台上发现了她的护照夹，那个小偷不止偷了她一家，而是偷了整栋楼，但凡窗户没锁的他都进去了。多半是小偷从窗口逃跑时不小心把她的护照夹落在了七楼的窗台上，警察希望她回去后尽快清点一下，看还有没有其他损失，有的话立刻跟他们汇报……

之后警察又走程序般安慰了她一会儿，让她不要害怕，他们保证会尽快破案、加强管理等。

后来，她时常会想，那个小偷站在她床边的时候在想什么？

每每想到这，她就觉得手脚冰凉。

“薛齐，你是不是故意的？还然后！”她咬牙瞪着那个让她回想起这些事的罪魁祸首，哼道，“大晚上的聊这些，你是存心不想让我睡了是吧？”

他显得有些委屈：“家里遭过贼这事是你主动跟我提的，我不过是关心你一下。”

“是我提的没错，可当时是在灯火通明、人来人往的大街上，而现在我可是正身处曾经的案发地点。还是一个人！”

“你害怕？”

“废话，我胆子小你又不是不知道。”

“这我还真不知道。”

“熊胆少女”，这是她当年刚玩QQ时薛齐替她起的网名，原因就是他觉得她胆子大得跟熊瞎子似的。

手机那头的他支着头，微微笑着，声音很柔：“怕的话就一直把视频开着好了，我陪你聊天。”

“神经病啊，手机不会没电啊！”

她嘴上虽然这么说着，却已经站起身四处寻找她的充电线了。

后来，他们又聊了很多，回忆了小时候的趣事，也说了一些近况。

他父母身体都挺好，日子过得不好也不坏，还能有点儿闲钱一年到头出去旅游几次，偶尔也会催他赶紧结婚生个孩子，甚至曾给他安排过一次相亲。对方是中医，说看他的面相就知道他体虚肾亏，忽悠他买了一些中成药，后来他才知道，那人根本就不是中医，是卖保健品的。

这次之后他对相亲有了心理阴影，他父母也没再勉强他，他的经济情况也确实不太适合娶妻生子，没房没车，工资也不算高，有几个女孩肯嫁呢？

嗯，当时他还只是个投资顾问，这职位听起来好听，实际上就是帮别人炒炒股票，底薪不高，全靠提成。但这几年股票市场不好，公司都快经营不下去了，基本工资都欠了他好几个月。年初的时候，经过施易介绍，他跳槽去了“中林”。

他跟施易现在关系还不错，听说是因为他曾经有段时间连吃泡面都不敢买桶装的，于是他辗转找到了施易，为之前的年少气盛道了歉，同时还提出了“我想了一年多，可是想不通，当时同学聚会的那顿饭凭什么得由我来买单？明明说好AA制的，其他人也就算了，但你的那份钱麻烦还给我”，施易还真给他了，从那之后，他们就一直保持着联系。

这不像是薛齐会干出来的事，可是他说：“人一旦到了山穷水尽的地步，别说是骨气了，就连底线都可以不要。”

这也不像是薛齐会说出来的话，倒像是她会说的。

曾经她以为她和薛齐道不同，如今看来，人生从来只有一条道，只是有些人运气不好，早早就被丢进江湖里厮杀，从小练就了一身本事；有些人则运气超好，这辈子都不需要涉足江湖。至于薛齐，他属于运气极差的，养尊处优的大少爷，不过是想去遛个弯，剑都未佩，出门便是江湖，回头却已没了退路。

她想着想着，眼皮越来越沉，含混不清地呓语着：“你居然变成了跟我一样的人……”

他曾说过，他讨厌她的现实、讨厌她的理智，甚至讨厌她为了活下去而不顾一切的姿态。

可最终，他还是变成了他曾经最讨厌的那种人。

就在封趣闭上眼睛，彻底失去意识之前，她仿佛听到手机那端传来薛齐冰凉的声音，他说：“也许吧，但不是每条蛇都会去咬救过自己的农夫。”

封趣本以为，那天之后，她和薛齐之间的联系会变得频繁，然而并没有。

有时候他会好几天不联系她，有时候又会跟她聊上一整天……他的这种时隐时现把她搞得有点儿神经质，不知道什么时候开始，她会经常看手机，看到微信消息就会有点儿激动，如果是他发来的，她会情不自禁地笑，如果不是，她脸上会有明显的失落……

封趣自己并未察觉这些变化，但旁观者清。

于是，最近“增满堂”中国分公司流传着不少关于封趣的八卦，一言以蔽之——

“他们说你谈恋爱了。”汇报完工作后，助理童佳芸没急着离开，而是向封趣总结着近来听到的种种传言。

正忙着将文件归档的封趣愣了下，目光从电脑上转向面前的助理：“我？谈恋爱？”

这有点儿新鲜。

“增满堂”的中国分公司两年前正式成立，那时候封趣才二十五岁，空降成了中国区市场部经理。在此之前，因为还有学业要完成，她只是“增满堂”日本总公司里一个不起眼的实习生。

无论是从年龄还是资历来看，“中国市场部总经理”这个头衔都跟她不太相衬。

于是，各种传言蔓延开来，有些人觉得她和增满正昭一定有不为人知的交易，有人觉得她是增满正昭在中国的私生女，更有甚者觉得她是增满正昭花钱“栽培”的公关……

总而言之，“增满正昭”是她身上长久以来被印下的标签，“恋爱”这个词还是第一次跟她有关系。

从某种意义上来说倒也不算坏事，至少让她听起来像个正常的二十八岁的女人了。

“这次的传言连我都觉得有理有据呢！”说着，童佳芸忍不住瞥了眼封趣丢在办公桌上的手机，“你最近要么就是对着手机傻笑，要么就是对着手机发呆，整个人看起来患得患失的。”

封趣仔细回想了下自己最近的一言一行，觉得并没有那么夸张：“我不过就是跟朋友聊聊微信而已。”

“什么朋友呀？”童佳芸试探性地问道，“萧总？”

“我除了他就没其他朋友了吗？”封趣没好气地回道。

“我倒是希望你有，越多越好，”童佳芸突然停下，纠正道，“不对，这种朋友在精不在多，有那么一个能气死那台‘人形打桩机’就可以了。”

封趣失笑。

“人形打桩机”是童佳芸为萧湛起的绰号，不过她也就私底下叫叫，见了面还是会恭恭敬敬地称呼他为“萧总”。

“你别笑，我说真的……”童佳芸一本正经地分析起来，“萧总这种男人我见多了，他就是吃定了你喜欢他、非他不可，不拒绝也不接受，吊着你。对付他就得用激将法，得让他知道你也是有行情的，他要是再这么有恃无恐，你随时可能转移目标！”

“好的好的，我知道了。”封趣点头。她已经掌握跟助理沟通的技巧了，附和远比反驳省力。

当然，童佳芸也已透彻了解这位顶头上司了。她抿了抿唇，委屈地咕哝：“你在敷衍我。”

“没有……”话音未落，封趣的手机响了起来。

是薛齐打来的，这好像还是他第一次给她打电话。

“喂？”她语气里透着一丝不确定，甚至怀疑他是不是按错了。

“晚上有空吗？”手机那头传来薛齐的询问声。

“有啊。”她想也不想地回道，随即想起了童佳芸刚才说的传言，后知后觉地矜持了起来，“是……是有什么事吗？”

“今天不是你生日吗？”

“啊？”她愣了下，瞥了眼办公桌上的日历，“还真是呢。”

那边传来薛齐的轻笑声，听起来他好像心情很好：“想吃什么？”

“你要请我吃饭吗？”

“你想请我也可以。”

“并不想。”

“嗯，那就我们请吧，吃什么你定。”

封趣敏感地蹙起眉头：“我们？还有谁？”

“吴澜和施易，刚好他们也想见见你，还得跟你聊一下婚礼上的细节。”

什么谈恋爱啊！事实证明，完全就是那些人吃饱撑的想太多，而她居然也被带跑偏了！

“还是说你想单独跟我吃饭？”薛齐的调侃声传来。

她翻了个白眼，整个人显得自在多了：“吃什么我无所谓，还是你们定吧，我这边随时能走，你们确定了餐厅跟我说一下，我算一下过去需要多少时间。”

“那你过五分钟下来吧。”

“下、下去？”

“我刚好在你们公司附近。”

“啊？”

“怎么了？”

“没、没事，我这就下去！”

怎么可能没事？这可是“增满堂”啊！他来干什么？自虐吗？

即使隔了那么多年，该放下的也都已经放下了，可是当他置身“增满堂”的办公楼前，难免还是会唏嘘吧？换作是她的话，多待一秒都会觉得是煎熬。

一想到这，她连忙起身收拾东西，片刻都不想耽误。

这火急火燎的模样点燃了童佳芸的八卦兴趣，她兴冲冲地凑上前打听：“谁打来的呀？”

封趣正忙着，随口回了句：“朋友。”

“哦——”童佳芸把尾音拉得很长、眉毛挑得很高，“男朋友啊？”

“是男性朋友。”

“男朋友就男朋友呗，还非得加个‘性’字来秀恩爱。”

她还真是请了个不得了的助理啊！封趣碍于时间紧迫，懒得跟助理争论，把笔记本电脑塞进了包里后，抓起外套，夺门而出的同时冲着童佳芸交代了一句：“我先走了，你没什么事也早点儿下班吧。”

“嗯嗯！”童佳芸开心得直点头。

这可是她这一个多月以来第一次准时下班啊！仅凭这一点，她就决定无条件支持那位神秘的“男性朋友”！

封趣刚走出公司大楼就瞧见不远处停着辆保时捷Panamera（帕拉梅拉），宝蓝色的，还挺吸睛。

薛齐就坐在那辆车的驾驶座上，冲着她招了招手。

她走过去，随口问了句：“你的车吗？”

“嗯。”他点了点头。

“嗯？”她一愣，没想到会是肯定的答案，她本以为这可能是施易的车。

他又“嗯”了声，探出身体查看了下车身，随即不解地看向她：“有什么问题吗？”

当然有！说好的连自己都养不起呢？敢情他所有的工资都用来买这车了，所以才会养不起自己吗？可是上回见面时他没这么浮夸啊！哦，不，严格说起来，他当时也挺浮夸的，节俭得很浮夸！

想到这，封趣忍不住好奇：“你上回那辆电动滑板车呢？”

“在家啊。”他若无其事地回道。

“我是说，”封趣深吸了一口气，为了不让他有机会继续避重就轻，索性直接问了，“为什么上次放着 Panamera 不开要骑滑板车？”

“哦，开腻了，换换口味。”

怎么说呢，虽然眼前的他和上次见到的他有点儿判若两人，可她竟然觉得舒服多了，这种欠到让人忍不住想要打他的作风才是薛齐应该有的。

后座的车窗慢慢降下来，施易从里头探出头来，招呼道：“哟，封总，好久不见，别来无恙啊！”

封趣回过神，朝后座看过去。

确实是好久不见了，但施易跟以前相比并没有太大的变化，只是换了个发型，打扮和气质都成熟了些。

他身旁坐着吴澜，冲着封趣笑了笑。

和上次见面时不同，今天的吴澜打扮得很随意，穿着 over size（过大的）的卫衣，那头及肩长发扎成了丸子头，看起来年轻了不少，竟让封趣有种回到过去的错觉。

“别愣着了，赶紧上车，这里不能停太久。”薛齐冲着她道。

“嗯。”她本能地走到副驾驶座。

在她打开车门的同时，薛齐将原本放在副驾驶座上的那个袋子拿了起来，直到她入座系好安全带后才递给她：“你的礼服。”

封趣点了点头，打开袋子，将那件礼服拿了出来，想稍微检查一下，免得到时才发现有问题。

但看着看着，她总觉得好像不太对，好一会儿后她总算发现了问题：“这不是我们那天确定的那件吧？”

“当然不是。”薛齐转眸瞟了她一眼，“别人结婚，你露胸露腿的是想去砸场子吗？”

“那还不是你挑的……”封趣没好气地嘀咕了一句。

吴澜好奇地凑了上去：“你们原来确定的是哪件？”

“咦？”封趣微微侧身，看向吴澜，“他没发照片给你看吗？”

“有照片？”施易朝薛齐瞪了过去，质问道，“你不是跟我说你没拍照吗？”

“你还管薛齐要过封趣的照片？”吴澜半开玩笑地揶揄了一句，“怎么着？旧情难忘啊？”

封趣有些尴尬，出于自保，只能帮施易圆场：“哪来什么旧情，他大概就是很久没见我了，纯粹好奇吧。”

“是这样没错！”施易信誓旦旦地点头。

这不是借口！绝对不是！

他承认，高中时他确实对封趣有好感，但那不过是“爱美之心人皆有之”罢了。

鉴于对方曾是他的女神，那么久没见了，他难免会有点儿好奇，也就只是好奇而已！

大家都是成年人了，吴澜不至于因为那些陈年旧事跟他小题大做，说到底，她能拿来开玩笑就代表早已不在意了，只是看到施易紧张辩解的模样觉得有些好笑，忍不住想逗逗他。

她逗得差不多了，象征性地瞪了施易一眼，没再计较。

施易刚觉得松了口气，薛齐就很不仗义地火上浇油，道：“为了你们的婚姻和谐，我把照片删了。”

“我还就不信了！手机！把你的手机给我！就算删了也能从最近删除里面还原！冲你这句话，我必须得看一下，得向我老婆证明我能够抵御一切诱惑！”施易边说，边凑上前，一半身体已经探到了前座，试图把薛齐放在手机架上的手机拿下来。

一旁的吴澜用力地把他给拽了回来：“少跟我来这套，别以为我不知道你在想什么！”

“我能想啥呀？我就是为了让你更加放心！”施易辩解道。

“我呸！你就是想看看能影响婚姻和谐的照片到底是什么样的！”

封趣噙着笑，转头看向窗外。

街边的风景她再熟悉不过，这是她每天上下班的必经之路，但今天显得不太一样，鲜活了不少。

这让她想起了她主动向増满正昭提出调派中国分公司时，萧湛曾问过她为什么要走。

她说：“我不喜欢日本，这里没有人间烟火的味道。”

他用一种完全无法理解的眼神看着她，问：“什么是人间烟火的味道？”

那时候的封趣答不上来，可是现在她知道了，车里的吵闹声、薛齐嘴角那抹幸灾乐祸的微笑、她手里那件保守得像修女服的礼服……这些都是人间烟火的味道。

他们选了一家港式餐厅，和一般的茶餐厅不同，这里环境古朴，露台的座位格外幽静。

大家点完菜后，吴澜忍不住看向对面的封趣：“你干吗一直这样看着我们？怪瘆人的。”

自从入座起，封趣就目不转睛地看着她和施易，脸上始终挂着慈母般的笑容。

“呃……我就是觉得有点儿新奇……”封趣回过神，有些尴尬地喝了口水，“没想到你们俩会结婚。”

刚才他们在后座，这种感觉还没有那么强烈，眼下这两个人就并排坐在她面前，看起来竟有几分夫妻相。虽然并没有亲眼见证他们相爱的过程，但只是这个结果也足以让她惊叹，当然，也是发自内心地替他们开心。

“哈哈……别说你了，就连我也没想到啊！”施易笑着挠了挠头，巧妙地把话题引到了封趣身上，“之前我总觉得吧，我们班要是真有哪一对能修成正果，那也一定是你和薛齐，没承想造化弄人，我和吴澜先你们一步啦。”

“嗯？”

困惑声几乎同时从薛齐和封趣口中飘出。

他们齐刷刷地扬了扬眉，不解地看着施易，表情非常统一地表达着——为什么扯上我？

这一刻，施易有种想要掐死薛齐的冲动。

封趣处在状况外实属正常，他凭什么？还真当自己不知道这顿饭的目的是什么吗？

在施易的怒视下，薛齐总算是接过了话：“我们还早，八字还没一撇，先聊你们的事吧。”

“对呀，还是说说你们吧。”封趣跟着附和，没等他们反应过来，就抢先抛出了问题，“婚礼在哪一天呀？”

“就这个星期六。”施易回道。

封趣下意识地“哦”了声，本来只是个引导性的问题，纯粹是为了避免施易再次把火烧到她身上，至于答案，她并没有太过在意。

片刻后，她才反应过来，惊道：“星期六？”

“嗯。”吴澜点了点头。

“那不就是后天？”她的声音比刚才还大了。

“对啊。”吴澜不解地看着她，“我给你的请帖上没写时间吗？”

“没有……”那就是张空白请帖，时间、地点，乃至新郎新娘的名字一概没有，所以她才一度以为吴澜是不是在跟她开玩笑。

“抱歉抱歉，我可能拿错了。”吴澜看起来很诚恳，甚至还有些紧张，“你周六该不会有事吧？”

“倒是没什么事，只是……”封趣皱了皱眉，略显愧疚，“我还没来得及准备。”

薛齐调侃道：“你又不是新娘，准备什么？”

“嗯，你别紧张。”吴澜紧跟着附和，“伴娘不止你一个，白天接亲、拍外景什么的你可以不用来，你酒量好，主要是想让你帮忙挡酒，所以就跟其他客人一样，晚宴的时候再来吧。”

“不止我一个啊……”封趣眨了眨眼，掩去眸底的失落，笑着看向一旁的薛齐，“你也只负责挡酒吗？”

他笑了笑：“我胃不好，不太能喝酒。”

“嗯……”她有一种奇怪的感觉，薛齐这个伴郎才是吴澜他们真心请的，至于她，大概只是拿来当挡酒工具的吧？尽管如此，她还是信誓旦旦地冲着吴澜保证道，“放心吧，我一定会把你保护好的！”

吴澜有些心虚，下意识地避开她的目光，轻声道：“那就交给你了。”

“没事。”封趣就像都没看懂一般，不以为意地笑着：“你把捧花留给我就成了。”

“捧花也已经被预订了……”

“这样啊……”尽管她已经很努力地想要装作若无其事了，可笑容还是僵住了。

气氛也随之变得有些尴尬。

见状，施易借着解围的名义顺势道：“你都有薛齐了还要捧花干吗？那种破玩意儿就留给有需要的人吧。”

“哈哈……”封趣重拾笑容，自嘲地摆了摆手，“别开玩笑了，我跟薛齐是绝对没可能的。”

“这可不好说，你不是也没想过我和澜澜会在一起吗？”施易煞有介事地总结道，“正所谓，世事无绝对。”

“我们跟你们不一样……”封趣咕哝道。

她也赞同“世事无绝对”这句话，地球有七十多亿人，只要是在对的时间、对的地点遇上，任意两个人都有相爱的可能，当然也包括她和薛齐。但是，很不幸，他们已经错过了发生那种化学反应的所有时机，错过了一见钟情，来不及日久生情，没机会水到渠成。

“是不一样。”吴澜忽然启唇，“我以前都没想过施易，你好歹还想过薛齐呢。”

封趣一愣，脸色略显尴尬：“我什么时候想过了……”

“你以前不是总说，你是为了薛齐才学制笔的，将来必须得让他娶你负责嘛。”

薛齐颇为惊愕地转眸看向封趣：“你还有过这种肮脏的想法？”

“纯属玩笑！”封趣一字一顿地澄清。

“那就好。”

“话虽如此，但你也没必要一副如释重负的样子吧？”很伤自尊啊！

他一脸无辜：“我有吗？”

“有啊！你刚才松了一口气啊！重重地松了一口气啊！”

他蹙了蹙眉头，似乎是在回想自己刚才的反应，片刻后道：“不好意思，本能反应，我没太注意。”

更伤自尊了！

这顿饭吃了一个多小时，婚礼细节倒是没怎么聊，大部分时间是施易和吴澜在忙着撮合封趣和薛齐。

听说当一个小团体产生了一对情侣，其他人就容易跟着进行排列组合，继而产生第二对、第三对……这是一种很普遍的团体依赖心理。

问题是，封趣很明显地感觉到，他们并没有把她当作小团体中的一员。

这种撮合到底是出于什么心态和目的，她实在想不明白。

明明身为另一个当事人的薛齐也算是表明态度了，但施易仍未放弃，直到离开餐厅时，还在寻找机会……

“啊，对了，封趣……”他一副突然想到什么似的表情，“你的车还在公司吧？”

“嗯。”封趣点了点头，“你们先回去吧，我得回公司取一下车，明天还要用呢。”

“那让薛齐送你呗，我刚好想跟澜澜散散步。”

“是啊，不用管我们。”吴澜很配合地演绎着夫唱妇随。

本来这个安排看起来挺合理的，但被施易和吴澜这么一闹反倒显得有些刻意。

封趣有些犹豫，婉拒吧，好像有些做作；答应吧，又有种说不上来的奇怪感觉……还没等她做出决定，手机忽然响了起来。

“我先接一下电话。”说着，她掏出手机，走到一旁，当看到来电显示后，眉宇间闪过一抹欣喜。

手机里传来一道慵懒的声音：“宝贝儿，有没有想我呀？”

实不相瞒，封趣的内心毫无起伏甚至有点儿想笑，经验告诉她，这句听起来颇为甜腻的话语背后代表着有求于人。

于是，她直截了当地问：“说，什么事？”

“机场出租车排队好长，你来接我吧。”

果然不出所料，但她内心还是起了一丝小波澜：“你回国了？”

“嗯。”

“先找个咖啡店坐一会儿吧，我现在就过去……”她想了想，道，“可能要四十多分钟。”

“你还没回答有没有想我呢。”

“不想。”封趣本想佯装无所谓的样子，但说完又怕电话那头的人误会似的，羞答答地补了一句，“有点儿。”

他笑了笑，轻声道：“我也是。”

手机那头陷入了静默，她大概是没料到他会给出这种回应吧？萧湛笑着挂断了电话。

他并没有立刻收起手机，而是忍不住又切换到了微信界面，映入眼帘的是一张照片和几张聊天记录截图。

照片是在公司楼下拍的，主角是封趣，她站在一辆宝蓝色的Panamera旁边，正在跟驾驶座上的男人说话。

那是个长得还不错的男人，萧湛从未见过，从封趣的表情看来也不像是客户。

那几张聊天记录来自“增满堂”中国分公司市场部的群，并不是官方内部群，而是个“民间组织”，就跟大部分公司一样，员工们总需要有个没有领导的群方便吐槽，但这种群里总会有那么几个跟领导通风报信的“叛徒”。换言之，这些聊天记录是群里的人发给萧湛的，这个群里没有封趣，当然也不可能有他，聊天内容倒是跟他们俩息息相关……

“我亲眼看到封总上了那个男人的车，看起来可亲昵了！”说这话的应该就是拍摄照片的人了。

“是男朋友吗？”

“肯定是，她最近老对着手机，不是发呆就是傻笑，怎么看都像是谈恋爱了。”

“封总不是喜欢萧总吗？”

“那个男人比萧总帅！”

萧湛不屑地嗤了声，将手机锁屏，塞回了口袋里。

帅有什么用？他还不是一通电话就把封趣给叫来了！

如果封趣真的跟那个“Panamera”在一起的话，那对方现在应该深刻领会到什么叫“不自量力”了吧？

想到这，他情不自禁地扬起嘴角，眉宇间透着得意。

第二章 你是阿拉丁吗

挂断电话后，封趣和薛齐他们匆匆道别。

当然，施易仍然想让薛齐送她，好在薛齐没有勉强，只是突然让服务员拿了个蛋糕递给她："我托附近的朋友帮忙买了放店里冰箱里的，本来打算走的时候再吃，既然你有事就带回去吃吧。"

"谢谢。"封趣本想推托。老实说，她拿着蛋糕走来走去也不方便，但最终她还是收下了。

直到她离开后，施易终于按捺不住了："你怎么就这么让她走了呀？"

"不然呢？你没瞧见她一副迫不及待的样子吗？"

"所以呀！你好歹也问一下她那通电话是谁打来的吧！"

"萧湛。"薛齐想也不想地回道。

"咦？"施易惊疑地问道，"你怎么知道？"

是听到封趣手机里传出来的声音了？不可能，纵然他耳力过人隔那么远都能听见，可是迄今为止，跟萧湛接触的人一直是施易，薛齐从来没听到过萧湛的声音。

"你不是说她喜欢萧湛吗？"薛齐漫不经心地道。

"我也是听'增满堂'的人说的，不知道是不是真的……"话说到一半，施易反应过来，"不对啊，这跟她喜不喜欢萧湛有什么关系？"

"我跟她朝夕相处了十几年，见过她笑、见过她哭，当然也见过她跟喜欢的人说话时的样子。"

"你这个推断太主观。"施易不赞同。

"我倒是觉得他的推断是对的。"吴澜给出了理由，"她以前跟3班那个校草说话的时候就是刚才那种表情。"

那是一种吴澜不知道该怎么形容的表情，眼睛在发光，眉间有羞赧，明明激动之情都快要溢出来了，语气却很平静，就好像是在心底反复告诫自己——不要自作多情，不要自作多情……

“怎么又冒出个校草？”施易皱着眉头问，“她以前不是想嫁给薛齐吗？”

“那的确是个玩笑，她以前还说要去 M78 星云的光之国找奥特曼结婚呢！”

施易憋着笑，伸出手，拍了拍薛齐的肩膀，用幸灾乐祸的语气安慰道：“别难过，你好歹也是能跟奥特曼一争高下的男人了。”

“比起这个……”薛齐看向吴澜，问，“校草不是我吗？”

“哎哟，我的天！”施易嫌弃地把搭在薛齐肩头的手收了回来，“我就不该多此一举，你这种人不缺安慰，缺脸！”

“不好意思，还真不是你。”吴澜没好气地白了薛齐一眼，“都说是 3 班的了。”

“3 班还有校草级别的男人？”施易认真回忆了一下，但还是一无所获。

“印好雨啊。”吴澜回道。

薛齐嘴角颤了颤。

“谁选的校草？瞎了吗？”施易也跟着说了一句。

薛齐情不自禁地点头附议。

“我哪知道，反正当时有很多女生喜欢他，”吴澜顿了顿，故意加重了语气以示强调，“包括封趣。”

“那家伙不是人称‘小薛齐’嘛，穿着打扮哪一样不是跟薛齐学的，恨不得一日三餐都跟薛齐吃同款，完全就是薛齐的影子啊。封趣是不是有病？放着正品不喜欢，居然去喜欢一个赝品，怎么想的？”

“她本来就有病。”薛齐嘀咕了一句，兀自站起身，“走了。”

“哎？就这么走了？”施易感觉今晚毫无进展啊，有点儿不甘心。

“不走干吗？留在这儿继续吃消夜？”

“不是……”确定不做些什么吗？人都约出来了，居然被萧湛截和，施易想想就憋屈。

他连办法都想好了，一会儿他给封趣打个电话，就说薛齐食物中毒送医院抢救了，命不久矣，想见她最后一面。

他的计划还没说出口，手机就响了，是助理打来的。

整个通话过程他几乎没说什么话，只是“嗯”了几声，但脸上的表情很凝重。

这让薛齐不自觉地站在了桌边。

施易挂断电话后，朝他看了过去：“得，还真让你说中了，萧湛回国了，提出要延后谈判，具体时间还没确定。”

“为什么突然延后谈判？”吴澜有些紧张地问，“该不会是突然不想卖了吧？”

“不会，留着‘三端’对他们没好处。”薛齐看了她一眼，解释道，“延后谈判是因为过几天‘增满堂’旗舰店开业，以他们之前的宣传造势来看，到时候股价肯定会涨，能趁机抬高价格。”

“何止啊，还能吸引其他对‘三端’有兴趣的公司入局，听说已经有几家公司向‘增满堂’抛出橄榄枝了，萧湛这次回国应该就是为了跟他们接触。”

吴澜皱了皱眉头：“那岂不是所有谈判策略都变得毫无意义，唯一的游戏规则就是价高者得了？”

“我老婆就是聪明。”施易赞赏地掐了掐她的脸颊。

“都什么时候了，你还有心情开玩笑。”吴澜扭过头，避开了他的手，“薛齐根本没有那么多资金去竞价吧？”

“确实没有，但是他玩游戏什么时候遵守过规则了？”说着，施易转头看向薛齐，道，“我先去查一下是哪几家公司。”

“嗯。”薛齐点了点头。

这确实不是什么好消息，但也是预料之中的事，应付方式他当然也是一早就想好的。如果能够通过谈判的方式和平解决当然最好，实在不行，他也有无数种方法让那些竞争者后院失火，无暇入局。

总而言之，虽然有些麻烦，却也不是什么太过棘手的问题。

与之相比，封趣这个不确定因素才比较让人头疼，也是薛齐目前唯一无法掌控的变数。

封趣刚到机场就看到了萧湛，因为他实在太显眼了。

他站在距离接机口不远的咖啡店门口，侧着身，肩膀靠在墙上，正在低头翻看手机。他穿着深咖色的薄款毛衣，外头穿了件驼色风衣，下身是样式简单的牛仔裤，裤腿往上卷了几层露出脚踝，配了双小白鞋。明明是很普通的打扮，但逆天的颜值还是为他吸引了不少人的目光。

封趣甚至看到走在她前面的那个女孩正在用手机偷拍他，他似乎也察觉到了，突然抬头朝手机镜头看了过来，略微愣了一下后，忽而一笑，很妖孽的笑容，更妖孽的是，他又低头在手机上点了几下，然后冲着那个女孩扬了扬手机，手机屏幕上是他的微信二维码。

那个偷拍他的女孩害羞了，连忙停止拍摄，低下头，抿唇偷笑。

萧湛收起手机，推着行李车，举步朝女孩的方向走了过来。

虽然看不见对方的表情，但封趣还是能透过那道背影感觉到那个女孩的紧张，那是一种既兴奋又期待的感觉。

然而，萧湛擦过她的肩，直直地停在了封趣面前，略显诧异地问："这么快？"

"路况还行，没怎么堵车……"

"你是想我想疯了，恨不得立刻飞奔过来见我吧。"他扬起嘴角，笑得很满足，像个如愿吃到糖果的孩子。

封趣觉得就像有支箭不偏不倚地刺入了她的心脏。

她忍不住瞄了眼刚才那个女孩，捕捉到对方脸上的尴尬和失落后，一股奇妙的优越感在她心底油然而生。

"别嘚瑟了。"萧湛伸出手，轻轻推了下她的额头，"赶紧送我回去把行李放了，我还约了朋友。"

"这么晚……你这是约的什么朋友啊……"她显然是有意见的，但又不敢表现得太明显。

"女朋友啊。"

"女朋友？"封趣愣了愣，半晌后才回过神来，"你那个1999年生的小女朋友来中国了？"

"那个啊，"他不以为意地撇了撇嘴，"早分了。"

"这么快？"距离他上次信誓旦旦地说找到真爱才过去一个月，这份真爱的保质期一如既往地短啊。

"快？对我来说度日如年好吗！"他有些激动，满腹的牢骚，"我跟你说，这女的简直有病！天天跑到公司给我送便当，如果只是普通便当也就算了，居然还是她亲手做的，而且还都很特别，有熊本熊、皮卡丘，还有 Hello Kitty！你说我一个大男人怎么在众目睽睽之下吃那种东西？我不要面子？于是，我就很委婉地告诉她以后不要这么辛苦了，你猜怎么着？她竟然给我跪下了，哭着说对不起给我添麻烦了！我能怎么办？我只好硬着头皮继续吃啊，都快吃成'增满堂'的笑柄了！"

"就这样？"

"何止！"他继续倾倒着累积已久的哀怨，"前阵子我感冒了，你知道她有多夸张吗？非得跑到我家来照顾我！"

"这不是很好吗？"

"她不准我下床啊，连厕所都不让我去，非得让我用尿壶！我只是感冒又不是半身不遂！这哪是女朋友，简直是南丁格尔啊！太高尚了，我觉得自己配不上她！"

"所以你就跟她分手了？"

"纠正一下，是她跟我分手的。"

"啥？"这个发展有点儿出乎封趣的意料。

"我说我得回中国工作了，以后有空了会回去看她的。她说这样太给我添麻烦了，还是分手吧。"

封趣愣了好一会儿才反应过来："你这不是找借口让对方提分手吗？"

"谁找借口了。"萧湛指了指面前的行李车，"我是真的被派回国了。"

封趣这才注意到，他有很多行李。

他在国内有房子，里头有足够的换洗衣物，她也会定期去帮他更换洗漱用品，所以以往回来他也就带台笔记本电脑而已，可是这一次……除了他随身背的那个双肩包之外，竟然还有三个行李箱，分别是 20 寸、26 寸、30 寸的，看起来的确是要在国内久留的样子……

"社长居然把你调回国了？"封趣仍旧觉得不敢相信，"为什么啊？"

“说来话长，明天再说吧。”他看了眼手表，“赶紧走吧，再晚他们就该散场了。”

封趣不情不愿地咕哝了句：“那你干吗不让你那个新女朋友来接你……”

“我想给她个惊喜。”

这还真是合情合理呢，所以她就活该给他当跑腿吗？

封趣还是忍住了，来都来了，还有什么好计较的，默不作声地领着他往停车场方向走去。

封趣直到把萧湛送到他家口，眼看他就要下车，连个温柔点儿的告别甚至是客套地叮嘱一句“开慢点儿”都没有，她终于还是憋不住了，突然轻声问了句：“你知道今天是什么日子吗？”

他顿了顿，眉心轻蹙，显得有些不耐：“什么日子？我们认识的纪念日，还是第一次说话的纪念日？怎么女人都爱搞这套，我还以为你跟那些无聊的小女生不一样呢！”

“今天是世界洗手日。”

“啊？”

“没什么，就是提醒你一下，记得勤洗手。”

“哦。”萧湛的表情可以用呆滞来形容。

直到下车他都没反应过来，世界洗手日关他什么事。

然而，封趣压根儿就没有给他问清楚的机会，他刚关上车门，她立刻踩下了油门。

太尴尬了！她都不知道自己的脑回路怎么长的，就为了证明她跟那些纠结纪念日的女人不一样，居然连世界洗手日都想到了！这是真的不一样了，一般女人哪有她那么白痴啊！

事实上，封趣也确实是个不在意纪念日的人，她甚至都不记得第一次见到萧湛是哪一天。她的生日原本她也不那么在乎，毕竟连十月怀胎把她生下来的人都不在乎，要不是薛齐提醒，她完全忘了。

她当然也没有想过要萧湛特意飞回国陪她过生日，可是，既然他都已经回来了，说一句“生日快乐”也好啊。

封趣刚把车驶入停车场，手机忽然传来微信提示音，她有些激动地立刻拿起查看。

可惜是薛齐发来的，询问她到家了没有。

她随手回了个“嗯”，转念一想又觉得不太好，似乎不应该把情绪发泄在薛齐身上，于是又补充了一句：“刚停好车，正准备上楼呢。”

“那到家了给我发个视频。”

“有事吗？”

“陪你吃蛋糕。”

她这才想起后座上还有蛋糕，忽然有点儿后悔，刚才就应该把蛋糕放在副驾驶座上的，这样说不定萧湛就能想起来今天是她的生日了！

到家后，封趣犹豫了下，最终还是给薛齐发了个视频。以他的个性，她要是超过十分钟不发，他应该就会主动发过来了。

她能够理解薛齐的心情，如果是她送了别人生日礼物，应该也想看到对方打开礼物时的表情。

于是她很配合地把手机架在茶几上，小心翼翼地打开了蛋糕：“蜡烛就不用插了吧？”

“插上吧，一年一次的许愿机会，别浪费了。”

“我从小到大许的生日愿望就没有一个实现的……”虽然嘴上这么说，但她还是把蜡烛插上了。

“那是你没把愿望说出来。”

“你当我是白痴吗……”封趣从茶几下拿出用来点香薰蜡烛的火柴，白了一眼手机那头的薛齐，“愿望说出来就不灵了，这是国际通用定律！”

“你不说出来，我怎么帮你实现？”

“怎么着？你是阿拉丁吗？”

“试试呗，说不定管用呢。”

“那我真试了啊……”说着，她小心翼翼地把点好的那支蜡烛插在了蛋糕上，像模像样地闭上眼睛，双手紧握，轻声道，“我希望‘三端’可以重新代表湖笔走出中国。”

那头的薛齐微微怔了下。

她吹灭了蜡烛，冲着他扬了扬眉，有些挑衅地问：“你能实现吗？”

他回过神，轻笑了声，调侃道：“你还是不是女人了？”

“怎么了？”她不解地问。

“别的女人的生日愿望都是些小愿望，你许那么大是想累死我吗？”

“不就是依靠自己的力量无法实现的事情才需要许愿吗？”他说的那些小愿望，她都可以靠自己的努力去实现，但有些事是她拼尽全力也无法实现的，比如让“三端”重整旗鼓。

薛齐并没有给出正面回答，而是岔开了话题：“切蛋糕吧。”

“嗯。”她也没再咄咄逼人，这对她来说是很难实现的愿望，对薛齐又何尝不是呢？

他的回避已经说明了一切，她没必要继续在他的伤口上撒盐。

蛋糕已经化了，切下去软绵绵的一坨，她费了很大劲儿才把它放到了一次性盘子里，忍不住犯起了嘀咕：“你也真是的，其实根本不需要买蛋糕嘛，请我吃饭就已经够了……”

“小时候不是答应过你吗？以后每年生日都会给你买蛋糕。”

封趣心头微微颤了下。

这话是薛齐六岁的时候说的，那是她在薛家过的第一个生日。那年的生日蛋糕是薛齐用他的压岁钱给她买的，听薛阿姨说他坚持由他来付钱，算是送给她的生日礼物，蛋糕也是他亲自挑的，一个铺满草莓的粉色蛋糕，看着就很甜。

她吃着吃着就哭了，尽管只有六岁，但那时候的封趣已经开始懂得控制情绪了，然而那一天她失控了。

在此之前，她从来没有过过生日，更没有蛋糕和蜡烛，也没机会许愿，当然也不会有一群人围着她唱生日歌。他们一个个笑得比她还开心，这是她第一次感觉到来到这个世界是件值得庆祝的事。

那一天，薛齐夸下了海口：“别哭了，不就是块蛋糕嘛，以后我每年都给你买就是了。”

直到他们失去联系前，他从未食言。

“中间空白的这些年，以后我找机会给你补上。”薛齐的话再次传来。

她回过神，哭笑不得地白了他一眼："怎么补？你想让我一次吃蛋糕吃到吐吗？"

"总有机会补的。"他意味深长地道，也没给封趣细究的时间，话音刚落就追问道，"蛋糕好吃吗？"

"嗯，很甜。"

"很甜吗？"薛齐微微皱了皱眉，"吴澜说这个牌子的蛋糕不甜啊。"

"你不懂，心理作用。"

就在刚刚，她还以为今天是个极其糟糕的生日。

当然，今天的生日确实挺糟糕的，所以这样的甜就显得尤其温暖。

封趣一直跟薛齐视频到凌晨两点多，其实也没聊什么，那之后他在忙工作，她窝在沙发上追剧，各忙各的，互不干扰，只是开着视频而已。

她快睡着的时候，薛齐挂断了视频，又给她打了个电话，提醒她回房去睡。

迷迷糊糊间她看了眼客厅的挂钟，凌晨两点半。

这一觉她睡得特别沉，一直到早上十点多才醒，还是被童佳芸接连不断的电话给吵醒的。

"你不会是还在睡吧？"她充满睡意的声音惹来手机那头童佳芸的咆哮。

"嗯……"封趣轻叹，翻了个身。她一边伸手去够床头柜上的闹钟，一边懒洋洋地问："怎么了？"

"赶紧来公司！出事了！出大事了！"

闹钟显示的时间是十点三十五分，封趣把闹钟放了回去，不以为意地问："什么事？"

"萧总回国了你知不知道？"

"就这事？"别说她知道，就算不知道，这也不是什么值得大惊小怪的事吧。

"看来是知道的了，听说是昨晚回来的，你们俩是不是已经见过面了？”

封趣翻身下床，朝洗手间走去，含混不清地“嗯”了一声。

“那他有没有跟你说社长打算卖了‘三端’？”

“你说什么？”封趣彻底醒了，蓦地停住脚步，整个人就像是被点了穴。

“我说！社长想要卖了‘三端’！这件事还是萧总主导的，他昨晚没有跟你提过吗？”

是的！没提！萧湛一个字都没提！

但现在显然不是计较这种事的时候，封趣冲着手机说了句“我马上就来”，也顾不上童佳芸的反应就放下手机，火急火燎地冲进洗手间，用最快的速度洗漱完。

直到她换好衣服出门，整个过程用了不到十分钟，这期间她脑子里就只有一个念头——果然她的生日愿望从来都不会实现！

封趣赶到公司的时候是十一点半左右，有些员工已经去吃饭了，童佳芸显然没心思吃饭，焦急地在公司楼下踱着步，一看见封趣的身影后就迫不及待地迎了上去。

“萧湛呢？还在公司吗？”封趣脚步没有片刻停顿，径直朝办公楼里头冲去。

童佳芸连忙紧随其后：“在呢，你先别冲动，有什么话好好说。”

“现在是什么情况？”她怎么可能不冲动！昨晚她还在幻想着“三端”能够代表湖笔走出中国，一觉睡醒就听说公司打算把这品牌卖了，这可是她坚守了整整七年的东西啊！

“总公司那边派了一个谈判小组过来，完全不让分公司这边的人参与，早上在会议室开了一上午的会，前台那姑娘进去送咖啡的时候听到了些，说是好像现在有好几家公司有意向，其中有一家两个月前就给‘增满堂’总公司那边发了收购要约书，就是价钱一直没谈妥。”童佳芸知道的也不多，打听到的只有这些。

“那为什么是萧湛主导？他不是向来只负责‘小红刷’那条线吗？”虽然萧湛有金融专业硕士学位，可毕业至今他几乎没有从事过与金融有关的工作，可以说是零经验，就算“三端”再不重要，增满正昭也不至于把出售案交给他啊。

“我跟总公司市场部那边的人打听了，他们也不是特别清楚，好……好像……”童佳芸欲言又止。

封趣皱了皱眉，逼问道：“好像什么？”

“好像这个出售案一开始就是萧总提议的……”童佳芸支支吾吾地道。

封趣陷入了沉默。

“他们也只是道听途说，还不确定……”

封趣看了她一眼，什么话都没说，兀自跨进了电梯。

电梯里还有其他人，童佳芸也不敢再多话，只能一遍遍地轻声提醒着封趣：“别冲动啊，千万别冲动啊。”

显然这种劝说没有任何效果，电梯刚到，封趣就气势汹汹地冲了出去，直奔萧湛的办公室。

这气场明眼人一看就知道有戏可看，于是无数双眼睛齐刷刷地追随着封趣，直到她跨进萧湛的办公室后，那些人瞬间围到了童佳芸跟前追问始末。

“什么情况？”

“出什么事了？这俩人居然也能杠上？”

“你们家封总不是向来对萧总唯命是从的吗？”

七嘴八舌的询问声吵得童佳芸头疼：“哎呀，赶紧工作去，没你们的事。”

人群中爆发出此起彼伏的不屑声，众人扫兴地散开了，童佳芸连忙探头探脑地朝萧湛的办公室张望。

其实她什么都看不到，办公室的门紧锁着，窗帘也拉得严严实实的。

办公室里，萧湛正在打电话，瞧见封趣后并未流露出丝毫惊讶之色，只是轻轻皱了下眉。

他早就料到她会来兴师问罪，只是无法认同她这种横冲直闯、门也不敲的方式。

他从办公桌上翻找出一个文件夹递给了她，用眼神示意她自己看，继续打电话。

封趣将文件夹接了过去，默默地翻看起来。那是份收购要约书，毕竟刚才童佳芸已经给铺垫好了，封趣没有太意外，真正让她脑中瞬间空白的是发出这份要约书的收购方——中林投资有限公司。

这才是薛齐他们突然组团出现在她面前的真正原因吧！

他根本不是打杂的员工，她甚至有足够的理由怀疑他才是“中林”背后操纵这个收购案的人！

可是昨晚，他跟萧湛一样，即使在她说出“希望‘三端’能够代表湖笔走出中国”的时候，他都没有提起过这件事。

“抱歉。”萧湛有些闷闷的话音突然传来。

“啊？”封趣略微回过神，抬起头，呆呆地眨着眼睛。

他已经结束了那通电话，正充满歉意地看着她：“我争取过了，可是这几年‘三端’的经营状况你也清楚，董事会那边一致认为尽快脱手是最明智的选择。”

封趣暗暗在心里冷笑着：“所以，这件事已经基本确定了是吗？”

“嗯，出售‘三端’已经是板上钉钉的事，谁都改变不了，不过具体跟哪家公司合作还没确定。虽然‘中林’那边的代表承诺了会好好对待‘三端’，但考虑到有很多人是收购之前各种承诺，收购之后又是另一张嘴脸，所以我们目前还在观望，正好还有几家公司也有收购意向，社长让我先回来接触接触，我会尽量给‘三端’挑选到最好的买家。”

“是出价最高的买家吧？”封趣终于忍不住讽刺道。

“确实也有这方面的考量。”这点萧湛并不否认，因为没有意义，封趣对增满正昭的了解一点儿不比他少，“但这也不是什么坏事，反正无论如何都是要卖的，能有更多的选择余地不是更好吗？”

“为什么这个出售案会是你负责？”这才是封趣最不能理解的地方。

“我好歹也是有金融专业硕士学位的人吧。”

“可你没有任何实操经验。”

萧湛挑了挑眉，有些不悦地问：“你是在怀疑我的能力吗？”

“我怀疑的是增满正昭的动机。”她冷静了下，尽可能理智地分析道，“这么多年了，你负责的一直是制作和营销，他不可能突然把你往这方面培养，更不可能拿上亿的项目给你练手。‘增满堂’人人都知道我喜欢你，他也不例外，让你负责就能更好地牵制我，如果我从中作梗，那就是跟你对着干。”

“那你会跟我对着干吗？”他说这话的时候，语气听起来很自信。

这种自信让封趣意识到他其实很清楚增满正昭的用意，甚至是心甘情愿地扮演这个角色。

她深吸了一口气，毫不犹豫地道：“我会。”

这个回答显然出乎萧湛的意料。

“‘中林’的收购要约书是两个月前发来的，整整两个月，你连提都没有跟我提过，为什么？不就是怕我知道以后会节外生枝吗？你把我当敌人一样防着，却要求我站在你这边，凭什么？就凭我喜欢你吗？那我告诉你，我没你想象的那么痴情也从来不是恋爱脑，儿女情长和家国情怀孰轻孰重，我还是会分辨的。”

萧湛目不转睛地逼视着她，问：“你想清楚了？确定要为了‘三端’跟我杠上吗？”

“那你想清楚了吗？你确定要为了讨好增满正昭跟我杠上吗？”

他陷入了沉默。

很多时候，沉默往往是最好的回答。

封趣嗤笑了一声，道：“既然立场不同，那就各凭本事。”

她撂下这句话后，转过身头也不回地走了。

萧湛这才发现，他极其讨厌看她的背影，总觉得透着一股他抓不住的决然。

当然，他从来不认为自己抓得住她，她只不过是明确地向他证明了这一点而已。

虽然话撂得够狠，但其实封趣心里一点儿底都没有，她完全不知道薛齐究竟是什么打算，接近她的目的又是什么……

她既不能左右增满正昭的决定，也不能让萧湛偏向“中林”，准确来说，他们都不会让她接触这个出售案。

也许，薛齐高估她了，以为她这个市场经理应该有决定性的作用。

她思来想去，觉得有必要跟薛齐好好谈一下，吴澜的婚礼无疑是最恰当的时机。

晚宴在一家距离市中心挺远的婚礼会所举行，封趣五点左右就到了。吴澜和施易还没开始准备迎宾，正在跟现场的婚礼督导沟通流程，签到台倒是已经搭建完毕。有几个人正聚在那边闲聊，从年龄上看，应该都是来帮忙的吴澜和施易的同事。

封趣找了一圈都没有发现薛齐的身影，目光便又一次回到了人最多的签到台处，犹豫着该不该先去签到打声招呼。

忽然，有个女孩注意到了她，和身边的人说了几句之后，微笑着朝她走了过来。

那是个很漂亮的女孩，很洋气，小麦色的皮肤，透着阳光的味道，很像热爱户外运动的人，手臂和小腿线条都很匀称。她穿着一件红色的短款抹胸礼服，大概是肤色的关系，那件礼服被衬得很艳。

从打扮上来看，这应该就是吴澜所说的另一位伴娘吧？

封趣情不自禁地跟对方比较起来，无论是颜值、身材、气质，她都完败了！

很快，那个女孩在她面前停住了脚步，笑着问道：“你好，你是来参加吴澜和施易的婚礼的吗？”

“嗯……”封趣都不好意思说自己也是伴娘了。

“他们现在有些忙呢……”女孩看了一眼不远处的吴澜和施易，转头提议道，“要不我先带你入席，一会儿正式开始迎宾了你再出来签到合影？”

她说话时一直注视着封趣的眼睛，声音不大不小但很好听，仿佛天生的领导者，让封趣不由自主地点头接受了她的提议。

于是，她领着封趣朝摆放在宴会厅门口的座位牌走去：“你叫什么名字？我帮你看一下安排在了哪一桌。”

“封趣，封建的封，趣味的趣。”她轻声道。

女孩蓦地停住脚步，转身朝她看了过来：“你就是封趣？”

封趣怔了怔，有些意外：“你认识我？”

“常听人提起。”她说着，目光由上至下地细细打量起封趣，眼神已经不像刚才那么友善，多了一丝明显的攻击性。片刻后，她移开目光，自言自语般咕哝了句：“长得也不是很漂亮嘛。”

“嗯？”封趣故意装作听不懂她的挑衅，一脸无辜地眨了眨眼，“有人说过我漂亮吗？”

四两拨千斤啊！

“其实我也没觉得自己漂亮，”封趣噙着不太好意思的笑容，道，“可能就是朋友之间的谬赞吧，你也别太当真了。”

“谁当真了？”女孩愤愤地瞪了她一眼，“没错，薛齐是说过你漂亮，可他也常说谁年轻的时候没瞎过眼。”

“薛齐？”封趣以为她跟这个女孩唯一的交集应该是吴澜，敢情那种莫名其妙的敌意是因为薛齐？

这么说来，这女孩该不会是喜欢薛齐，所以对她有什么误会吧？

说曹操，曹操到。

她正想着要不要问清楚，澄清误会，薛齐的声音在她身后响起……

“你去忙吧，我带她入席。”

封趣转身看了过去。

他看起来就像是刚睡醒一样，头发有些乱，说话的时候他正整理着衬衫领口。

他这话显然是冲着那个女孩说的，然而那个女孩就像是没听见一样，丝毫没有离开的意思，自顾自地跟他聊了起来：“你怎么不多睡会儿？五点半才开始迎宾呢。”

“睡醒了……”他回得心不在焉，正有些犯难地看着手里的领带。

就在封趣犹豫着要不要帮忙的时候，一旁的女孩已经走上前，朝他伸出手：“我来吧。”

薛齐愣了下，没料到她会这么做，但还是把领带交给了她。

她故意扫了一眼封趣，噙着一抹胜利者般的笑容替薛齐系起了领带。

封趣敢肯定，这女人绝对是故意做给她看的！刚才那个眼神，简直就像是正宫看“小三”！

“说起来……”薛齐边享受着面前女孩的伺候，边看向封趣，眉心轻轻蹙了一下，问，“你怎么来得这么早？”

当着那个女孩的面，她显然没法说想找他聊聊这种话，那样只会让误会更深。于是，她随口编了个理由：“我以为会堵车，就早点儿出门了，没想到路上还挺通畅的。”

“你……”他张了张嘴，还想再说些什么。

女孩强行把他的头掰了过去，不悦地嘟囔：“你能不能专心点儿？”

他皱了皱眉：“是你系又不是我系，我专心干吗？”

“专心看着我系啊。”女孩甜甜地笑着道。

“那你快点儿。”薛齐不耐地回道。

“知道了。”嘴上这么说着，可女孩完全没有加快动作的意思，甚至旁若无人地挑逗起了薛齐，指尖若有似无地从他的脖颈上滑过，媚眼如丝，吐气如兰，“我的口红色号好看吗？”

薛齐瞥了眼：“还不错。”

“想亲吗？”

演上瘾了是吗？

封趣听不下去了，开口打断他们道：“你们忙吧，我自己入席就可以了。”

没等薛齐开口，女孩就抢着说：“好啊，座位牌就在那儿，你自己找一下吧。”

“嗯。”封趣转身前，还是忍不住瞄了一眼薛齐，他完全没有想脱身的意思，自然不需要她解围了。

直到她跨入宴会厅，薛齐才拉开面前的女孩的手：“行了，别玩了。”

“到底是谁在玩呀？”女孩扬了扬眉，毫不留情地拆穿了他，“一个天天上班都要打领带的人居然不会系领带？你骗谁呢？可惜呀，人家封总完全没有想帮你的意思，我这是在替你解围啊！”

薛齐有些尴尬，下意识地想要去扯松领带。

“干吗？打算扯开让她再系一次吗？没用的，你又不是萧湛，人家不会理你的。”

他停住了动作：“你是要自己闭嘴，还是要我想办法让你闭嘴？”

“你不会真想亲我吧？”

薛齐懒得搭理她，兀自转身冲着不远处喊道：“施易，赶紧找个人把她的嘴堵上，吵死了！”

“哎呀，人家今天结婚，正忙着呢。”女孩暧昧地朝他抛了个媚眼，“我们俩的事情我们自己解决，不要去打扰别人，乖哈。”

“乖你个头！我们俩哪来的事情要解决？”

“你喊得再大声点儿封趣就全听见啦。”

薛齐倏然噤声，咬牙瞪着她。

女孩笑得很开心，能抓到薛齐的软肋着实不容易，够她玩一阵子了。

虽然听不清薛齐和那个女孩究竟在说些什么，但他们的笑闹声还是若有似无地飘进了封趣耳中，相比之下，这个宴会厅实在是太安静了。

其实里头还是有不少人的，一些婚庆公司的工作人员正在最后确认，灯光师在安装设备，音响师在调试，还有一些人应该是吴澜和施易的亲戚，算着桌上的酒水，摆放着喜糖。

总之，所有人都很忙，只有封趣显得特别闲，她想帮忙，却又不知道自己能做些什么。

她忽然觉得这场婚礼就像一场电影，而她不过是观众，还是走错放映厅的观众，兴致勃勃地入座后才发现这根本不是她想看的那部电影，离不了席也入不了戏。

直到六点左右，宾客们陆陆续续到了，她总算感觉到一丝热闹。

还得感谢吴澜没有把她安排到主桌，而是高中同学那一桌，至少面前坐着的那些人她都认识。

只是这份热闹并没有持续太久，他们的话题很快就朝着封趣不太想触碰的方向发展了……

“说起来，你们谁知道吴澜那个伴娘是谁啊？”说话的是坐在封趣对面的男人。

太久没见了，封趣一时想不起对方叫什么名字。

“怎么啦？你有兴趣啊？”有人调侃道。

“是有点儿，所以得问清楚呀，我看她跟吴澜关系倒是一般，反而跟薛齐形影不离的，万一是薛齐的女朋友……”他顿了顿，颇觉惋惜地摇了摇头，“朋友妻不可欺，这点儿道德观我还是有的。”

“这得问封趣了，薛齐的事她最清楚。”

自从那个男人问出那句话起，封趣就猜到了这把火迟早会烧到她身上，她早就做好了心理准备，于是，噙着微笑，若无其事地回道：“我跟薛齐也很久没见了。”

“对哦，听说薛家出事之后你们俩就闹掰了……”坐在封趣身旁的女人一惊一乍地道，“居然到现在还没和好？”

这个人封趣还记得，叫余莹莹，不仅是他们的高中同学，跟吴澜还是初中同学，因为吴澜的关系，封趣跟她还算不错。但是三个人的友情就像三个人的爱情一样，是长久不了的，总有一个人会被抛弃，而封趣就是被抛弃的那个。

虽然她不是很清楚中间究竟发生了什么，但她能隐隐感觉到，吴澜跟她绝交余莹莹绝对功不可没。

尽管如此，封趣从未想过跟余莹莹翻脸，以前没有，现在更不会了。

她笑容不变，应付自如：“都是成年人了，哪来什么和不和好的说法？只不过大家都有自己的生活了，总不可能还跟以前一样。”

“自己的生活？”余莹莹眼睛一亮，“这么说，那个女的真是薛齐的女朋友？”

姑娘，你是怎么得出这种结论的？封趣惊讶地看着她。

“真的假的？你们居然都不认识她？”人群中忽然有人冒出了这么一句话。

那种仿佛所有人都该认识那个女人的语气让封趣很不适，她谁啊，大大上头条热搜的女明星吗？

“我们应该认识她吗？”余莹莹哼了声，不屑地问，“她谁啊？”

果然只要立场相同，什么恩怨情仇都能放下，封趣简直想为她鼓掌了。

“崔念念啊。”刚才那个男人继续道，仍旧是“你们都是一群无知妇孺”的口吻。

这种ABB式的名字封趣倒确实知道不少，她身旁这位余莹莹就是，但唯独没有听说过崔念念。

那个男人急了：“哎呀，‘百媚生’你们总该知道吧？她是‘百媚生’家的千金！”

方才所有的不屑在这个真相面前顿时显得无比可笑，包括封趣在内，无数人被“打脸”了。

“百媚生”是老牌国产护肤品，在场每个人的童年里应该都曾有过它的痕迹，说是国民品牌也不为过，只是后来选择越来越多，国外品牌又都组团冲击中国市场，“百媚生”沉寂了很长一段时间。就在人们都快要遗忘它的时候，它打着情怀牌杀了回来。

大部分人认为“百媚生”的复活得益于它的营销团队，但封趣曾听萧湛说过，真正厉害的是背后替“百媚生”做IPO（首次公开募股）的团队。

作为一个老品牌，“百媚生”和以前的“三端”一样，存在着公司结构紊乱、账目审查不严、各路资本虎视眈眈等问题，可是“百媚生”的老董事长在这种情况下迅速上市、融资、重占市场并最终成功将公司私有化。

这其中的操作难度究竟有多大，封趣不清楚，她只知道，就连增满正昭都特意去打听过帮“百媚生”做IPO的公司，可惜一无所获。整个金融圈似乎没人知道那个谜一样的幕后之人是谁，甚至有人觉得那是老董事长的女儿所为，听说他的女儿是沃顿商学院毕业的。

所以这个神秘人物就是崔念念？吴澜的伴娘？薛齐的女朋友？

“哎哟，有钱人啊！”方才对崔念念兴致浓厚的那个男人忍不住酸了起来，“还是薛齐厉害，家里破产了就去傍个小富婆，这得少奋斗多少年啊！”

封趣回过神来。她向来对自己的表情管理很有自信，可是这次她居然没忍住，蓦地拧起眉头，下意识地维护起薛齐："他不是这种人。"

"他以前有钱当然不是这种人了，现在可不好说。"男人睨了她一眼，"你不是也很久没见过他了吗？"

"那又怎样？你没听说过'江山易改本性难移'吗？"薛齐的变化确实很大，可是本性不是那么容易改变的吧？

"我还听说过'由奢入俭难'呢，像他这种含着金汤匙出生的人，从小过惯了锦衣玉食的好日子，哪还受得了粗茶淡饭啊？可是自己又没本事，也就那张脸还能看了，除了吃软饭他还能怎么办？"

"你说谁吃软饭呢……"封趣倏地站了起来。

"封趣。"

她的话刚开了个头，就被一个轻唤声打断。

是薛齐的声音，她立刻转身看了过去。

他微笑着开口道："快敬酒了，吴澜让你过去。"

"哦。"她闷闷地应了声，不再争论。

薛齐并没有直接离开，而是客气地跟那些老同学寒暄了起来，包括刚才那个把他形容得很不堪的男人。他嘴上说着"招待不周"，但依封趣看，他还真是替施易和吴澜把这帮老同学招待得无比周到，伪善得连她都自愧不如。

不得不承认，那些人说的话也并非毫无道理，她确实不了解现在的薛齐。

面前的那道身影让她觉得无比陌生，原先设想好的那些话突然就说不出口了。

"那个……"于是，她选择了试探，"你有没有什么话想跟我说？"

"嗯？"他愣了下，停下脚步，转头目不转睛地看了她好一会儿，突然道，"我和崔念念只是朋友。"

"啊？"谁关心这种事啊！

"他们信不信不重要，但我希望你能信我。"

她微微震惊，问："那你呢？你信我吗？"

"当然。"他噙着微笑道，"如果连你都不能相信了，这世上我还能相信谁？"

这话真动听，可是封趣感觉不到丝毫真心，他就像是不称职的演员，敷衍地念着台词，笑容仅仅浮于嘴角，眼神是冷的，没有任何温度。

“哎呀，薛齐，可算找着你了！”突然有个声音传来。

俩人齐刷刷地转头看了过去。

来人是施易的妈妈，她隐约察觉到了他们之间的气氛有点儿不太对，愣了下，问：“呃……我是不是打扰你们了？”

“没事。”薛齐笑着问，“您找我什么事？”

“哦，我有个小姐妹有事来不了，让其他朋友给她带点儿喜糖回去，你们把喜糖放哪儿了呀？”施易妈妈问，然后偷偷打量着一旁的封趣。

“我去给您拿。”说着，他转头冲封趣交代道，“吴澜在新娘休息室里，你直接去找她吧。”

“好。”她点了点头，转身冲着施易妈妈礼貌性地笑了笑。

“辛苦了，辛苦了……”施易妈妈轻轻拍了拍她的背，顺势挽着薛齐朝宴会厅里头走去，一路上絮絮叨叨地说着什么。

他们看起来很熟悉，确切地说，薛齐似乎和施易的亲戚朋友都挺熟悉的。

封趣这才意识到自己太天真了，她低估了薛齐和施易的关系，没想到他会那么忙，婚礼根本不是谈话的好时机。

或者说，即使刚才他们没有被打断，她也不打算说些什么了。

薛齐根本就不相信她，就算她明确表示了愿意帮他，他也未必会对她说出实情。

既然他希望她当个傻子，她配合就是了……

崔念念支着头，像个观众似的看着隔壁那一桌。

有个跟施易差不多年纪的男人正企图拉着封趣喝交杯酒，那男人长得还挺帅，看着就是一副身经百战的模样，眉宇间透着些许不可一世的神色。这样的男人崔念念见多了，她平常打交道的那些富二代十有八九是这个德行。

看起来，封趣不是那个男人的对手，她始终保持着微笑，简直就是好脾气易推倒，总觉得下一秒她可能就会被生吞活剥了。

旁边还有个更加不擅长应付的……

“封、封趣，快走……”施易下意识地想跑，连声音都有些颤抖。

封趣略觉困惑地瞥了他一眼，转头看向吴澜寻求答案。

“他表哥。”吴澜凑到封趣耳边，压低声音道，“这货从小就被他表哥整，都有心理阴影了。”

“走什么呀？”对方端起了兄长的架势，一本正经地道，“还懂不懂规矩了？大喜的日子，怎么能连杯酒都不敬我？”

施易暗暗咬了咬牙，硬着头皮转身，一心想速战速决。

“谁要跟你喝。”他表哥没好气地白了他一眼，转头笑着看向封趣，“你叫封趣呀？”

“嗯。”她微微点了下头。

他加深了嘴角的笑意，轻声道：“真好听。”

“过奖了。”她礼貌地客套着。

“那陪我喝个交杯酒吧。”

得！又绕回来了！施易朝封趣丢过去一个爱莫能助的眼神，又顺势把想帮封趣的吴澜拉到了自己身后，尿归尿，老婆他还是得护着的。

“也不是不能喝，只是……”封趣抬了抬眼，媚眼如丝，粉唇轻启，“一杯酒而已，你能捞着什么好处吗？”

他略微愣了下，但很快便回过神来，重拾笑意：“什么好处不好处的，热闹热闹而已。”

“那多没意思。”封趣微微凑近他，提议道，“要不这样吧，交杯酒呢就先不喝了，来日方长……”

她将尾音拉扯得甜蜜而温柔，就像是卡布奇诺上面的那层奶泡一般，让人情不自禁地产生入口即化的遐想。她边说边伸出手，将对方手中的酒杯拿了过来，顺手拿起桌上的红酒瓶替他倒满酒，把杯子交给他的时候，他故意将掌心覆在了她的手上。

封趣仿佛早料到了他会有这种行为，连眉头都没皱一下，依旧直勾勾地看着对方的眼睛，把手抽回，但同时指尖又若有似无地跟他的指尖勾缠了刹那。

是在下输了！

他终于体会到人们常说的“心脏像被电了一样骤然紧缩”的感觉了，舒服得他瞬间就能脑补出一堆不可描述的画面。

“我陪你多喝几杯吧。”她用一种宛若枕畔低语的口吻，继续道，“就我这酒量，一会儿没准儿你就能捞着好处了。”

“好……好好……”施易的表哥被哄得一愣一愣的，显然已经彻底丧失了思考能力，傻呵呵地仰起头，把手里那满满一大杯红酒一饮而尽。

这一幕看得崔念念也有些丧失思考能力了。

她恍惚地看向身旁的薛齐，翕张着唇，欲言又止，神情看起来很纠结。

“你想说什么？”薛齐瞟了她一眼，问。

“本来是想说，你跟这种女人一起生活了十几年居然没死在她手上，真是不容易啊，但是仔细想想……”崔念念话锋一转，“你的段位也不低，她要是条毒蛇，你就是只毒蝎，你爸妈养着你和封趣是为了练蛊吗？”

他竟然不知道该怎么反驳。

确切地说，他是没心情配合她的玩笑。

他心不在焉，目光一直胶着在隔壁那一桌上。

崔念念也好奇地又看了过去，很快她就意识到薛齐不再继续置身事外的原因了……

很奇怪，明明那个男人已经完全被封趣蛊惑，像个傀儡似的任她摆布，她大可以立刻全身而退，又或者出于报复心理再多灌对方几杯……总之，那个人根本就没有多余的心力在意封趣是否在陪着他一块儿喝了。尽管如此，封趣却还是为自己倒了一杯又一杯的酒，大有奉陪到底的意思，直到吴澜找了个借口把她拉走。

可是，到了下一桌她仍然是来者不拒。

这不合常理，就凭她刚才上演的那一出，崔念念觉得她甚至有办法滴酒不沾地敬完这宴会厅里的二十多桌客人。

俗话说得好——事出反常必有妖。

她觉得马上就能发现是什么“妖”了，那头正跟吴澜辗转去下一桌的封趣忽然停住脚步，朝着她和薛齐所在的主桌看了过来。

片刻后，她直直地朝着他们走来，很快就停在了主桌旁边。

崔念念觉得自己就像是空气一般，封趣没看她一眼，兀自冲着薛齐说道："我一会儿可能会喝醉。"

"不能喝就别喝。"他语气里透着一丝没来由的怒意。

"不是你们叫她来挡酒的嘛。"崔念念忍不住吐槽了一句。

薛齐觉得胸口有点儿闷，狠狠地瞪了她一眼。

崔念念识相地闭上了嘴。

"坐下。"他站起身，试图把封趣按到椅子上，"我来。"

封趣并没有接受他的好意，而是举步挡在了他面前："如果连你也喝酒了，那结束之后谁送我回去？"

有点儿道理，薛齐顿住了。

封趣埋头从手包里掏出一串钥匙，塞进了他手里。

他犹豫了会儿收起钥匙，勉为其难地道："把具体地址发我微信上。"

直到封趣又一次转身离开后，崔念念恍然大悟，猛地拍了下桌子，嚷道："我明白了！她这是故意喝醉想让你送她回家啊！"

"这么做有什么意义吗？"薛齐反问她。

"还用问吗？不就是'我有干柴等着你的烈火来烧'的意思吗？"崔念念想了想，提议道，"我记得今天有人给施易送了条'安全裤'，要不你去问他要来随身带着以防万一？"

薛齐眉梢一扬，问："那万一我的烈火被唤醒了呢？"

哦，她差点儿忘了，他和封趣就跟练蛊似的，谁吃了谁还不一定呢。

其实封趣的酒量并不好，她只是胜在巧舌如簧，擅长和那些劝酒的人周旋。

以前同学聚会时，她总是那个直到最后都保持着清醒还能帮大家收拾酒后残局的人，隔天酒醒后大家的记忆都有些模糊，谁也说不清她到底喝了多少，以至于所有人都以为她千杯不醉。

事实上，她也就一瓶红酒的量。

可是今晚，她喝了五六瓶。

最后落在薛齐手上的是个醉得完全不省人事的封趣，他费了好一番功夫才把她送回家。

鉴于她家有只不停冲着他叫唤的狗，他本打算把封趣安置好后就走，可就在他转身时，她忽然抓住了他的手腕。

“别走……”含混不清的呓语声从她翕张着的粉唇间溢出。

一瞬间，暧昧气氛将整间卧室填得满满当当的，薛齐甚至觉得就连狗叫声都有些美妙，他情不自禁地咽了咽口水，死死地瞪着她。

“帮我……帮我遛一下狗……”

很好，所有暧昧戛然而止。

薛齐转头瞥了一眼沙发边那只仍在冲他叫唤的狗。怎么遛？这怎么遛？他极有可能会被咬死啊！

为了生命安全考虑，他企图掰开封趣的手，假装什么都没听到。

他好不容易得逞了，她又倏地坐了起来，这次索性拦腰抱住了他：“帮我遛一下狗啊……”

几乎同时，那只狗就像听得懂人话一样，停止了叫唤，取而代之的是撒娇般的呜咽，然后居然还冲着他摇尾巴！

薛齐怔怔地看了它一会儿，觉得它此时此刻的样子像极了小时候的封趣，有奶就是娘。

算了，不过就是遛一下狗，耽误不了多少时间。

他耽误了大半个小时，遛完狗后，还秉着好人做到底的想法，给狗倒了水和狗粮。

然后他情不自禁地坐在一旁，带着老母亲般的微笑看着它吃。

直到一阵吵闹的手机铃声响起，他蓦地回神，是封趣的手机。

她迷迷糊糊地伸手寻找着手机，薛齐见状站起身，从她的包里翻出手机，不可避免地瞥见了来电显示——

印好雨？

这个名字让他愣了一下，不由得回想起前不久吴澜说过的“反正当时很多女生喜欢他，包括封趣”。

就在他恍惚时，封趣忽然抓过手机，神志不清地在屏幕上滑了好一会儿，直到铃声停止了，她才把手机放到耳边，骂道：“吵死了！”

“你说谁吵？说谁呢？”封趣似乎是按到了扬声器，印好雨的叫骂声清晰可闻，他喊了好久，得不到回应，这才开始觉得不对劲儿，“喂？喂喂？封趣！你倒是说句话啊！什么意思啊？骂完就不理人了？我找你是有正经事……”

说不清为什么，薛齐鬼使神差地伸手接过了手机。

他按掉扬声器，把手机贴到了耳边：“喂。”

手机那头的人顿时陷入安静，好一会儿后，印好雨的声音才再次传来：“萧湛？”

薛齐几不可见地皱了皱眉：“我是薛齐。”

“谁？”

“薛齐。”他又重复了一遍。

手机那头的人炸了：“你居然还活着？不对啊，为什么是你接的电话？你跟封趣在一起？你俩啥时候又勾搭上了？”

“关你屁事。”

“怎么就不关我的事了？封趣呢？你让封趣听电话！”

薛齐有些故意地回道：“她睡着了。”

“睡、睡着了？”瞬间，印好雨似乎脑补了不少内容，“你们刚才在干什么？！”

“我要说什么都没干，你信吗？”

又是一阵沉默。

“没什么事我挂了……”

“等一下！”印好雨喊住了他，犹豫了片刻后道，“算了，跟你说一样，反正这事本来也跟你脱不了关系。”

薛齐被勾起了兴趣：“什么事？”

“你替我转告封趣，天气转凉了，所以我之前租给‘三端’的生产线得收回。”

薛齐蹙了蹙眉心，问：“收回生产线？‘三端’的生产线是向‘正源’租的？”

“不然呢？你该不会以为‘三端’还有资格使用原先的生产线吧？那些生产线光是生产‘增满堂’的化妆刷都不够用，怎么可能腾给‘三端’？一个副品牌还想跟主品牌抢资源？想什么呢？”印好雨嗤笑了声，“说出来不怕虐死你，增满正昭每年拨给‘三端’的预算简直少得可怜，他们要是按正常市场价去租生产线，怕是连买原材料的钱都剩不下。我也是看在封趣的面子上，才肯以低于市场价一半的价格租给他们。”

谈不上有多虐，这些薛齐早就已经猜到了，只是还需要确认一下：“也就是说，一旦‘正源’收回生产线，‘三端’就有可能面临停产的风险？”

“是这样没错。”

“所以，你仅仅是因为天气转凉了就想让‘三端’停产？”

“这就是借口，你听不出来吗？”

“这借口……”薛齐抿了抿唇，讽刺道，“真走心。”

“哪比得上封趣走心啊！扪心自问，这些年我对她不算差吧？她倒好，简直把我当白痴耍！前不久还求着我跟她续约，我为了她跟董事会那群老家伙掐得昏天暗地，结果呢？结果‘增满堂’要卖了‘三端’她居然连招呼都没跟我打！我要不是听到了风声，没准儿现在还在跟董事会周旋呢！”

薛齐眉心一紧：“你从哪儿听到的风声？”

“关你屁事。总之，这件事她绝对是知情的！我算是看明白了，她找我续约就是为了拖着我，以免‘三端’在这时候爆出停产危机影响市值！说起来，”他顿了顿，怒不可遏地嚷道，“你也知情吧？你们俩到底是什么时候联系上的？‘三端’要卖了她没理由不告诉你的！”

“你为什么这么肯定她知情？”这恰巧是薛齐一直无法肯定的事。

他试探过她很多次，刚见面起就故意让她知道他在“中林”工作，特意开着车去公司接她，甚至连施易和吴澜都没有掩饰过他们是抱着某种目的而来的……可她的每一个反应都像是对收购一事浑然不知。如果那些都是演出来的，那她的演技还真是炉火纯青。

“她前阵子给了我一堆数据，让我给她建模做 DCF 和 PEG(市盈率相对盈利增长比率)，这不是为了出售是什么？”

薛齐下意识地扬了扬眉，DCF 模型即现金流折现模型，其重点在于公司的自由现金流，但通常很难预测一家公司未来的自由现金流，所以一般还需要配合其他估值法，比如 PEG、RIM（剩余收益估价模型）之类……作为收购方，不可能获取对方公司的真实数据，很难准确建模，因此很少有人会去做 DCF。然而出售方需要得出一个最低心理价位，这些模型就很有必要了……

换句话说，一份来自出售方的 DCF 模型，对收购方来说就是一盏明灯，尤其是像他这种杠杆收购。

只是这事太巧合，巧合得让薛齐觉得不对劲儿。

他眯了眯眼眸，微微偏过头："如果我没记错的话，你也是学金融的。"

"为什么要说'也'？"印好雨就像是被戳到了痛处，咬牙切齿地吼开了，"是！没错！就是因为你没事跑去学什么金融，我们家那个死老头就完全不管我的意愿也非得逼着我学金融！怎么样？有意见吗？"

"我只是想不通你都学了点儿什么，她一个做市场的突然让你建模，你就不觉得奇怪吗？"正常来说，他早就应该联想到出售了。

"她说是为了申请预算！"

"这你也信？"智商是被封趣吃了吗？

"对啊！老子信了她的邪啊！"印好雨突然话锋一转道，"话说回来，你有什么资格嘲笑我？搞得好像你没被她骗过一样。"

这话就很有说服力了！

差点儿忘了，这可是封趣，就算是再拙劣的谎言，她都有办法演绎得天衣无缝。

薛齐看了一眼封趣，决定收下这意外的收获："那些模型你那里还有吗？"

"你想干什么？"

"想看。"

"我凭什么要给你看？"

"凭我有无数种方法让你交出来。"

“你这嘴炮放得比我刚才的借口还要不走心！”

薛齐不以为意地弯了弯嘴角：“挂了，回见。”

“回见是什么意思？你到底想干什么？喂？喂喂喂？你倒是把话说清楚啊……”

薛齐挂断了电话，将那吵闹声音掐断。

然而印好雨显然没那么好打发，才过了片刻，手机铃声又一次响起。

封趣翻了个身，含混不清地咕哝着，似是在咒骂，但还是本能地探出手寻找手机。

见状，薛齐索性把手机调成了振动，随手丢到了角落里的椅子上。

阳光很刺眼，刺得封趣眼睛有点儿疼。

她伸手挡住光线，半眯着眼睛，茫然地环顾四周……她为什么会在房间里？她记得薛齐把她丢在了沙发上，然后……

砰！

一阵闷响传来，听起来像是锅之类的东西掉在地上的声音。

有人在她家？意识到这一点她猛地绷紧神经，但是很快又放松下来，海苔没有叫唤，那应该是它认识的人。

想到这儿，她掀开被子翻身下床，没找着拖鞋，索性光着脚走了出去。

她家的厨房是半开放式的，斜对着卧室的门，一出门她便瞧见厨房里有道身影，正手忙脚乱地处理着地上的残骸，看起来像是煎焦的荷包蛋。

封趣小心翼翼地靠近，虽然脚步很轻，但还是惊动了厨房里的人，他转过身来……

是萧湛。

他站起身，微微转头，打量了她一会儿，半开玩笑地问：“你那是什么表情？”

“嗯？”她愣了愣，不解地问，“什么表情？”

“看起来好像有些失望。”

她非常确信自己脸上没有任何失望的痕迹，顶多只是有些惊讶，但她没有急着否认，而是茫然地问："为什么要失望？"

"或许……"他眉梢动了动，提出了个意味深长的假设，"你希望见到的人不是我？"

他居然在试探她？

在"增满堂"的七年对封趣而言并不好过，但至少在萧湛面前她一直是放松的，甚至可以说是毫无保留的。

她从未想过他们之间会演变成如今这种斗智斗勇的局面，唏嘘的同时她又不得不逼着自己打起精神，毕竟眼前这个人实在是太了解她了，她必须拿出最好的演技才有可能把他糊弄过去。

"废话。"她轻嗔了句，继续道，"我牙也没刷、脸也没洗，顶着昨天的残妆还一身酒气，怎么可能想见你啊。"

"是这样吗？"他半信半疑地问。

"不然呢？"封趣哼了声，顺势岔开了话题，"你大清早跑我家来干什么？"

"你忘了今天是旗舰店开业的日子吗？"

封趣轻轻蹙了下眉头："所以，你是来盯着我的吗？"

"我们之间还能不能好好说话了？"

封趣抿了抿唇，收起咄咄逼人的气势。

"我只是听童佳芸说你昨晚去参加朋友的婚礼了，怕你喝多了睡过头，所以就想着顺道来接你一下，打你的电话一直没人接，干脆就自己上来了。"

"你倒是还记得我家的密码……"她轻声咕哝了句，明显放软了语气。

"你家的密码不是我帮你设的吗？"他好笑地道，"我总不至于连自己的生日都忘记吧？"

是啊，他当然不会忘记自己的生日，只是把她的生日忘了而已……

封趣忍住吐槽，挤出了笑容："我去换衣服，我们出去吃吧。"

话音刚落，她就快步朝卧室走去。

她不知道是什么让萧湛得出“或许你希望见到的人不是我”这种结论，也不知道他这样试探她的目的何在……她只知道，无论如何都不能这时候让薛齐暴露……

所以，她必须用最快速度把自己收拾完，然后把萧湛带离这里。

第三章 君子报仇

法证之父曾说过——凡两个物体接触，会产生转移现象，即会带走一些东西，亦会留下一些东西。

艾德蒙·罗卡诚不我欺啊！

可惜封趣太晚意识到这一点，低估了自然规律，也低估了萧湛的智商，当她怀着无比雀跃的心情钻进车内准备出发时……

“你昨晚怎么回来的？”萧湛突然发问。

直到这一刻她仍在轻敌，这个问题她早就考虑过，简直应付自如：“打车回来的呗。”

“不是喝酒了吗？”

“也没喝多少，打车的意识还是有的。”

“那你这车借给谁开过吗？”

“没有啊。”为什么这么问？她蹙了蹙眉，有种不祥的预感。

萧湛轻笑出声，提醒道：“你刚才调了座椅。”

他是被艾德蒙·罗卡先生附体了吗？！

“嗯？”他挑了挑眉梢，催促着她回答。

封趣万万没想到还有这一茬等着她，在这短短数秒钟之间，她想了很多借口，比如“昨天把车送去洗了，可能是洗车工开过”之类的，但又迅速推翻了这些借口……太假了，说服不了一个被艾德蒙·罗卡先生附体的男人。

结果她就像很多出轨被抓的男人一样，在意识到了继续挣扎也改变不了什么的情况下，选择了破罐子破摔……

“确实有别人开过。”她转眸，挑衅地看着萧湛，“那又如何？”

“男人吗？”

“是啊。”

“你就没什么要跟我解释的吗？”

“解释什么？”封趣好笑地道，“我为什么要跟一个朋友解释我的私生活？”

他沉默了，如她所料地沉默了。

诚如童佳芸所言，萧湛对她的态度确实就是不拒绝也不接受，他享受着若有似无的暧昧，保持着若即若离的距离……总而言之，他始终游刃有余地游走在爱情与友情的分界线边缘，而封趣赌的就是他不敢跨过这条线……

也不知道是不是该庆幸，她赌赢了。

不管怎么说，她的目的算达到了，穷寇莫追，是时候见好就收了。

她收起了咄咄逼人的气势，也挪开了目光，若无其事地提醒他系上安全带，明确释放着这个话题就此翻篇的信号。

可让她没想到的是，这一次，竟然是萧湛不想翻篇了。

“封趣，”他溢出轻唤，声音有些喑哑，倏地凑近她，“你是不是真以为我不敢对你做些什么？”

她怔了怔，差点儿就乱了阵脚，好在很快就重拾了理智。

刚才那招已经算得上是釜底抽薪了，倘若败下阵来，她就只有死路一条。她死事小，暴露了薛齐她才是万死难辞其咎啊！

于是，她硬着头皮仰了仰下颌：“你敢吗？”

“那就试试看吧……”说着，萧湛蓦地伸出手，指尖穿过她的发丝，牢牢扣住了她的后脑勺，几乎同时，他歪过头，猝然靠近。

眼看着他的唇瓣就要落在她的唇上，她甚至已经能够清晰地看到他脸上细小的绒毛……

突然，他的手机铃声在车内响起。

他顿了下，眉头紧蹙，迟疑了片刻后猛地松开了她。

就在他接通电话的同时，他清晰地看到封趣松了一口气，这口气就像是一团蘸了水的棉花，堵在了他的胸口，让他连呼吸都觉得闷痛……

“喂，萧总？萧总，你听得到吗？喂？喂喂？”

手机里传来的喊叫声拉回了他的神志，他有些迁怒地冲着手机吼道：“有屁快放！”

手机那头的人似乎被吓到了，沉默了会儿，怯怯地道：“朋、朋友圈和微博上有不少财经相关的营销号正在转发一篇文章，大概内容是总结‘三端’的沉浮史，哀、哀悼‘三端’的消亡……”

“好端端的为什么感叹三……”萧湛猛然打住了话头，瞥了一眼旁边的封趣，刻意避免提及“三端”，含混不清地低吼道，“消什么亡？谁说要消亡了！”

“我、我也不清楚……按照那些营销号的说法，‘正源’收回了租借给‘三端’的生产线，其他有生产线的厂家也都不愿意跟‘三端’合作，所以‘三端’即将面临停产……听说社长刚下飞机就被不少财经记者堵在机场了，都在问他情况呢……”

“那你还有空给我打电话？赶紧安排人去机场啊！”

“那篇文章……”

“是社长出席旗舰店开幕式重要，还是那篇文章重要？！”

“我明白了。”

萧湛也不确定对方是否真的明白了，不放心地又叮嘱了一句：“你只管把社长接去旗舰店，其他的事情我会处理。”

“好……”

这声“好”实在是很没底气，事出紧急，萧湛也懒得跟他计较。

他挂断电话后，打开了微博，按照那些媒体的反应来看，那篇文章应该已经铺天盖地，不难找到。

果然，他很快就在“热门”里看到了某个营销号发的长文，确切地说，是一张截图，图片右下角密密麻麻地盖着很多水印，但从文字描述中还是不难看出撰写这篇稿子的是一个叫“我闻”的财经新闻类App。

文章很长，萧湛只粗略地扫了一眼，他对“三端”的沉浮史没兴趣，也没情调去哀悼它的“消亡”，他不过就是大致了解一下情况，顺便冷静一下，以便能够整理出整件事的关键所在……

而他最终能想到的关键是——封趣。

“发生什么事了？”她茫然地问，“为什么这么看着我？”

“你知道‘正源’决定收回租借给‘三端’的生产线吗？”

“你说什么？！”封趣激动得吼开了，脸上写满了难以置信。

“这么大的事，印好雨就没有事先跟你说一声吗？”这不可能，凭她和印好雨的关系，就算整件事不可逆转，他也会提前知会她一声。

封趣没说话，这种情况下不管她怎么解释都说不清，而她也没工夫去解释。

她有些慌乱地从包里翻出手机，拨通了印好雨的电话。

很快电话就接通了，封趣什么都还没来得及说，印好雨就率先抢白道：“别说了，这是董事会的决定，我改变不了。”

手机连接着车载音响，印好雨的声音从车内音响里传了出来，即使是一旁的萧湛也能听得一清二楚。

他开始有些动摇了，或许他真的误会封趣了？

“可你至少应该事先跟我说一声吧！”封趣启唇吼道，情绪很激动。

“我昨晚给你打过电话好吗？鬼知道你在干什么见不得人的事！”

封趣有些紧张地瞄了一眼萧湛，见他只是微微蹙了下眉心并没有太大的反应，连忙道：“我喝醉了啊！电话里说不清楚你也可以发条微信给我啊！”

“我又不是你的下属，凭什么要那么周到地伺候你？”他没好气地哼了声，“总之我说过了，听没听到是你的事。再说了，就算你事先知道又怎么样？都说了这事我改变不了。”

“你明明答应过会帮我去跟董事会争取的……”

“你还真好意思说！你倒是给我解释解释，‘增满堂’都已经打算卖掉‘三端’了，你为什么还要我去跟董事会死磕续约的事？这是在逗我玩吗？”

封趣怔了下，问：“谁跟你说‘增满堂’要卖掉‘三端’的？”

“哟，还想瞒呢？封趣，你是不是真当我傻？你家萧湛那么频繁地跟收购方接触，我又不瞎！连这都看不懂我还混什么？”

封趣默默地瞟了一眼旁边的萧湛，脸上毫不掩饰地写着“你的锅你来接”。

于是，萧湛接过了话茬：“你不傻能把这事捅给媒体？”

“你给我滚远点儿！这里有你说话的份吗？还真当自己是我妹夫

了？我妹骂我也就算了，你一个外人跟着凑什么热闹？别说捅给媒体了，老子就是捅上天你也管不着！”

这是真要捅上天的节奏，封趣赶紧把话给抢了过来：“哥！你先冷静……冷静一下……你现在在公司吗？我过去找你，有什么话咱好好说……”

还没等她说完，萧湛就按下了屏幕上的挂断键。

封趣愕然地转眸：“你干什么？”

“还跟他废什么话，反正他也改变不了什么事。”

“可是……”

“别可是了，他说得也有道理，反正社长都已经打算卖掉‘三端’了，‘正源’跟不跟我们续约不重要，所以我劝你最好也别白费力气，就算留住‘正源’也改变不了‘三端’被出售的命运。”

“对了，回头替我转告他，我不稀罕当他的妹夫！”

别以为他不知道印好雨心目中的最佳妹夫人选是谁，他连那个名字都不想提，更不想总是被拿来跟那个人比较！

身旁的安静让正在气头上的萧湛忽然冷静下来，随即意识到他那句气话可能会被她误会，张了张嘴想要解释，可一想到她刚才松了一口气的样子，那些解释又被他硬生生地吞了回去。

随便吧，她爱怎么想怎么想。

他也是要面子的，都已经一大早跑来给她做早餐哄她了，还想要他怎么样？

旗舰店的开幕式很顺利，但“三端”的出售很不顺利，“我闻”发出的那篇长文迅速发酵，以迅雷不及掩耳之势在短短一天之内席卷网络。

正所谓，外行看热闹，内行看门道。

对大部分网民来说，这篇文章只不过是在抒发情怀，人们在键盘上感慨着又一个民族品牌无奈消亡，其中也不乏一些爱好者晒出至今还保留着的由“三端笔庄”制造的笔或是用“三端”的笔画的几幅画，不过就是一场短暂的狂欢，热度持续不了多久，也许明天大家就会忘了“三端”，转身该干什么干什么。一个不争气的民族品牌就如同烟花一样，最绚烂的时候就是它即将消失的时候。

对金融圈的人来说，“三端”面临停产也就意味着这个品牌已经没有多少剩余价值，“增满堂”在这种时候想要将其出售就如同在甩掉一个烫手山芋，白送都怕烧伤，若是花几亿去接盘怕是会沦为圈内笑话。

当然了，凡事都有两面性……

“刘总，这事没那么悲观，你想想你得花多少钱才能让‘三端’上热搜？可是现在，它已经在微博热搜上挂一下午了，而你一分钱都不用花。换个角度想，这何尝不是一种营销？那些网民的态度相信你也都看到了，如果你能在这时候接手‘三端’，靠着情怀牌就能轻而易举地让它起死回生。”萧湛耐着性子跟电话那头的刘总分析着。

对方倒是听得还挺认真，一直没有打断他，直到他说完后才回道：“你说的我都明白，实不相瞒，我们家王董也不至于为了这点儿事就改变主意，本来就只是想买个壳，谁管它是不是停产，但是……”

“但是”这两个字一出来，萧湛就产生了砸手机的冲动。

可是没办法，有求于人，他必须忍着，说不定会有什么转机呢？

“实不相瞒，我们公司现在是自顾不暇啊，正在做的一个IPO项目出了点儿问题，短期之内怕是解决不了，没法融资，资金链跟不上啊！”

这已经是萧湛今天听到的最靠谱的理由了，之前那几个要么干脆不接他的电话，要么就是以“这个项目跟公司未来规划不符”这种理由敷衍了事。

他回国后接触的那几家公司都已告吹，剩下的就只有“中林投资”了。

他之所以把“中林投资”放到最后，是因为他们出价实在太低且一副毫无转圜余地的态度。

“除非别无选择，否则不予考虑。”

这是社长的原话。

现在应该算是别无选择了吧？

萧湛犹豫了片刻后，还是给“中林”那边负责这个项目的人打了电话。

拨号等待音响了很久，久到他以为又要被无视了，甚至已经打算主动挂断，那头忽然传来了一个熟悉的声音：“萧总？”

“嗯，是我。”

“有事吗？”那头的人反应很冷淡，相较于之前简直判若两人。

这也算是情理之中，萧湛并没有太当回事，继续道：“我们社长今天来中国了，不知道你们那边什么时候方便重启谈判？”

手机里传来了一阵轻笑声：“怎么？其他几家都不玩了？”

这也是萧湛不太想跟“中林”合作的原因之一，他极其不喜欢跟这个负责人打交道！

“我们‘中林’看起来特别像接盘侠吗？”

“如果不方便的话那就……”

“我考虑一下。”

“嗯？”峰回路转？他已经决定放弃了！

“坦白说，闹成这样，公司决策层是不太可能想继续这个项目的，但我一开始就说过，我对‘三端’有情怀，所以我会尽量再争取看看。”他顿了下，似乎是在考虑，片刻后才继续道，“这样吧，给我三天时间，三天后我给你答复，如何？”

“那就麻烦了……”

萧湛挂断了电话，突然有个念头在他脑海中冒出，才有了模糊的雏形，一旁的封趣就凑了上来，急不可耐地追问：“怎么样了？”

萧湛转眸打量了她一会儿，不冷不热地回道：“恐怕要让你失望了。”

封趣愣了下，不明就里地问：“什么意思？”

“‘中林’说会再考虑一下，三天后给我答复。”他忍不住哼笑了声，“欲擒故纵而已，他们只是想趁此机会再压一下价格，总之这场谈判一定会重启。”

封趣听懂了他的言下之意：“你还是不相信我，觉得这件事跟我有关？”

“我希望跟你无关。”他抿了抿唇，轻叹了一声，“可我不知道该怎么说服自己。”

尽管她刚才和印好雨打电话时他就在旁边，一字一句听得很清楚，但是太清楚了反而显得有些刻意，就好像是商量好了演一出戏给他看似的。

封趣陷入了沉默。

有那么一刹那，她的心骤然软了几分。

她甚至默默地问起自己，这么做对萧湛是不是太不公平了？

休息室的门忽然被推开，一群人鱼贯而入，打断了封趣的自我交战。

领头的是增满正昭的秘书，一个四十多岁的男人，头发已经有些花白。他戴着一副金丝边的眼镜，穿着一身灰色西装，标准的日本人长相，笑容满面，但没有丝毫人情味，就像一台机器。他刚一进门就朝着萧湛和封趣鞠了一躬，这不过是他的习惯性动作而已，并不代表他有多谦逊，事实上，他压根儿就没用正眼看过他们。

紧随其后的是一群保镖，统一的黑色西装，戴着耳机，训练有素的样子。

最后走进来的是增满正昭，他个子不高，比穿着高跟鞋的封趣还要矮上一些，不过他气场倒是很强，那双笑眯眯的眼睛让人有些不寒而栗。

这间休息室是用来给旗舰店的员工换班时临时休息的，本来就不大，眼下更是拥挤。

增满正昭转过身，笑着冲一旁的一个保镖说道：“你们还是去外面等着吧。”

对方默不作声地点了点头，冲着身后的其他人打了个手势，那些人又迅速退了出去。

休息室里顿时宽敞了不少，增满正昭的目光落在封趣身上，他颇为亲和地跟她打了声招呼：“封趣也在啊。”

“社长好。”封趣只是冲着他礼貌性地笑了笑，日本人动不动就鞠躬那套她实在是学不会。

“嗯。”他点了点头，拍了拍她的肩，夸赞道，“开幕活动办得挺好的，辛苦了。”

“应该的。”

他顺势看了眼手表：“你也忙了一天了，没什么事就赶紧回去吧，给你放两天假，好好休息一下。”

这明显是想支开她，当然她也乐得配合，只说了声“好”便转身走出了休息室。

增满正昭目送着她离开后，才举步走到沙发边坐了下来，笑着瞥了一眼脸色不怎么好的萧湛：“跟封趣吵架了？”

“没有。”萧湛回得言简意赅，显然是不想多说。

但增满正昭并没有想放过他的意思：“我倒是听说那丫头好像谈恋爱了？心里不舒服了是吗？”

“你这么大年纪了，不该管的事少管。”

一旁的秘书不悦地皱了皱眉头。

萧湛的这种说话方式，无论看了多少次他还是不太能接受，在他们那儿，是绝不会有晚辈敢这么跟长辈说话的。

“行行行，那我管点儿我该管的……”相比之下，增满正昭倒是习惯了，不以为意地继续道，“停产的新闻是那丫头捅出去的吗？”

“从目前的局面看来，她或许只是暴露了导火索，烧成这样估计也是她意料之外的事。”这是在跟“中林”那边通完电话后，萧湛忽然想明白的事。

“哦？”增满正昭眉梢一挑，“怎么说？”

“以她和‘正源’那边的关系，‘正源’就算出于种种原因不愿意继续租生产线，也不至于直接把这事捅给媒体，‘三端’对她来说太重要了，她绝不可能大张旗鼓地营造‘三端’的负面新闻，也不会允许‘正源’这么做。他们只可能暗中把这个消息散播给那些有意收购‘三端’的公司，好让他们打消念头。”他调整了下坐姿，好整以暇地靠在沙发背上，交叠起双腿，说出了结论，“只是可惜，螳螂捕蝉，黄雀在后。如果我是收购方，想要完成一场杠杆收购，那在得到这个消息之后非但不会离场，反而会加以利用清除对手。”

“你倒是挺了解封趣的。”

萧湛懒懒地动了下眉头：“这不就是你把这个出售案交给我的原因吗？”

“那你觉得这次的传闻是谁的手笔？”

“‘中林’。”答案已经很明显了，萧湛想也不想地回道。

增满正昭点了点头：“看来‘中林’是唯一还愿意继续谈判的？”

萧湛漫不经心地“嗯”了声。

“想不到封趣那丫头也有被别人利用的这一天啊！”增满正昭意味深长地感叹了一句。

“我倒觉得不意外，她那么紧张‘三端’，难免会乱了阵脚，更何况……”萧湛话锋忽然一转，“‘中林’对‘三端’志在必得但显然又不愿意溢价收购，就算没有封趣，他们也会有其他办法消灭对手。我刚才听‘鼎城’的刘总说他们有个IPO项目遇上了点儿麻烦，资金链怕是周转不过来，这听起来不像是借口，但我也不相信会有这么巧的事，这很有可能是‘中林’在背后搞鬼。总之，‘中林’一开始就没想给我们选择的余地，而我们对国内金融市场的了解又远不及他们，如今这个局面是无法避免的。”

“你不用这么急着维护封趣，我本来就没打算问责。”增满正昭好笑地瞟了他一眼，继续道，“我只是觉得，这件事怕是没那么简单，这丫头可不像是会被人玩弄于股掌之间的。”

萧湛觉得他有点儿想太多了，不以为意地哼道：“她不是一直在我的掌控之中吗？”

“就你还想掌控她？”增满正昭很不客气地笑了一声，“不知天高地厚。”

增满正昭至今还记得第一次见到封趣的时候，那会儿他刚拿下“三端”。尽管他高薪挽留，但大部分“三端”的老员工仍选择了辞职，封趣是少数愿意留下并一直留到现在的。

当然了，他从未想过要留封趣这么久。

在当时的他看来，封趣就是一条背主的走狗，今天会为了他背叛薛家，以后也一定会为了其他人背叛他，这种人留不得。

他本打算等掌握了“三端”的技术和销售渠道后便把她踢出局，可让增满正昭万万没想到的是，她花了近两年的时间将他想要的资源牢牢握在了自己手心里，他必须留着她，甚至还得答应她保留“三端”这个品牌。直到封趣坐在他面前笑容可掬地跟他谈起了条件，他才意识到，她从来不是走狗，而是一条狼，为了等待最佳狩猎时机可以悄无声息地蛰伏很久，久到所有人都忽略了她的存在，一旦她开始扑咬，那便是志在必得，连反抗的余地都不会留给对手。

萧湛还未曾体会被封趣当成猎物的感受，无法理解增满正昭那种如芒在背的感觉。

或者说，萧湛一直以为封趣才是他的猎物，毕竟被她喜欢了那么多年，而且他始终占据着主导地位，这让他有了优越感。

以至于他对增满正昭的警告很不屑，自信满满地扬起眉梢道：“给我戴上你那副老花眼镜好好看着，我会让她从今往后的人生中就只有我。”

增满正昭什么都没说，只是默默地笑着，那笑容就像是在看一只初生牛犊。

No.9 是一家位于江畔的 Club（俱乐部），因为地理位置优越，几乎夜夜爆满，尤其是露台的景观位，是颇为著名的网红打卡胜地。

这家 Club 不提供预约订位，于是，每天都有不少人傍晚四五点就跑来抢位置。

今天依然不例外，只是那些人都被挡在了露台外。

听说，今天露台被包场了。

和内场的怨声载道比起来，偌大的露台分外安静。

封趣独自蜷坐在原本应该供六七人使用的沙发座里，面前的桌上只摆放着一杯气泡水，让不少人趋之若鹜的夜景并没有吸引她的目光，她始终聚精会神地看着手机。

她总算是看到那篇在网上沸腾一整天的营销文了，跟随着那些文字回顾了一遍“三端”的沉浮史……

“吵什么吵？吵什么吵？就是老子包场的，怎么了？我就搞不明白了，里头的椅子上有钉子还是怎么的？不能坐吗？非得跑露台上来？再说了，今天来不了，你们就不能明天来？怎么，生命要终结啦？说到底，不就是几栋高楼大厦和一堆 LED 灯嘛，有什么可看的？还有你……别拍了！隔着玻璃还能那么卖力地摆造型，你就不嫌累吗？”

一阵叫骂声传来，吸引了封趣的注意力。

她抬眸看了过去，失笑出声。

都说“正源”的少东家怼天怼地怼空气，没想到疯起来连自己的客人都怼。

这家 Club 是印好雨开的，但他自己很少来。

虽然他看起来像个夜夜笙歌的富二代，事实却是——他喜欢喝茶，喜欢有中国传统特色的建筑，喜欢看书，闲来无事会待在家里画画、练字、制笔、下围棋……

这些爱好说出来怕是没人会相信，看起来跟他实在是不太相称。

而他之所以活得像个双重人格患者，薛齐功不可没。

薛齐和印好雨出身相仿，又刚好同龄，再加上两家父母表面交好暗中却争斗不休，他们俩自然免不了要被拿来进行各种比较。

但这种比较是大人们的事，身为当事人的他们却从未放在心上，甚至关系还很好。

直到他们十岁那年，那年的蒙恬会是由“三端”和“正源”牵头办的，薛家觉得应该由薛齐带领那些小笔工祭拜笔祖蒙恬，印家当然觉得应该由印好雨带领，而其他笔庄则是两头都不敢得罪。后来不知道是哪个看热闹不嫌事大的人提出让他们俩比拼技艺。

结果是薛齐赢了。

印好雨其实对输赢并不在意，但他爸在意啊！

从那之后印爸爸对印好雨的要求就越来越高，并且开始朝着极端的方向发展，总而言之就是——他的衣食住行全都跟着薛齐来，当然也包括一些兴趣爱好。明明他想学钢琴，却被逼着跟薛齐一样去踢足球；明明他喜欢画画，却必须得跟薛齐一起去学机器人制作；明明他喜欢文科，却被迫跟薛齐一样选了理科……可这些都不是他擅长的，反倒让他处处都被薛齐压着，成了万年老二以及别人口中的“小薛齐”。

也就是在他们高二文理分班的那一年，“三端”笔庄推出了化妆刷，生意越做越好。迫于形势，印爸爸不得不和薛商南，也就是薛齐的爸爸，合作成立了三端制笔有限公司。虽说是合作，但印爸爸只不过是用“正源”的供销渠道换取了制笔厂8%的股份，这使得印好雨在薛齐面前越发没了底气。

再后来，公司的订单越来越多，但制笔毕竟是手工活，产量有限，要扩大产能就需要养更多的笔工，资金方面是个很大的问题，于是薛商南引进了投资。

那是一家国外的投资公司，当时对方买下了制笔厂49%的股份，本来是打算等到制笔厂上市后分红的。

可惜等了两年多都没等到制笔厂上市，他们没了耐心，转手将股份卖给了“增满堂”。

这一年，印好雨被迫选择了丝毫不感兴趣的金融专业，当然也是因为薛齐。

刚读大一他就几近崩溃，甚至被诊断出了抑郁症。当时国内的心理医生并不多，增满正昭如同救世主般出现在了印爸爸面前，他安排他们去了日本，替他们联络了最好的心理医生，印好雨逐渐康复，印爸爸自此将增满正昭视作救命恩人。

当这个恩人提出想要购买他手中的股份时，印爸爸毫不犹豫就答应了。他根本不懂金融游戏，也不明白卖掉这些股份意味着什么，只知道增满正昭说了会让湖笔技艺走向世界。

自此，“增满堂”所持有的“三端”股份超过了薛家，拥有了话语权，而“三端”也逐渐沦为“增满堂”的副品牌，市场份额不断被挤压，已接近资不抵债的边缘。最终，“增满堂”以负债并购的方式获得了薛商南手中的“三端”股份。

也就是说，“三端”易主了，但薛家一分钱都没拿到，“增满堂”只是替“三端”偿还了债务，而这还不包括薛商南用个人名义向银行借贷所产生的债务。

印好雨复学时，薛家已经消失了，没有人知道他们究竟去了哪里。

表面看来，最开心的莫过于印好雨了，那之后他爸对他分外纵容，这也导致他逐渐走向了另一个极端，为了摆脱薛齐的影子，他硬逼着自己成为和薛齐截然相反的人，哪怕性格中和薛齐相似的部分他也一概摒弃，但出人意料的是——他并没有放弃金融专业。

他很清楚，“三端”之所以会落入增满正昭手中，最大的问题出在他爸身上。

封趣想，他应该是觉得愧对薛家的。

这些年来，他的立场始终和她是一致的——希望能够保住“三端”这个品牌。

她一直在等薛齐回来，她相信印好雨也一样。

当然了，关于这一点他是绝不会承认的，他说：“留着‘三端’是为了时刻提醒自己，当年我们的父辈被国外那群吃人不吐骨头的资本家玩得有多惨！吾辈当自强！这仇老子总有一天得替他们报！”

可是，他每次喝醉又都会感叹：“你知道我现在的择笔技艺有多厉害吗？我做梦都想再跟薛齐比一场，他现在绝对赢不了我，绝对赢不了……”

综上所述，要说有谁能够不计代价地跟封趣统一阵线，那就只有印好雨了。

而他，确实也没有辜负她的期待……

昨天的婚礼上，封趣给印好雨打了通电话，只凭一句“薛齐回来了”，印好雨就爽快答应了陪她演一出戏。

“正源”拒绝续约，收回租借给“三端”的生产线，这的确是他们事先就沟通好的，把“三端”逼到面临停产的境地，或许就能让“中林”的那些竞争对手萌生退意。

她原本只想要暗中将这个消息散布给那几家公司，这件事必须得由薛齐来做，因为顺藤摸瓜很容易就能查到消息源头……如果源头是她，那只有“中林”愿意继续收购就会显得很蹊跷，以增满正昭多疑的个性，搞不好会派人去查施易，都不用查得太深，仅仅是看到他所就读的高中，或许就能猜到个大概了。但如果消息源头是“中林”，那不过就是清除对手的手段，虽然很让人不舒服，可在别无选择的情况下，想必增满正昭还是会把谈判继续下去。

所以婚礼时封趣故意让薛齐送她回家，目的是让他听到印好雨的那通电话。

嗯，仅仅是听到而已，为此她还特意打开了扬声器，她没想到薛齐会接。

当然了，她也并没有醉得不省人事，要不然也没办法趁着他去遛狗的时候通知印好雨打电话来了。婚礼上她喝的酒是掺了葡萄汁的，为此她还买通了酒店的服务员，本想完全用葡萄汁来替代的，但颜色实在相差得有点儿大，就只能真假掺半了。

照她昨晚那种玩命似的喝法，严格算起来，大概也喝了两瓶红酒。

对她来说这个量已经到极限了，差不多有七八分醉意，她完全是凭着意志做完了那些事，在薛齐挂断印好雨的电话时，彻底放松下来的封趣就失去了意识。

她不清楚薛齐是什么时候走的，但从今天早上“我闻”那篇报道造成的轰动效应来看，他应该是很早就离开了。

那篇报道写起来并不难，尤其吴澜还是专业人士，但要在发布后立刻引发关注和转发，他们怕是忙了一整晚吧？

她没想到吴澜和施易为了薛齐连新婚夜都愿意牺牲，更没想到薛齐会玩这一手。

好在原本她就计划好了要当着萧湛的面给印好雨打电话，总得再争取一下才像她的性格。

不得不说，今天早上印好雨的演技还是相当不错的，只是可惜萧湛没那么好糊弄……

砰！

封趣被一声闷响拉了回来。

这声音是印好雨制造的，他将手里的保温杯重重地搁在了桌上，转身入座，很不见外地从封趣手中抽走了她的手机，津津有味地翻看起来。

看到激动处，他还声情并茂地读出声……

封趣嘴角微微颤了下，无奈地道：“小学教语文的张老师没有教过你默读吗？”

他没说话，只是没好气地瞪了她一眼，目光很快又回到了手机上，安静了片刻，大概是在试着默读，但很快他就放弃了，猛地放下手机，侧过身一本正经地跟封趣探讨起来：“你默读的时候脑子里出现的声音是谁的？”

被他这么一说，她竟然还有点儿细思极恐，她脑子里出现的那道声音到底是谁？

“听不懂吗？”他也觉得自己这个问题提得有点儿深奥了，于是难得耐心地给封趣解释起来，“打个比方啊，就假设我们现在是在演电视剧，这种时候肯定得有个旁白来读这篇东西吧？你觉得这个旁白应该是谁的声音？”

“这……确实是个好问题，但是现在不是讨论这个的好时机吧？”

“不不不，我发现了一个很严重的问题。”他深吸了一口气，道，“我听到的声音是薛齐的！”

“你对他是真爱啊！”封趣情不自禁地感叹。

“真爱个屁！”他愤愤地咬了咬牙，“就是因为不想听到他的声音我才读出来的！”

“你也不用这么抗拒，喜欢薛齐也不是什么丢脸的事……”

“我喜欢女人！胸大腰细腿长屁股翘的女人！”

“别激动……口误、口误……”封趣收起玩心，决定不逗他了，“我的意思是，这玩意儿毕竟是薛齐的手笔，所以你会为它赋予薛齐的声音也实属正常。”

“有道理。”印好雨觉得舒服多了，“说起来，薛齐够狠啊，居然直接往媒体那儿捅。”

“没时间了吧。”封趣确实也没料到他会玩这一手，但仔细想想，这也的确是最简单有效的办法，“‘中林’总不可能直接找上门去跟那些竞争对手说这事，只有通过别人的嘴他们才有可能相信，但这么一来，就需要一个漫长的流言发酵过程，可是旗舰店开业后那几家公司肯定就会有动作了，等他们听说‘三端’面临停产的消息时，说不定连收购合约都已经签好了。”

“可是这么一来也太冒险了，差点儿就把你给暴露了。”他没说薛齐这么做是错的，但也不敢苟同。

“已经暴露了。”

“什么意思？”印好雨蓦地拧起眉心，“萧湛还是怀疑你了？”

“嗯。”她点了点头，没有太当回事，反而还松了一口气，“不过他还是联系了‘中林’，准备重启谈判，所以他应该只是以为我想破坏出售案。这样也挺好的，以增满正昭多疑的个性，我如果不干点儿什么他反而会觉得不正常吧？总之，只要薛齐没有暴露就好了。”

“妹子啊……”印好雨侧过身，看着她感叹道，“你这是被人卖了还在帮人数钱啊！”

封趣不以为意地笑了笑：“我要是不想，谁卖得了我？”

“说得也是。”印好雨由衷地表示赞同，这话由封趣说出口特别有说服力，毕竟是六岁就能从人贩子手中逃脱的女人，他早就觉得那个人贩子应该庆幸没有在她十六岁时下手，不然的话，谁卖谁还不一定呢。正因为如此，他就更加搞不明白了：“那你倒是给我解释解释，你和薛齐一个愿打一个愿挨，搞那么复杂干吗？为什么不直接跟他把话说开了？”

“我本来也想过要找他好好谈谈的，可是昨晚我发现……”说到这里，她有些落寞地弯了弯嘴角，“他根本就不相信我，就算我直接把模型给他，他大概也会以为那些数据都是假的。”

印好雨没法反驳，只好顺势岔开话题：“说起来，他今天中午来找我拿模型了。”

“你给他了？”

“嗯。”印好雨不情不愿地点了点头。

封趣微微蹙了下眉心：“你就这么轻易给他了？他没觉得奇怪吗？”

“轻易？”印好雨好笑地问，“你是不是对他有什么误解？”

“嗯？”她满脸不解地眨着眼。

“我就这么跟你说吧……”他深吸了一口气，“人家是‘听君一席话，胜读十年书’，我这是‘听君一席话，死后无全尸’啊！”

“他到底跟你说了什么？”

“他说，如果这次他没法顺利拿回‘三端’，那他就吞了‘正源’再造一个‘三端’！”

这话让封趣很不舒服，酸酸地哼道：“他倒是对你挺坦白的，连收购‘三端’的事都承认了。”

“干吗？”印好雨冲着她扬了扬眉，“嫉妒吗？”

封趣丢了个白眼给他，懒得搭理，继续刚才的话题：“这种威胁就让你死无全尸了？”

“单纯一句威胁当然不至于……”说到痛处，印好雨忍不住咬了咬牙，“这货给我推演了一遍吞下‘正源’的过程，具体到我怎么防守他怎么进攻，简直惊心动魄、荡气回肠！最可怕的是，他所提到的那些操作确实是可行的，而他预想中我可能会做出的那些反击我根本就没想到！”

“哎哟，好惨，智商被碾压啊！”

“何止是碾压！那一刻，我回想起了曾经被他支配的恐惧！”

封趣竟然有点儿同情他了。

“不，不对……是更恐惧了，他这些年到底发生了什么啊？以前最多是条小狼狗，现在简直就是一头狼啊！吃人不吐骨头的狼啊！他都不用实操，口头模拟就让我觉得我死定了！死无全尸啊！”

“冷静点儿，冷静点儿……”封趣拍了拍他的背，拿起他先前放在桌上的保温杯，“来，喝口茶压压惊。”

她把保温杯递给他前，忍不住看了一眼。

自从它出现在她的视野中，她就一直很好奇里头装的到底是什么——居然是枸杞红枣茶，底部还沉淀着一些她分辨不出来的东西……

他带着枸杞红枣茶来夜店？够养生的啊！

印好雨接过杯子，抿了几口，突然道：“其实，还挺怀念的。”

“怀念什么？”

“被薛齐碾压的日子。”

“你是有受虐倾向吗？！”

“你不懂。”他紧紧捧着那个保温杯，转过身，眺望着露台外的夜景，轻叹道，“好想跟薛齐再比一场啊……”

在过去的那些年里，这样的话他说过无数遍，但在封趣的印象中，这是他第一次笑着说出这句话。

怎么说呢……他要是可以放下那个保温杯的话，这画面还挺让人感慨的，但他现在这样，简直就跟以前高中时那个门卫大爷忆往昔峥嵘岁月时一模一样。

诚如萧湛所料，“中林”那边所谓的需要再考虑一下只不过是想趁火打劫。

谈判很快就重启了，这次他们给出的价格比之前低了很多。

增满正昭被迫亲自出面，封趣并不清楚他们是怎么谈的，也不知道印好雨做的那些模型对薛齐究竟有没有帮助。经过上次那件事，萧湛便再也没有在她面前提过出售案的事了，至于薛齐，他又一次在她的世界里消失了。

半个多月后，“增满堂”和“中林”签订了意向书。

这件事，封趣是从增满正昭口中得知的。

签完意向书后他特意去了趟公司，说是知道“三端”对她而言很重要，所以希望正式签约那一天她也能在场。

就这样，封趣茫然地站在酒店的会议室里，怔怔地看着增满正昭和施易亲切握手供媒体拍照……

她不知道增满正昭把她叫来的目的是什么，就为了让她亲眼看到“三端”被卖掉吗？倒也不是没可能，这糟老头子确实挺小心眼的，当年因为她的威胁不得不咬牙打破战略计划，心不甘情不愿地留了“三端”七年。七年后他又被迫以远低于市场的价格将其卖掉，这口气想必他没那么容易咽下。

直到签约结束后，封趣才意识到，她还是低估了增满正昭的城府。

他是很小心眼没错，但他终究是做大事的人，让他耿耿于怀的并不是她当初的威胁，而是这一次的贱卖……

“丫头啊……”离开酒店时，他噙着笑意，闲聊般问道，“你就一点儿也不好奇这次的成交价是多少吗？”

“这种事我也不懂，就算知道了也没什么用。”封趣刻意让自己的语气听起来有些赌气但又极力维持着礼貌。

“还是应该知道的，毕竟你为‘三端’耗费了那么多心血。”

“嗯……”她总觉得增满正昭话中有话。

“具体数字说了你恐怕也没概念，就这么说吧，”增满正昭跨出电梯，耐心地为她解释道，“正常收购的话通常是得溢价至少20%到40%，也有一些不计成本的收购甚至可能会溢价60%到70%，但是‘中林’最终的成交价只溢出了10%。”

“您的意思是……”封趣目不转睛地看着他，直言不讳，“您就算贱卖也不想留着‘三端’是吗？”

“我是个商人，商人就没有不爱钱的，我当然还是希望它卖得越贵越好。更何况这次出售并不是针对‘三端’，其他副品牌也在谈，公司是想聚拢资金专心扩张‘增满堂’，我又岂有贱卖‘三端’的道理？我这是被你逼得别无选择啊。”

封趣微笑着道：“社长，您真会说笑，我哪有那么大的能耐。”

增满正昭转头看了她一会儿，跟着笑了起来：“你啊你，果然记性不太好。”

“嗯？”封趣微微扬了下眉梢。

“前阵子自己做的事都记不清，更何况高中时的事了。”

听闻“高中”二字时，她脸色不由得一僵。

“难怪刚才看到你那个高中同学都没反应，原来是不记得了啊。”他走出电梯，半开玩笑地道，“我还以为你是故意演给我看呢。”

“您这是在试探我吗？”原来这才是他把她带来的目的，看来是早就查到她和施易是高中同学了。

按理说老同学见面，不管曾经关系怎样，都免不了会激动一下，可是刚才封趣看到施易时像是见到陌生人一样，这不正常。

“是啊。”向来喜欢拐弯抹角的增满正昭突然打起了直球，“‘中林’在最后一轮谈判时甩出了他们做的估价模型，里头所涉及的数据要比萧湛整理出来的更加真实可靠。先不说目前的情况我们没有其他买家可以选择，即使有，‘中林’那边如果共享数据，我怕是在哪儿都讨不了好处，甚至价格可能会更低，如今这10%的溢价反倒像是他们的恩惠了。”

“您怀疑是我把数据给‘中林’的？”封趣显得很平静，会被增满正昭察觉她并不觉得意外，一个在商场上纵横了那么多年的人，自然不是那么好糊弄的。

“我想不通啊，按理说你应该一心只想破坏收购才对，为什么会帮‘中林’呢？”他在酒店门口停住了脚步，转身直勾勾地看着封趣，“直到我发现你和施易是高中同学。”

“就因为我们是高中同学吗？”封趣笑了笑，“社长，这恐怕不足以作为证据来给我定罪吧？”

就在她话音落下的同时，她的高中同学出现了。

确切地说，是她的两位高中同学一起出现了。

一辆宝蓝色的Panamera突然停在他们身边，副驾驶座上的施易按下车窗，探出头，笑意盈盈地冲着增满正昭招呼道：“哎呀，是增满社长啊。”

面对他的热情招呼，增满正昭只是礼貌性地冲着他点了下头，显然没有想深入交谈的意思，就连客套寒暄都不愿意。

但施易就像是没看懂他脸上的排斥，兀自打开车门走了下来：“您这是要回公司吗？要不我们捎您一程吧？”

“不必了。”增满正昭勉强牵了牵嘴角。

几乎同时，驾驶座上的薛齐也下了车，他关上车门，抬眸瞥了一眼封趣，视线很快就挪到了增满正昭身上，毫不避讳地打量着他。

这道目光让增满正昭觉得很不适，又隐约有些熟悉，像是在哪里见过。

他正皱眉回忆着，薛齐忽然启唇：“好久不见。”

增满正昭怔了下。

“这位是我同事，严格来说，他才是这次收购案的负责人，我就是被推到台面上的傀儡而已。”施易半开玩笑地介绍起来，倏地话锋一转道，“说起来，您以前应该见过他。”

“哦？”增满正昭扬了下眉梢，的确是见过的，他很确定，只是想不起来在哪里见过。

薛齐举步走到他面前，道：“上回见面的时候，您是收购方。”

这话让增满正昭脸色一白，依稀猜到了他的身份。

薛齐脸上挂着客套的社交笑容，朝他伸出手，自报家门：“薛齐。”

增满正昭显然没有跟他握手的心情，他猛地转头瞪着身旁的封趣，先前那些他想不明白的事瞬间都有了答案。

“社长，怎么了？”萧湛的声音忽然传来。

他刚把车从停车场开出来，远远地瞧见了这一幕，隔着一段距离都能感觉到对峙的气氛。

这的确是一场不算愉快的合作，双方见面当然也不可能其乐融融，但他鲜少见到增满正昭脸色大变、情绪外露，不免有些好奇，于是便下车走了过来。

增满正昭没说话，依旧死死地瞪着封趣。

封趣则不发一言地看着薛齐，表情很平静，看不出任何情绪。

“哦，没什么，就是突然发现被自己养了很多年的狗咬了吧。”施易打破了沉默，用一种幸灾乐祸的语气道。

萧湛猜到了大概，蓦地拧起眉心，转头质问封趣：“你做了什么？”

封趣张了张嘴，但施易似乎怕她辩解，急着说道：“你不会到现在都没意识到她做了什么吧？”他嗤笑了声，“你以为我们手上那些关于‘三端’的数据是哪里来的？”

封趣预料到了各种后果，但唯独没有预料到薛齐会当众出卖她。

虽然这话是施易说的，但就像这次的收购案一样，他不过是在代表薛齐发言。

她忽然想明白了很多事，他压根儿就没想从她身上得到什么，也从未指望过她会帮他，接近她为的只是这一刻。

拿回“三端”同时毁了曾经背叛过他的人，对他来说，这才是真正的大仇得报，而她在薛齐看来不过是罪有应得。

“谢了。”薛齐看着她，眼里没有丝毫温度，语气里也没有丝毫感恩，就像是一个刽子手，嘴上说着“对不起”，但还是冷血地手起刀落，干脆得很。

萧湛眯起眼眸，默默看着面前这两个人转身上了那辆 Panamera。

嗯，宝蓝色的 Panamera，还有驾驶座上的那个男人。

他想起了回国那天收到的那张照片，想起了旗舰店开业那天封趣奇怪的言行。也没什么好意外的，他早该猜到了，先前也的确已经有了怀疑，只是最近跟“中林”过于密集的谈判耗费了他太多心神，以至于他根本没空去细想这些。

就算他想到了又如何呢？如增满正昭所言，他果然不是她的对手，他顾虑太多，不像她，为了薛齐可以牺牲一切，包括他，也包括她自己。

她赌上了全部跟他一战，他要怎样才能赢？

整个“增满堂”都知道，社长这次的合约签得心不甘情不愿。他心里是憋屈的，但面上总是笑着的。

谁也没想到他回公司时会顶着一张阴沉的脸，别说是笑容了，那表情总让人觉得他下一秒可能就会掏出武士刀切腹。

没人敢说话，整个公司噤若寒蝉。

他只冲着紧随其后的封趣丢了一句“到我办公室来”，便不发一言，直直地朝着办公室走去。

“怎么了？”感觉到了气氛的异样，童佳芸有些担心地用唇型无声地询问封趣。

封趣宽慰地朝她笑了笑，一脸坦然地跟着增满正昭进入了他的办公室。

见状，童佳芸只能转身询问萧湛：“发生什么事了？”

萧湛瞥了她一眼，没好气地道：“问你们家封总。”

情况不妙啊，这看起来可不像是心情不好迁怒而已。

她跟几个市场部的同事鬼鬼祟祟地晃到了社长办公室门口，紧贴着门，试图听到里头的动静。

一旁正在忙碌的社长秘书只抬眸看了他们一眼，并没有阻止。

很快童佳芸就意识到这位秘书大叔为什么不阻止他们了……

隔音太好了！他们什么都听不见啊！

事实上，里头也确实没什么动静。

增满正昭默默地坐在会客沙发上，面无表情地看着站在他面前的封趣，就这么看了许久，久到封趣的额头甚至都开始冒汗了……

“坐吧。”他终于启唇。

“不坐了。”封趣看着他道，“您想说什么就直说吧。”

增满正昭重拾笑容：“你就没什么要跟我说的吗？”

“没什么可说的。”她一副坦然承担所有后果的模样，“我一会儿就去收拾东西，辞职信会尽快补给您。”

“我说了要让你辞职吗？”

“嗯？”封趣有些意外。

“辞职之后你能去哪儿？薛齐刚才那一手是什么意思，你比我更清楚吧？薛家是不可能继续收留你的。”增满正昭轻叹一声，道，“你有你的立场，毕竟薛家养了你那么多年，顾念旧情可以理解，‘三端’也算是还给他们了，这事你功不可没，欠薛家的你都还清了吧？是时候替自己打算了，往后你就踏踏实实地待在‘增满堂’吧。”

“如果今天买下‘三端’的不是薛齐，您还会让我留下来吗？”封趣问。

“当然……”

“不，您不会。”封趣打断了他的冠冕堂皇之词，“当年要不是为了我手上那些国内的供销渠道，您早就把我踢出‘增满堂’了。这些年来，您先是把我调去日本，趁此机会逐渐把所有资源握在自己手中，然后又想方设法地让我远离‘增满堂’的核心，反正无论是中国还是日本，有很多能做市场的人才，您随随便便就能找到一个人来取代我，甚至可能做得比我更好。您从一开始就计划好了要把我和‘三端’一块儿处理掉，只可惜棋差一着，您没想到薛家还没死透。”

增满正昭沉默了片刻，笑问：“那你觉得我现在把你留下来是为了什么？”

“为了让我对付薛齐。”

“傻丫头，你别太高估自己啊！”他一脸慈笑，看起来就像个普通的长辈，“就在刚才，我亲眼看着你被薛齐反咬，说得难听点儿，你觉得我会让他的手下败将去对付他吗？”

“不，您很清楚，我了解薛齐，更了解‘三端’，要不是顾念旧情，我未必会输给他。”她垂了垂眼帘，有些自嘲地笑了笑，“更何况您应该也看明白了，薛齐不希望我留在‘增满堂’，而您不想让他如愿。对您来说，我是不是有实用价值并不是那么重要，留在身边时不时硌硬一下对手，顺便玩玩心理战也是好的。”

增满正昭褪下了面具，索性开门见山道：“那你要不要留下来呢？”

“如果我拒绝呢？”封趣问。

“想清楚再回答，侵犯商业秘密可大可小。”

“我拒绝。”封趣毫不犹豫地回道。

增满正昭并没有继续浪费唇舌劝说她，而是拿起面前的座机话筒，拨通了内线，直勾勾地看着封趣，冲着电话那头的秘书道：“帮我报警，我怀疑封趣涉嫌侵犯商业秘密。”

在等待警察到来的过程中，封趣被强制隔离在了会议室里，手机也被没收了。

萧湛推门而入时，她正站在会议室后面的展示架前，怔怔地看着架子上的那套小红刷，那是他亲手制作的第一款小红刷，是在她的陪伴下完成的。

他不知道她看着那套化妆刷的时候在想什么，也许什么都没想，仅仅是无聊随便看看。

他却想起了很多事……

想起了那段志得意满却也最怅然若失的日子，那时候的他大学刚毕业，凭借着一系列制作漆器的视频在网络上收获了不少粉丝。他从来没有静下心来想过那些人喜欢的究竟是他的技艺还是他这张脸，对他来说这并没有什么区别，不过都是他用来谋利的工具。他也未曾想过这些名利能陪伴他多久，只是想站在足够显眼的位置上，让那个人看着他一点儿一点儿地把漆器这门艺术染上铜臭味，毁掉对方视若珍宝的东西，是他所能想到的最好的报复方式。

封趣就是在这种情况下出现在了他的世界里，他们的开始平淡到他甚至都记不清具体情形了。

按照她的说法，他们第一次见面是她来报名那天，店里的老师带着她四处参观，用一脸“我懂你”的表情特意把她带到了他的工作间外。当时他正在一支笔管的漆地上描金，盘着腿，嘴里咬着根棒棒糖，看起来很散漫，神情却很专注，直到被她的目光打扰，他抬起头瞪了她一眼……没错，是瞪，极其不礼貌的瞪视。店里的老师都觉得有些尴尬，一直跟她解释着“他平常不这样，今天估计是心情不好”，她却被那一瞪勾了魂，毅然决然地付了学费。

那时候经常会有看了他的视频后跑来他的工作室报名上课的女孩，封趣只不过是其中之一。

而他对封趣最初的印象是那个雷雨交加的午后……

那天，那个人忽然跑来他的工作室，要求他停止荒唐的行为，立刻回国。

他一直在等着这一天——他爸求着他回去的这一天，终于等到了，却和他想象中的完全不一样。

他没有在他爸脸上看到丝毫恳求的表情，有的只是命令，仿佛他生来就该听命于这个男人。

被拒绝后，他爸并没有如他所愿也恼羞成怒，只是默默起身，走到了他刚制作完成的那一方漆沙砚前，打量了片刻……

“你确实很有做漆器的天分，可惜你只会模仿，而你模仿的对象偏偏是我，你的每一件作品上都有我的影子。”说着，他伸出指尖，不屑地敲了敲那方砚台，“用这些东西来报复我，你觉得我会当回事吗？我只会觉得，果然啊，你身体里流着我的血。”

在他离开后，萧湛疯了一般砸碎了工作间里所有的漆器，完成的、未完成的，最终都成了满地的狼藉。

手在淌血，可他丝毫不觉得疼，只是呆呆地看着地上的血滴，是跟那个男人一脉相承的血。

怀疑人生——这个听起来满是自嘲意味的词，那一刻他却真真正正体会到了。

那种感觉很心酸，很难受，却也很无奈。

他突然发现自己一直做的一切都毫无意义，他最恨的东西偏偏融进了他的血液里，无论如何都摆脱不了，除非……

“老师……”一个怯生生的声音忽然从门外传来，打断了他的思绪。

他怔了下，有些恍惚地抬眸朝门边看了过去。

那道身影背着光，映入他眼帘的只有一抹婀娜轮廓。

“我有个问题想请教你。”她的话音再次传来。

“问吧……”他这才发现自己的嗓音哑得可怕。

“要裱多少层夏布、批多少次灰才能脱胎？”

“随便，凭感觉。”他回答得很敷衍，在那种情况下，他实在没有心情去扮演一个好老师，甚至都不想听到任何跟漆器有关的话题。

可门外的女孩就像是完全没有察觉到他的不耐，并未识相地离开，依旧一动不动地站在那儿，自言自语般说着：“需要反复很多遍吧，是个很漫长的过程呢。”

他爱理不理地“嗯”了声，兀自弯腰收拾起地上的那些碎片。

“说起来，虽然胎骨是稻草和石膏孕育而成的，却远比它们漂亮……”她的声音越来越近，最后停在了他面前，她轻声道，“就好像，青出于蓝而胜于蓝。”

萧湛蓦然一震，直起身，不发一言地看着她。

他不知道她在门外站了多久，但从这番言论看来，她显然是听到了他和他爸的对话。

她也并没有想隐瞒这点的意思，垂下眼帘，视线停留在他那双满是血迹的手上：“好好爱护这双手，你还得用它塑造出最好的胎骨，好到足以让所有人只记得它的流光溢彩，到了那个时候，谁还会在乎它的出身，不过是锦上添花的东西，可有可无，就连你自己都懒得去在意。”

沉默了片刻后，他抬起手，指了指角落里的柜子：“那里面有医药箱。”

闻言，她猝然抬起头看着他，一抹格外明媚的笑容在她嘴角绽放。

窗外的雨不知道什么时候停了，乌云散去，阳光照进了他的世界……

嗯，直到今天之前，他都以为封趣是他的阳光，打破了阴霾，给了他勃勃生机。可结果她只是一道闪电，骤然划破天空，短暂的明亮过后赐给他的是更加猛烈的狂风暴雨。

萧湛将自己从回忆中抽离，深吸了一口气，跨进了会议室。

关门声吸引了封趣的注意，她转头朝他看了过来，眼中闪过片刻的心虚，仅仅是片刻，很快就被防备取代：“你是来替增满正昭当说客的吗？”

他不置可否地耸了耸肩：“你要这么想也可以，毕竟就这件事来说，我和他确实利益一致。”

“那别浪费唇舌了，我不会留下来的……”

还没等她说完，萧湛就有些激动地打断了她：“你到底知不知道自己现在的处境？”

“我知道啊，侵犯商业秘密嘛，增满正昭一定会以之前谈判时‘中林’提到的价格和最终成交价之间的差价来定义‘增满堂’的损失，那我就属于‘造成特别严重后果’了，得判个三年以上七年以下有期徒刑并处罚金吧？”她习惯了在做每件事之前都先考虑清楚后果，这次当然也不例外。

这可能会涉嫌侵犯商业秘密，她当然知道。

增满正昭一旦得知真正的收购方是薛齐，就会猜到是她在搞鬼，憋了那么多年的气必然会一股脑地倾泻而出。他绝不可能放过她，这她也知道。

她唯一没有想到的是——薛齐会给增满正昭提供最直接的证据。

看起来，她想全身而退是不可能了，摆在她面前的就只有一条路……

“所以你不是无知者无畏，而是飞蛾扑火？”萧湛的低吼声再次传来，打断了她的思绪。

她紧抿着唇，无话可说。

最初的确是飞蛾扑火般义无反顾，可是现在她根本就没有选择。

“你清醒一点儿好吗？他根本就不领你的情，甚至可以毫不犹豫地出卖你！为了这种男人葬送自己，值得吗？”他咬牙切齿地质问着。

“那是我的事。”她并不想解释太多，毕竟造成如今这种局面的确是她咎由自取。

“是，这的确是你的事，你要作践自己我管不着，可你为什么要来招惹我？”萧湛握紧双拳，尽可能地将怒火化作指间的力道，唯有如此才能稍稍控制情绪，“口口声声说着喜欢我，可你把那些数据给他的时候想过我吗？你明知道这个出售案是我负责的，出了任何问题我都脱不了关系！”

“增满正昭很清楚这件事跟你无关，他也不可能迁怒你，何况你手里还握着‘增满堂’的核心产品。”

“你真以为我在意的是能不能继续留在‘增满堂’吗？”他终于还是失控了，“我在意的是，你为了他连我都骗！”

“对不起。”她翕张着唇，有很多话想说，最终却只说出了一句毫无意义的道歉。

他心口猛地一凉：“为什么要跟我道歉？我明知道‘三端’对你有多重要却还是极力促成出售案，甚至不惜利用你对我的感情，你不可能看不懂，你就不想知道原因吗？为什么还要跟我道歉？”

其实萧湛很清楚，她不问是因为她根本不在乎——他频繁更换女朋友却偏偏对她视而不见，她不在乎；他像对待跟班那样对她招之即来挥之即去，她也不在乎；他明摆着利用她的感情来达到目的，她还是不在乎。

或者说，她喜欢的就是这样的他，像薛齐一样的他。

尽管如此，他还是希望封趣能够推翻他的猜测，他宁可她勃然大怒、绝望质问，可结果……

“你也有你的立场。”平静的话从她唇间飘出。

立场？他哪里来的什么立场？这种可笑的理由连他自己都不好意

思说出口，真亏她能替他想到！

会议室的门再次被推开，增满正昭的秘书走了进来，瞥了眼戳在门边的萧湛，视线很快就挪开了，落在了封趣身上：“警察来了。”

“嗯。”封趣点了点头，举步朝会议室外走去。

她路过萧湛身边时，他还是不愿死心，猛地抓住她的手腕道：“能不能为了我留下来？”

她怔了下，这近乎哀求的语气让她有些诧异。

没错，他的确是在求她，可即便已经做到了这种程度，她还是不为所动。当眉间的惊讶退去后，她垂下眼帘，拨开了他的手，轻声道：“这件事跟童佳芸无关，你们别为难她，留着她吧，她是我亲手教出来的，能帮你不少。”

这算什么？他是不是还应该感谢她临走前还不忘给他留个得力助手？可他要的是她啊！

第四章 公如青山，我如松柏

封趣被警察带走了，身为助理的童佳芸自然也没能幸免。

他们连童佳芸的电脑也一块儿搬走了，法务部的人把她带去了会议室，软硬兼施地聊了很久，无非是想从她口中套出些什么。即便她反复表示她什么都不知道，他们还是不太相信，最终提出了要她暂时停职等待警方那边的调查结果。

在问询过程中，她也算是大概了解情况了。

以童佳芸对封趣的了解，她极有可能为了帮薛齐铤而走险，从“增满堂”现在的态度来看是绝对不可能放过她的，搞不好她真的会坐牢。而唯一能帮她的只有萧湛，他掌握着“增满堂”的核心产品，是能在增满正昭面前说上话的。

可让她没想到的是，面对她的求情，萧湛表现得很冷漠：“社长给过她机会了，只要她愿意留下来，一切既往不咎，是她坚持要走。”

“她为什么坚持要走你不明白吗？”

“不明白。”丢下这句话后，萧湛转身就走，显然是不想继续这个话题。

然而童佳芸仍然不死心，举步追了上去：“连我都明白的事，你怎么可能不明白？‘三端’对她有多重要你是知道的，社长留着她是想让她对付‘三端’的少东家，这不是逼她背信弃义吗？退一万步说，就算她真能狠下心对少东家下手，你以为她还能全身而退吗？社长那么记仇，迟早会跟她算账的！”

“那又如何？”萧湛加快了脚步，“既然她做出了选择，那总得付出点儿代价。”

“这何止是一点儿代价？你们是要毁了她的整个人生啊！”

萧湛蓦地停了下来，冷冷地看着她道：“她的人生是因为薛齐而毁的，要负责也该由薛齐来负责，跟我没有任何关系。”

童佳芸觉得这话不对，可她又不知道该怎么反驳。

“对了，我劝你还是主动离职吧。”他原本没有打算为难童佳芸，但她的存在就像是在提醒着他封趣的背叛。

“凭什么？”

“等到封趣的罪名落实，公司一样不会放过你，到时候只怕会闹得很难看，你应该也不想无端背上‘涉嫌侵犯商业秘密’的罪名吧？这对你以后的发展很不利。”

“那就等封总的调查结果出来再说吧！我不会主动离职的，你们休想省下赔偿金！”撂下话后，童佳芸愤然转身。

其实不用萧湛说，她本来也不想继续待下去了，封趣不在了、“三端”也不在了，她还留在这里干什么？想必她以后在市场部的日子也绝不会好过，一朝天子一朝臣嘛，以后新来的市场部经理必然不会善待她的。

但是，她下个月还要还钱啊！

就算是再屈辱也得忍着，忍到她把债都还清了，就又是一条好汉了！

这个听起来很励志实则非常没出息的念头很快就被童佳芸斩断了，就在她刚跨出“增满堂”的办公大楼时，手机忽然响了起来，来电显示是印好雨。

她立刻接通，等不及对方开口便急匆匆地道：“喂！印总！我们家封总出事了！刚才来了好多警察把她带走了……”

“我是薛齐。”手机那头传来了一个清冷的嗓音，虽然打断了她的话音，却丝毫没有让她感觉到不礼貌。

当然了，也有可能是她太过震惊了，震惊得连话都说不出来了，根本来不及考虑其他的事。

“封趣跟你提过我吗？”那个声音再次传来。

童佳芸渐渐回过神，连连点头：“提过，提过……”

“嗯，那就好，我有些话想跟你聊聊，方便见一面吗？”

“方便，方便……”

“时间你定吧，我随时都可以。”

“就现在吧！”她迫切地想见薛齐，为了封趣，也为了她的好奇心。

见面地点约在了“正源”隔壁那家商场一楼的咖啡店里，薛齐应该就在“正源”，说是让她快到了给他打电话，手机号码是通过印好雨的微信发给她的，童佳芸特意存下了，以备不时之需。

她挂断电话后，便立刻上了停在公司门外的出租车。

因为她不确定薛齐过来到底要多久，总觉得让他等不太好，于是她买好了咖啡，找好了位置，这才给他打了电话。

大约等了十分钟，当薛齐推门而入时，直觉告诉她应该就是这个人了。

她从未见过薛齐，连照片都没见过，只在封趣口中听说过一些关于他的事，比如他长得很好看，是那种鹤立鸡群的好看。

之前她一直觉得封趣滤镜太厚，完全不明白“鹤立鸡群的好看”到底是什么意思，这一刻她仿佛有些明白了。无关长相，有些人仿佛生来就有着与众不同的气质，仅仅是往那儿一站就会让人忍不住想多看两眼，当然了，他确实长得很不错……

他站在门边环顾了一圈，视线很快就定格在了她身上。

童佳芸穿着红色的毛呢大衣，也在电话里跟薛齐提过，很好认，整家店几乎只有她这一抹红。

于是，他举步朝她走了过去，停在桌边，又不太确定地询问了一下：“童佳芸？”

她连忙站起身，有些紧张地道：“是、是我……”

“不用紧张。”他扬起嘴角，笑得很温和，“坐吧。”

怎么可能不紧张！对童佳芸来说，薛齐简直就是活在故事里的人，她从来没想过有一天这个人会站在她面前，还对着她笑！

虽然他笑起来还挺暖的，但她依然觉得他高不可攀。

于是，她直挺挺地站着，一副“敌不动我不动”的模样。

见状，薛齐只好率先入座，抬起头笑着道：“你还是坐下来吧，我不太习惯仰着头说话。”

“对不起，对不起……”童佳芸连忙入座。

“你好像很怕我？”他开始好奇封趣到底是怎么形容他的。

“也、也不是怕……就是不太敢相信……”童佳芸不太好意思地挠了挠头，终于还是压抑不住兴奋，“少东家，你一会儿能跟我合个影吗？”

薛齐没跟上这姑娘的思路，一时不知该如何回答。

“我想带回去给我爸妈看，他们肯定开心坏了。”

“你爸妈？”

“嗯嗯！”童佳芸用力点头，滔滔不绝地说开了，“我爸妈是书法协会的，特别喜欢‘三端’的笔，以前你们‘三端’办笔会的时候，他们再忙都会去。听说你小时候他们还抱过你呢。”

“那改日有空的话，我和封趣一块儿去拜访下伯父伯母。”

“太好了！你们什么时候有空？”她激动地问。

这姑娘性子还挺急啊。

“呃……我是不是太唐突了？”

“不会。”他笑了笑，道，“最近确实有些忙，等封趣的事情解决了我们就去。”

“对了，少东家是因为封趣姐的事情约我见面的吗？”

“嗯。”

“那你一定要帮她！”童佳芸有些急切地抓住他的手，“今天来了好多警察，几乎把她的办公室都搬空了，还把她带走了，说是配合调查，可是我听萧总说……”话说到一半，她突然意识到什么，顿了下，问，“就是萧湛，你认识吗？”

“认识。”他点了点头，借着喝水的动作把那只被握着的手抽了回来，“你继续说，有什么不明白的地方我会问你。”

“好。”她继续说了下去，“萧总说，增满正昭让封趣姐自己选，要是她愿意继续留在‘增满堂’的话，那所有的事情都可以不追究，可她还是坚持要走，应该是不想与你为敌。以增满正昭的性格肯定是不会放过她了，我怀疑就连萧总也不会放过她，他们想置她于死地啊！”

“萧湛还跟你说了什么？”

“他还说，封趣姐的人生是因为你而毁的，要负责也该由你来负责，跟他没有任何关系。”童佳芸承认，她是故意挑出这句话原封不动地传达给薛齐的，目的是提醒他负责。

“还挺有自知之明。”封趣的人生本来就轮不到萧湛来负责。

“啊？”什么意思？童佳芸不太懂他的意思。

“没什么。”他轻笑着继续道，“放心吧，我会负责的。”

“真的吗？”她还是不太放心，“那封趣姐不会坐牢，是吧？”

“不好说。”

大哥！你玩我吗？

“我的意思是……”他的笑容里多了一丝淡到几乎察觉不出来的苦涩，“也许对她来说待在我身边就如同坐牢。”

这话说得有点儿帅啊！以至于童佳芸情不自禁地开始站 CP（情侣档）了：“逮捕她吧！少东家，请赶紧以爱的名义逮捕她然后把她终身囚禁吧！”

“好啊。”他失笑出声，“你知道她被带去哪个公安分局了吗？我一会儿就去逮捕她。”

“这我倒是不知道……”童佳芸被问住了，“不过我还是可以去帮你打听一下的，法务部那边肯定知道。”

“那加个微信吧，一会儿打听到了你发微信给我。”

“你要加我的微信吗？”童佳芸有些受宠若惊。

“不方便？”

“方便！方便！超级方便！”她赶紧掏出手机，第一次觉得加微信是件这么具有仪式感的事情，当聊天框跳出“你已加薛齐为好友，现在可以开始聊天了”这句系统提示时，她感觉就像关系明确建立，突然就有了使命感，“少东家，你还有什么事需要我办的就尽管说，我一定义不容辞！”

“谢谢。”他笑得很客气，“你已经帮了我很多，不好意思，还得劳烦你特意跑一趟。”

“没事，反正我闲着也是闲着。”

“闲着？”薛齐隐约察觉到了一丝不对劲儿，“你不用上班吗？”

“暂时不用了，他们让我停职接受调查，可能以后也不用了吧，萧总刚才还劝我主动辞职呢，不过我没答应。别以为我不知道，他们就是不想给我补偿金，我才不会让他们如愿呢，看谁耗得过谁！”末了，她还愤愤不平地“哼”了一声。

“你有兴趣来‘三端’吗？”薛齐突然问道。

“啊？”童佳芸有些意外，还有些尴尬，“少、少东家，你可千万别误会啊，我说这些绝不是想跟你讨工作的意思，就是太生气了忍不住抱怨一下……”

“我明白。”他打断了她的解释，继续道，“你跟了封趣那么久，我相信你的能力，所以才会提出这种冒昧的要求。”

你这完全只是盲目相信封趣吧。

“我希望你能好好考虑一下，大好的青春留在‘增满堂’跟他们耗补偿金，不值得。”

“封趣姐是不是也会去你那儿？”

“当然。”

“你们已经谈好了？”

“还没有。不过你放心，她会来的。”

童佳芸紧抿着唇，犹豫了好一会儿，终于下定了决心：“不管了！封趣姐去哪儿我就去哪儿！”

“好，等我跟她谈妥了给你消息。”想了想，他又突然道，“说起来，倒是有件事要你帮忙。”

“什么事？”终于有了用武之地，童佳芸显得很兴奋。

“我邀请你来‘三端’的事暂时不要告诉封趣。”

“为什么呀？”她恨不得第一时间跟封趣姐分享呢！

“她最近心情应该会很糟糕，如果知道她还连累了你，那恐怕会更糟糕，等她的心情好些了再说吧。”

“你对封趣姐真好。”童佳芸严重怀疑封趣是不是瞎了，从小跟这种男人一块儿长大，居然还看得上萧湛？

“对她好不是应该的吗？”

她内心深处的“柠檬精”要觉醒了。

“当然，我也有私心。”

“什么私心？”她好奇地追问。

“以她的个性，要是知道了你现在的情况，她就算是为了你也会毫不犹豫地来‘三端’。”

这话童佳芸听不懂了：“这样不好吗？你不就是想让她来‘三端’吗？”

“我希望她只是为我而来，无关其他人。”

别快说了！她现在好嫉妒封趣啊！

封趣知道她迟早有一天是要离开“增满堂”的，但她没料到会以这种姿态离开——众目睽睽之下被一群警察带走。

当然，她也不是那种做事不考虑后果的人。

在决定做这件事之前，她就已经设想过各种后果，包括眼下这种情况。

但是想象和现实终究还是有差距的，她没有想到问询过程会这么可怕，整整八个小时，除了吃饭、喝水、去洗手间，她根本就没有休息的时间。做笔录的警察换了两三拨，严厉的、温柔的、高冷的，各种类型她都感受过了，可是翻来覆去还是那几个问题，这种精神折磨她这辈子都不想再经历了！

离开公安局的时候已经是晚上十一点多了，她觉得身心俱疲，累得甚至感觉不到饿，只想立刻回家好好睡一觉。

然而，她刚跨出公安局便看见不远处停着一辆宝蓝色的Panamera，一道熟悉的身影倚在车边，见她出来后，他直起身，微微歪过头，定定地看着她。

封趣深吸了一口气，逼迫自己打起精神，缓缓举步，径直走到他跟前，嘴角上翘勾出一丝讽笑：“薛总是怕我没死透，打算再来补一刀吗？”

他面无表情地启唇道：“我要是想让你死，就不会给你苟延残喘的机会。”

所以呢？她是不是还得感谢他手下留情？

“上车。”他转身替她打开了副驾驶座的车门。

她一动不动地站着，丝毫没有上车的打算，眉宇间有明显的排斥。

见状，薛齐轻叹了一声，问：“你还想再来这种地方吗？”

如他所料，她忍不住颤了下，显然过去的这几个小时给她带来了极其糟糕的回忆，以至于她眼中甚至闪烁着一丝惧怕。在薛齐的印象中，她是个情绪很少外露的人，就算害怕也绝不会让人看出来。

“上车吧……”他心头一软，语气也软了不少，更像是轻哄，“听话，我会帮你解决这件事的。”

封趣赶紧钻进了副驾驶座。

这模样惹得薛齐失笑出声，她一如既往地识时务，懂得适时地向现实妥协。

封趣的坐姿格外端正，背脊挺得很直，双手放在膝盖上，一动不动，就像是第一天去学校报到的小学生。

薛齐淡淡地瞥了她一眼，感觉到了她的紧张，而他也确实不知道该怎么安抚她，索性打开了收音机。

电台里正在播放的是一首节奏轻缓的曲子，这首曲子缓解了车里的尴尬气氛，封趣逐渐放松下来，甚至有了困意。

再后来，她的眼皮越来越沉，路口红灯的倒计时就像是催眠符，她依稀记得当绿灯亮起时，她再也撑不住了……

这一觉她睡得很舒服，醒来的时候她惬意地伸了个懒腰，原本盖在她身上的东西因为她的动作滑了下去。她下意识地伸手抓住，发现是薛齐的外套后猛地打了个激灵，那些模糊的意识顷刻清晰起来，她猝然抬眸朝驾驶座看过去。

“醒了？”薛齐正目不转睛地看着她，轻声询问。

“嗯……不好意思，不知道怎么就睡着了，可能是太累了吧，这个……”她将外套还给他，“谢谢。”

“不客气。”他接过外套，重新穿上。

封趣这才发现副驾驶座的椅背被放了下来，她试图将它重新调直，却怎么都找不到调节椅背的按钮。

就在她侧着身子摸索的时候，薛齐的声音传来：“我来吧。”

“啊？”她回头看向他，神情有些尴尬。

薛齐不发一言地凑近她，手臂从她面前穿过，很快就摸索到了椅子下方的调节按钮。

随着椅背慢慢直起来，封趣和他的距离也越来越近，她紧张地屏住了呼吸，眼看着就快要触碰到他的身体了……

“差、差不多了吧……”她连忙道。

他轻轻震了下，回过神来，轻轻“嗯”了声，重新回到了座位上，神情也有些不自在。

“那个……”封趣清了清嗓子，打破了沉默，“我们是不是该聊一下怎么解决这件事？”

“上去说吧。”

“也好……”封趣打开车门，这才发现映入眼帘的景物有些陌生，她转过身，好奇地询问薛齐，“这是你家？”

“有什么问题吗？”他理直气壮地反问。

她轻轻蹙了下眉头：“为什么不送我回家？”

“你不饿吗？”他问。

“有、有点儿。”身体太诚实了，她没法否认。

“那你家有吃的吗？”上次送她回家的时候他看过，冰箱里除了水就没有其他东西了。

“我可以叫外卖呀。”

“都快凌晨两点了，你还让不让送外卖的休息了？”

“凌晨两点？”她难以置信地看了眼手表，确实快两点了！可是离开公安局的时候明明才十一点多呀，她愕然地朝薛齐看了过去，“我到底睡了多久？”

“近三个小时吧。”

“你……”一股暖流在她胸腔中流淌，“你是想让我多睡会儿所以才没叫醒我吗？”

“嗯。”

他这算什么，打她一巴掌再喂她颗枣子吗？节奏掌握得真好啊！

从停车位走到薛齐所住的那栋公寓楼也得五分钟左右，一路上，他们俩都很安静。

他似乎并没有打破沉默的打算，封趣则纠结着他到底想干什么。如果是为了报复的话，那他已经成功了，为什么还要帮她解决这件事？这很可疑，但他确实是她现在唯一能抓住的浮木，哪怕这根浮木上长满了倒刺，求生欲还是促使她奋力抓紧……

等她回过神的时候，电梯已经停在了六楼。

薛齐率先跨了出去，打开了面前那扇门，换上拖鞋，随口交代了一句："鞋柜里有拖鞋，你自己拿吧。"

她好歹也算客人吧？有让客人自己拿拖鞋的道理吗？

然而薛齐完全不给她抗议的机会，丢下这句话后便兀自穿过长长的玄关，拐向了右边。

她有些无奈，只好打开鞋柜自己翻找……

她根本不用翻，最上面那层塞满了各种酒店用的一次性拖鞋！

这个人真是越来越不像以前的薛齐了，以前跟薛叔叔、薛阿姨出去旅游时，她每次都会把酒店里的一次性拖鞋带回来，他总是嘲笑她活得像大妈，并且认为她心理年龄至少六十岁，结果他还不是干了同样的事！

封趣随手拆了一双一次性拖鞋换上，也不知道薛齐在忙什么，她总不能一直戳在玄关，犹豫了片刻后，她小心翼翼地走了进去。

玄关左边是偌大的下沉式客厅，右边是餐厅和开放式厨房。

薛齐正在厨房的冰箱里翻找着，察觉到她的动静后，转身询问："蟹黄面可以吗？"

"啊？"封趣有些惊愕地看着他。

"我问你要不要吃蟹黄面？"

"你家居然有蟹黄？"

"这是珍贵得寻常人家吃不起的东西吗？"

"我不是这个意思……"如果她没记错的话，蟹黄一直是她爱吃的，可是他对蟹黄过敏。

"到底要不要吃？"他的询问声再次传来。

"要，可是……"她回过神，消化起了另一波惊讶，"你、你做吗？"

“我不喜欢别人进我的厨房。”

“我也没有要进你家厨房的意思……”她往后退了几步，毕竟他家厨房是开放式的，不知道什么程度算是进入，她索性尽可能拉开些距离，“我只是有点儿好奇，你会做吗？”

“很难吗？”他问。

“倒是不难……”对正常人来说确实不难，可是对他来说难度系数爆表了吧？这家伙以前蒸馒头都会把馒头整个丢进水里煮的！

“那不就行了。”

“不是，煮饭这种事不是想当然的，总之你不用勉强，实在不行就叫外卖吧？虽然确实有些晚了，可是人家外卖小哥也是想赚钱的，过分体恤他们反而会剥夺了他们赚钱的机会呢……”

“你今天是怎么跟警察说的？”薛齐突然启唇，打断了她的絮叨。

“啊？”她愣了愣，一时有些反应不过来。

他继续问：“认罪了吗？”

“没有。”

“那就好。”他明显松了一口气，接着问，“你是怎么把那些数据给印好雨的？”

“当面给的。”

“是打印出来的还是放在U盘里？”

“手抄的。”她很配合，有问必答。

他愣了愣，片刻后轻轻挑了下眉梢，半开玩笑地道：“计划得还挺周全。”

这话让封趣轻轻震了下，没错，太周全了，就好像在做这件事的时候她就已经料到了会有今天的结果，可这说不过去。如果她是为了申请预算才找印好雨做这些模型，何至于这么小心谨慎，甚至不留一丝痕迹？

薛齐倒像是完全没有察觉到这一点，自顾自地继续道：“你记住，我用来谈判的那些数据都是从印好雨那里得来的，跟你没有半点儿关系。”

“那我要怎么解释印好雨是如何拿到这些数据的？”

“这不是你要解释的事，是印好雨的事。‘正源’作为‘三端’唯一的生产商，知道‘三端’的产量、销售额，从而也不难核算出自由现金流，这很正常。”

封趣蹙了蹙眉心：“这样的话，印好雨会不会有麻烦？”

“我让律师看过‘正源’和‘三端’的合约了，里面并没有注明需要对这些数据进行保密，换句话说，这根本算不上商业秘密。”

“话是这么说，可是有些事即便不触犯法律也有可能触犯道德，如果‘印好雨泄露客户数据’的消息传出去，极有可能会影响‘正源’的声誉。”要她为了自保弃印好雨于不顾，她办不到。

“这个说辞是印好雨提出的，也只是以备不时之需，事实上，法院受理这个案子的可能性微乎其微，更何况我有无数种方法让他们放弃追究。”

“不时之需是指……”她害怕地问，“警察还会来找我吗？”

“放心，警察未必还会找你，但‘增满堂’的人就不好说了，在被他们问起的时候记得按我刚才教你的说。”想了想，他又忍不住补充了一句，“尤其是萧湛。”

“为什么要着重提萧湛？”

“不为什么，个人偏见。”

她本以为这中间是不是还有着什么她不知道的事，结果这答案也太随便了吧！

“吃吧。”他没理会她的愣怔，兀自走到吧台边，把手里那碗面放在了她面前。

“啊？煮、煮好了？”他居然就这么悄无声息地煮好了？

封趣低下头，难以置信地看着面前这碗面，卖相居然很不错！

她迫不及待地拿起筷子，心里已经想好了，不管好不好吃，都得夸他几句以示鼓励，毕竟能把面煮熟对他来说就已经很不容易了！

可让她没想到的是，当第一口面入口后，她竟然情不自禁地发出了赞叹：“好吃！”

薛齐在她对面坐了下来，好笑地瞥了她一眼：“不过就是一碗面而已，能有多好吃？”

“可能因为是你煮的吧。”她头也不抬地道，又吃了一大口。

如果这碗面出自米其林那些三星厨师之手，或许只能给八十分，但它出自她印象中几乎从未进过厨房的薛齐之手，那就值一百零一分了，多一分就是为了让他骄傲。

虽然明白她的意思，但薛齐还是心口一软，柔声道：“吃慢点儿，又没人跟你抢。”

“嗯嗯……”她嘴里嚼着面，支吾了几声。

薛齐完全听不懂她在说些什么，但看起来她是完全没把他的话听进去，丝毫没有放慢吃面的速度，简直堪称手不停箸。

才几分钟的工夫，她就把那碗面吃得干干净净，连汤都不剩。

她瘫在椅子上，餍足地“啊”了一声，还不太优雅地拍了拍肚子。

“吃饱了？”薛齐好笑地问道。

“嗯……”她很识趣地赶紧站了起来，“我来洗碗吧。”

“放着吧，明天让阿姨洗就好了。”他抬手拦住封趣，重新把她按回了椅子上，“差不多该聊正事了。”

“刚才聊的不算正事吗？”

“不算。”他直截了当地问，“你为什么要让印好雨做那些模型？”

“呃……”果然他还是察觉到不对劲儿了！

“这个投资案并不是你负责的，如果是想帮萧湛的话也没必要这么谨慎……”他顿了顿，目不转睛地逼视着她，问，“你到底要那些模型做什么？”

封趣放弃抵抗，深吸了一口气，试探着问道：“如果我说我本来就是打算给你的，你信吗？”

“信。”他几乎秒答，就好像是她说出了一个完全在他意料之中的答案。

这让封趣很意外。

他信她？他居然信她？可是信她的话又为什么要这么对她？

“按照印好雨的说法，你早就知道增满正昭要出售‘三端’，不过我猜应该也不会太早，是萧湛回国后知道的吗？”

“嗯……”

"那你应该也知道'中林投资'是收购方之一吧?"薛齐轻轻笑了一声,继续道,"所以你就装醉,搞了这么一出,目的就是让我拿到那些数据。"

她有些诧异:"你怎么知道我装醉?"

"凭你的情商不至于敬酒把自己给喝醉,那晚你手里一直拿着一瓶红酒,而且你只喝自己手里的那瓶酒,喝完之后就会去找酒店服务员拿,并且每次都是同一个服务员。"他微微歪过头,似笑非笑地道,"我猜,他拿了你的钱帮你兑酒,你喝的那些红酒里掺了不少葡萄汁吧?当然,你也确实喝了一些酒,毕竟如果没有酒气的话会引起我的怀疑。"

"你都猜到了还有什么好问的……"她闷声咕哝了一句。

本以为自己做得天衣无缝,可其实他早就看穿了,只不过是在配合她演戏而已,这感觉……老实说,不太舒服……

"倒也不算都猜到了,之前只不过是有所怀疑,直到今天才确定。"

"是因为我做得太周全了吗?"

薛齐好笑地白了她一眼:"没见过有人申请预算还要做模型的,也没见过有人申请预算还需要偷偷摸摸地手抄数据的。"

果然,这种金融方面的问题她就不该在薛齐面前班门弄斧。

"为什么要帮我?"

"我不帮你帮谁……"

她那种理所当然的语气让薛齐情不自禁地弯起了嘴角,他支着头,笑意盈盈地看着她,道:"那干脆来'三端'帮我吧。"

她蓦地一僵,脸色沉了几分。

"怎么了?"

"这就是你的目的吗?"

他有些无言以对,这的确是他的目的,但显然跟她想象的不太一样,只是他不知道该怎么去解释这其中的差别。

封趣把他的沉默解读成了默认,嗤笑一声,凉凉地道:"你借增满止昭的手把我逼上绝路,然后又成为唯一能让我免去牢狱之灾的人,让我陷入了根本无从选择的境地。如果不想坐牢,我就必须得来'三端'帮你，是吗？"

这套路跟增满正昭有什么区别？甚至可以说更恶劣，毕竟连增满正昭也不过是他手中的棋子。

"这是两回事，愿不愿意来'三端'是你的自由，无论如何这个案子我都会帮你处理。"他启唇道。

封趣有些意外，蹙着眉心不解地问："那你做那么多到底是为什么？"

"为了逼你离开'增满堂'……"他轻叹了一声，语气里透着无奈，"如果我们没法并肩作战，至少不要兵戎相见。"

"对不起。"这番话让封趣有些惭愧，觉得自己简直就是在以小人之心度君子之腹。

"是我的问题，如果我一开始就选择对你说实话，你也不会想那么多。"

他没必要背这个锅啊，这会让她更加过意不去！

"不过我也确实没想到你会给我那些数据，你应该也清楚，即使我和施易不在增满正昭面前演那一出，他也已经怀疑你了。这种情况下他不会轻易放你走，留在'增满堂'你只会更难，倒不如这样干脆一点儿，我敢惹事就一定能保证你不会有事。"

"你……"封趣有些动摇了，"你想让我来'三端'帮你做什么？"

"不瞒你说，我打算先从化妆刷做起，'三端'现在急需回笼资金、打开市场，等有了一定的客户群后再考虑重回制笔业，这样会更保险一些，而你既清楚'三端'这些年的经营状况，也对化妆刷市场有一定的了解。"

"那岂不是要跟'增满堂'正面冲突？"

他点了点头，坦诚地道："确实会有。"

封趣陷入了纠结之中。

这种情况下，只要她去了"三端"，就已经是站在"增满堂"的对立面了，就像刚才薛齐说的那样，她也想就算没有办法和萧湛并肩作战，至少不要兵戎相见。

拒绝的话已经到了嘴边，她还没来得及说出口就被薛齐打断了。

“封趣，”他轻轻唤了一声，目不转睛地看着她，用一种软得足以让人化开的语气道，“我需要你。”

真是要命啊！这样子谁受得了？

她紧紧抓住最后那一丝尚存的理智，好不容易才挤出一句：“你让我考虑一下。”

“好，我等你。”他弯起嘴角，笑得很满足。

封趣蓦地转开目光，这笑容太美她不敢看，生怕自己的立场会随时崩塌！

那之后封趣又提心吊胆地过了几天，终于，公安局那边联系她了。

那通电话她接得分外忐忑，做好了各种心理准备，好在他们只是通知她这个案子因为证据不足无法立案，让她去办一下手续把一些私人物品领回来。

毫不夸张地说，挂断电话的那一刹那她觉得整个天空都放晴了，迫切地想要找人分享。

于是她给薛齐打了电话，也不知道这个结果是不是跟他有关，但总得跟他说一声。

手机响了很久才接通，还没等薛齐开口，她就兴奋地道：“我刚才接到警察的电话了，他们说证据不足无法立案！”

手机里传来他的轻笑声：“那是不是该吃顿饭好好庆祝一下？”

“好呀，你哪天有空？”

“择日不如撞日，就今天吧。”

“嗯，你想吃什么？我请你啊。”

“还是我请你吧。”

“你总得给我个机会谢谢你吧。”封趣推托道。

“谢我做什么？我可干预不了司法，这只是正常判罚。”

是这样吗？那他之前说什么会帮她解决这件事，敢情早就知道会是这种结果了，他不过就是捡个现成便宜而已？这样说好像也不太对，如果是捡现成便宜的话，这会儿他应该邀功才对。

“你什么时候去公安局办手续？要不要我陪你去？”

“没事没事，我自己去就可以了。”只是办手续而已，他们应该不至于再审她一次吧？

“那有什么事给我打电话。”

“不会有事的啦……”被薛齐说得她都有些心慌了，她赶紧岔开了话题，生怕表现出害怕会让他更加担心，“你还是想想晚上吃什么吧。”

“刚才听前台的小姑娘说有家网红烤肉店还不错，要不要去试试？”

“是不是会送一罐来自呼伦贝尔大草原的空气的那家？我很早之前就想去拔草了……”先前她也跟萧湛提过几次，但他的热情度一直不高，想到这里，她的热情忽然冷却下来，声音也越来越轻。

好在薛齐似乎并未察觉到什么：“那等我这边忙完了去接你，可能六点左右。”

“还是直接在店门口碰头吧，免得你再跑一趟了。”

“无所谓，我本来也要回去放一下东西。”

“那好吧，你出来了跟我说一声。”

挂断电话后，封趣怔怔地看着最近通话那一栏，薛齐的名字下面全都是萧湛。这几天她给萧湛打了无数个电话，他都没有接，她也想过要不要直接去他家找他，又怕他气还没消，见了面反而会闹得更加不愉快。

刚巧一会儿要去公安局办手续，她的车还停在“增满堂”的停车场里，她故意不去拿，就为了等到这种迫不得已的时候还能有个制造偶遇的借口。

如果是“偶然遇见”的话，应该就没有那么招人烦了吧？

想着，她给童佳芸发了条微信，本来是想确定一下萧湛今天有没有在公司，让她没想到的是……

童佳芸收到封趣的微信的时候，会议刚结束……

其实这个会早就该结束了，但薛齐中途出去接了个电话，回来的时候满面春风，童佳芸猜想那个电话十有八九是封趣打来的。

所以说，为什么找完少东家就找她啊？

她蓦地从椅子上站了起来，快步追上刚走出会议室的薛齐，紧拽着他的手肘，气喘吁吁地道："封、封趣找我……"

薛齐停住脚步，转头朝她看了过去："说什么？"

"呃……"童佳芸有些犹豫。

"问你萧湛在不在公司？"

"你怎么知道？"

"猜的。"

"少东家，你也太厉害了吧？'三端'要是哪天经营不下去了，你索性去摆摊给人算命吧。"童佳芸由衷地感慨道。

"我算不了别人，只会算她。"他的猜测只不过是基于对封趣的了解，她一贯如此，看似坦荡，实则扭捏，生怕一不小心就会惹人生厌。即便是想要去找萧湛的心早就已经按捺不住了，她也未必会直接去做，而是更倾向于制造一场毫无意义的偶遇。

想到这，薛齐忍不住撇了撇唇，神情有些不悦。

捕捉到这一幕的童佳芸变得更加小心翼翼了："我应该怎么回她呀？"

"告诉她，你其实已经不在'增满堂'了。"

"咦？可以说了吗？"他不是说要暂时先瞒着封趣的吗？

薛齐微笑着看了她一眼："什么能说，什么不能说，我相信你会斟酌的。"

"那必须的！少东家，你就放心吧，你的心思我懂，但我也绝对不会多嘴的！"她很有使命感地拍了拍自己的胸口，给出了信誓旦旦的保证。

当然了，口说无凭，为了证明她这方面的办事能力绝对靠谱，她索性当着薛齐的面给封趣打了电话。

很快封趣就接通了电话，童佳芸挤出为难的口气，吞吐道："那个……姐、姐啊……其实、其实我已经不在'增满堂'了……"

不出她所料，手机那头的封趣一惊一乍地吼开了："怎么回事？什么叫你已经不在'增满堂'了？"

"就……不做了嘛……"她回得很含混。

封趣沉默了片刻，似乎是在稳定情绪，再次开口时要比刚才冷静了很多："什么时候的事？"

"快一个星期了。"

"那不就是我被警察带走的时候？是因为我的关系吗？"

"说来话长，这个电话里讲不清楚……"

"前天我们不是才一块儿吃过饭吗？当时你怎么不说啊！"

"这个也说来话长……"

"这样吧，你什么时候去'增满堂'拿车呀？我刚好也要去办离职手续，干脆我们一块儿去吧，我见面跟你说。"

急于跟她见一面的封趣自然是毫不犹豫地答应了，俩人约好了时间后，童佳芸挂断了电话，冲着一旁的薛齐道："少东家，有我在，你就放心吧，我保证会帮你盯着她和萧总的！"

"辛苦了。"薛齐拍了拍她的肩膀，"一有情况，立刻汇报。"

"遵命！"

封趣原本是打算临近下班的时候再去的，这样在停车场"偶遇"萧湛的概率更高一些，就算是要等，应该也等不了太久，他向来不爱加班。

可她现在迫切地想知道童佳芸到底发生了什么事，也顾不得那些儿女情长的小情绪了。

于是，她跟童佳芸约了下午一点在"增满堂"附近她们以前常去的那家咖啡店碰面。

她索性先打车去公安局办完了手续，所谓的私人物品也没什么，不过就是些移动硬盘之类的，手续流程有点儿繁杂，但好在警察的态度都很客气，忙完的时候已经两点多了。等她赶到咖啡店的时候，童佳芸已经坐在那儿了，脚边还放着个纸箱。

封趣快步走上前，瞥了一眼那个箱子，里头都是些杯子之类的私人物品，她猜测道："你已经办完离职手续了？"

童佳芸点了点头，把替封趣点好的咖啡推到她面前道："少东家给我放了半天假，吃完午饭我就过来了，闲着也是闲着，就干脆自己先去办了，顺便帮你打探了一下，前台的小姑娘说萧总已经好几天没去公司了。”

“少东家？”这个既熟悉又陌生的称呼几乎吸引了封趣的全部注意力，她眉头紧蹙，追问道，“你现在在哪儿工作？”

“‘三端’……”童佳芸的话音很轻，小心翼翼地偷看着封趣的反应。

“什么情况？”封趣一惊一乍地吼开了。

“嗯……”童佳芸支支吾吾地道，“那天你被警察带走之后，他们就派人没收了我的电脑，让我停职接受调查。”

这一点封趣倒是不觉得惊讶，童佳芸身为她的助理极有可能会被他们迁怒，正因为想到了这一点，她才会在临走时特意跟萧湛说留下童佳芸……

想到这，她问：“萧湛呢？他没找你谈过吗？我说了让他把你调去他那边啊。”

“姐，你是不是傻……”童佳芸用一种充满同情的目光看着她，“他对你都这样了，还能善待你的助理？”

说得也是。

“再说了，就是他劝我主动离职的！”童佳芸咬牙切齿地道，“说是万一查出什么就不是被开除那么简单了，对我以后的发展也不利，我本来是打算就这么跟他们耗着的，有本事开除我呀，拿点儿补偿金也好，可是少东家说得对，大好的青春跟他们耗太不值得了！”

“所以薛齐到底是怎么勾搭上你的？”这开口闭口“少东家少东家”的，封趣听着都觉得有些不是滋味了，这丫头到底是谁的助理啊？

“那天我刚离开公司就接到了少东家的电话，他想跟我打听你被带去哪家公安分局了，结果听说我被停职之后就邀请我去‘三端’了。他说是你也会去，那我当然就答应啦！结果第二天他又约我出来见了一面，说是你不愿跟那台‘人形打桩机’为敌，所以恐怕不会来‘三端’了，但他仍然希望我能去，让我自己考虑。我肯定是拒绝的呀，你不去我去干吗呀？可是少东家太能说了！字字攻心，感情真挚，我最终还是没抵抗得了……”

"去'三端'确实要比留在'增满堂'好，这我完全可以理解，也不会要求你因为我而不可以跟萧湛为敌，你没必要瞒着我啊。"

那件事之后封趣当然也担心过童佳芸会不会被连累，她们打过好几个电话，微信也一直保持着联系，甚至前天刚一块儿吃过饭，可是被停职也好，薛齐来找过她也好，这些事童佳芸都只字未提，倒是有意无意地劝过自己去"三端"，还煞有介事地列举数条去"三端"的好处……

童佳芸一直是个"三端"控，她父母都是书法协会的，她自小就被逼着学书法，别的小孩子都在玩，她却每天都在练字，湖笔、徽墨、宣纸、端砚就是她的童年玩伴，而她用得最多的就是"三端"的湖笔。虽然后来因为实在不是那块料而放弃书法了，但她对"三端"始终有情怀，这也是封趣当初会在众多面试者中选择她做助理的原因之一。

正因为如此，她的劝说在封趣看来是件很正常的事，丝毫没有生疑。

"不是啦……"童佳芸很有技巧地坦白了一部分，"是少东家让我瞒着你的，说是怕你自责。"

"他有病你也跟着一起有病吗？也不动脑子想想，这种事你还能瞒我一辈子不成？"

那的确是薛齐的作风，他经常会做出一些对她保护过当的事，小时候下雨天甚至不让她往树下走，觉得她会被雷劈死。

所以封趣并不觉得意外，她不能理解的是为什么童佳芸会这么听薛齐的话？

这是她的助理啊！跟了她那么多年啊！居然帮着薛齐一起瞒着她！

虽然出发点也是为了她好，但她依然觉得心理不平衡！

"当然不可能瞒你一辈子了，我们也是想等这件事过去了，你心理负担没那么重了，我在'三端'也稳定了以后再跟你说嘛。"童佳芸决定采取撒娇策略，抓着封趣的手臂前后晃动了起来。

"我现在心理负担依然很重。"想了想，封趣又补充了一句，"不如说是更重了！"

“哎呀，别这样嘛，我这不是跟你坦白了嘛。”

“那是因为你瞒不住了！”

“呃……”要瞒怎么会瞒不住呢，还不是少东家不想骗她。

封趣突然想到了什么，愤愤地瞪着童佳芸，问：“该不会今天也是薛齐让你来看着我的吧？”

“那倒也没有……他只是说，如果你有什么事的话要我跟他讲……”

“那不就是看着我吗？”

“这哪叫看着，人家那是关心你好吗？”

“关心个屁啊！我不过就是来拿个车，能有什么事？”

童佳芸睨了她一眼，意味深长地道：“你真的只是来拿个车吗？”

“你不会连我想来偶遇萧湛的打算都跟他说了吧？”

“呃……”

神经病啊！她不要面子的啊！

说什么只是拿车而已，能有什么事……封趣还是太天真了，低估了增满正昭的龌龊程度……

到了停车场后，封趣发现她的固定车位上停着一辆她从未见过的车。

虽然她非常确信自己就是把车停在这里的，但抵不过现实，她不得不怀疑自己的记忆是否出现了偏差，于是跟童佳芸绕着停车场找了好几圈。好在“增满堂”的停车场并不大，她们找了半个多小时，还是一无所获，两人放弃了，决定去问一下物业到底是什么情况，物业给她们的回答是：

“这个车位你们公司已经安排给其他员工了，你也一直不来拿车，你们公司说是联系不到你，让我们看着处置，总之是要赶紧把这个车位空出来。我们更联系不到你啊，没办法，就只好先找拖车公司把车拖走了。”

物业经理还很客气地写了个地址给她，让她带好证件去取车，整个过程中不停地在跟她道歉，以至于她也不好责怪对方。

更何况，这的确不是物业的问题，车位是公司行政部统一安排的，物业当然不可能有她的联系方式。

问题就在于，“增满堂”这边根本就没有任何人联系过她！

她拿着那张物业经理写给她的地址条，有些迷茫地站在办公楼大堂里，纵然是把人性看得再透彻，她也没想到会被这么彻底地抛弃，一时间竟然有些缓不过神。

童佳芸很气愤，在一旁不停地说：

“太过分了吧！你好歹在这儿做了那么多年，没有功劳也有苦劳，容不下你的人也就算了，居然连你的车都容不下吗？

“再说了，看着碍眼那就打电话让你取车啊，行政那边又不是没你的电话，凭什么未经你允许擅自处理啊？

“幸好我辞职了！这鬼地方谁爱待谁待去！”

“封趣？”

突然有个低唤声传来，打断了童佳芸的话。

童佳芸转头看了过去，迎面走来的是个女孩，披肩中短发，穿着条素色的裙子，妆容很淡，看起来不怎么起眼，甚至是没什么存在感，但细看的话会发现她长得很清秀，气质也很恬静。

这个人童佳芸只见过两次，算上今天一共才三次，但还是一眼就认出来了——萧湛的助理。

她绝对是童佳芸认识的人里面反差最大的那个了，看起来毫无攻击性，实则吃人不吐骨头。

“啊！”她轻轻地叫了一声，蓦然想起了一件很重要的事。

完蛋了！她刚才就应该先把封趣带走才对！

女孩兴冲冲地走到封趣跟前，噙着笑道：“你来公司怎么也不说一声呀？”

“只是来拿车而已，很快就走了。”封趣将手里的那张纸收好，礼貌地冲着她笑了笑，语气里透着疏离。

很显然，封趣不爱跟她打交道。

她叫罗夏可，起初只是萧湛的母亲所开的漆器教室里的学生，封趣之前在漆器教室帮忙的时候见过她好几次，她几乎不怎么跟萧湛说话，有什么不懂的都是直接向萧湛的母亲请教。

萧湛的母亲特别喜欢她，经常会邀她去家里吃饭，跟萧湛打照面时，她总是客客气气的，话也不多。

以至于封趣一直以为她和那些奔着萧湛而来的小迷妹不同，只是喜欢漆器而已。

直到萧湛的母亲去世，封趣飞去日本找萧湛的那天，罗夏可在萧湛家。

凌晨三四点，孤男寡女，怎么看都不正常。

但罗夏可见到封趣之后无比坦然，声称只是来整理一些老师的遗物，看萧湛心情不好，就陪他聊了一会儿，聊着聊着就忘了时间。

封趣当然也没有资格去刨根究底，但女人的直觉告诉她——罗夏可一定是喜欢萧湛的。

后来，罗夏可也终于承认了……

她说："他就像个小孩一样，看到了喜欢的玩具就心心念念、志在必得，得到之后开心得恨不得时时刻刻把对方捧在手心里，但用不了多久就把玩尽兴、弃如敝屣。他根本就不爱任何人，只爱他自己，你也不是例外，我也一样。但我跟你不同，我从来都没有想过要成为他的玩具，我想要的是成为他的一部分，等到他的事业、生活都离不开我的时候，他就会像爱自己那样爱我了。"

那之后不久，封趣就听说罗夏可成了萧湛的助理，她的的确确是在一步步地入侵萧湛的事业和生活。

坦白讲，这番话封趣是认同的，也并不觉得罗夏可有多可怕，甚至论起蛰伏功力的话，她有信心可以完胜罗夏可，但她不想这么做。如果喜欢一个人都要这么斗智斗勇、精于算计的话，那她宁可换一个人喜欢。

三观不同又偏巧喜欢着同一个人，她们是注定不可能成为朋友的。

"这就走了？"罗夏可轻轻蹙了下眉心，"不跟萧湛打个招呼吗？刚才电梯太挤，我就先进去了，他坐下一部，应该很快就下来了。"

封趣愣了愣，转眸朝童佳芸看了过去。

一旁的童佳芸连忙心虚地别开了目光。

封趣意识到了不对劲儿，童佳芸是不会无缘无故骗她的，除非有什么不想让她看到的东西，再结合罗夏可极力挽留她的表现来看——萧湛有可能不是一个人下来。

她收回目光，微笑着冲罗夏可道：“我还有事，下次吧……”

可惜，天不遂人愿，她的话音还没落下，罗夏可就突然看向电梯的方向，自言自语般念叨了句：“呀，还真是说曹操曹操到呢。”

不是这么巧吧！

“萧湛！”她扯开嗓子喊道，“封趣来找你了！”

这女人摆明了就是想让封趣难堪啊，这都已经指名道姓地嚷嚷了，封趣甚至看到有不少人停下脚步朝她投来好奇的目光，这时候如果她转身就走会更丢脸！

她咬了咬牙，鼓起勇气转过身朝电梯的方向看了过去，映入眼帘的画面果然和她想的一样……

萧湛举步从电梯里跨了出来，怀里还搂着个女人，俩人正在说着什么，笑得很开心，听见罗夏可的喊声后，他抬眸朝她们这边看了过来。

他明显怔了下，但很快重拾笑容，松开了怀里的女孩，若无其事地朝她们走来。

“找我有事吗？”他丝毫没有想掩饰什么的意思。

童佳芸见封趣愣怔着，连忙道：“萧总，麻烦您好好管一下您这位助理，别乱造谣，我们家封趣姐只不过是来拿车的。”

“啊？”罗夏可一脸无辜地朝童佳芸看了过去，“我以为拿车只是借口。”

“你……”童佳芸语塞了，说这是借口也不为过，可是当众说穿就过分了啊！

“原来是封总呀。”萧湛身边的女孩忽然启唇，“好久不见了呢，听说你被‘增满堂’开除啦？”

封趣蹙了蹙眉，细细打量起面前的这个女孩。她仍然没想起对方到底是谁，但那张标准的网红脸倒是释放出了不少信息，她没猜错的话，对方应该是个美妆博主，跟“增满堂”有合作，之前应该也跟她打过几次照面。

“你的消息还挺灵通。”封趣冲着她微微扬了扬眉。

“过奖过奖，你侵犯商业机密的事圈子里都传遍了，想不知道都难。”

“你什么意思？谁侵犯商业机密了？有证据吗？”童佳芸咬牙切齿地吼道。

“你冲我吼也没用呀，我也是听你们‘增满堂’的人说的。”话音落下的同时，她又往萧湛怀里钻了几分，媚眼一抬，凉凉地瞥了一眼封趣，“说起来，你找我男朋友有什么事呀？”

“我只是来拿车的。”封趣直视着她的眼睛，一字一顿地道，将底气不足掩盖得毫无痕迹。

就在她话音落下的同时，忽然有个熟悉的声音从身后传来……

“你的车还没拿好吗？”

封趣怔了怔，转眸看了过去，是薛齐。

他噙着笑，就好像是一直在外头等她一样，表现得极其自然。

封趣咬了咬牙，朝童佳芸看去——还挺会通风报信的啊！

童佳芸不以为意地朝她吐了吐舌头，举步躲到薛齐身后，告起状来：“少东家，他们把封趣姐的车给拖走了！”

“拖去哪儿了？”薛齐站在封趣面前，询问道。

封趣没说话，默默地把刚才物业经理写给她的那个地址递给了薛齐。

他接过字条看了一眼：“还好，不远，坐我的车去拿吧。”

说着，他便打算转身，整个过程中，他就像是压根儿没瞧见面前的萧湛等人，连声招呼都没打。

但人家不打算就这么放过他……

“啊呀，薛总也来了啊？”那位美妆博主忽然主动跟薛齐打起了招呼。

闻言，薛齐还是很有礼貌地停住了脚步，转身朝对方看了过去，眉宇间有困惑之色，显然他根本就想不起来面前的人是谁。

对方也不在意，自顾自地说了下去：“不好意思啊，拒绝了你那么多次，我也是没办法，得顾及我男朋友的感受，不太方便跟你见面，

‘三端’的宣传自然没法接了。”

封趣嘴角微微抽搐了下，欲哭无泪地看向薛齐。

居然还有这一茬！他还找过这个女人给“三端”做宣传？

从公事角度上来说，她倒是可以理解，让美妆博主帮忙宣传也算是常见的手法了；从私人角度来说，这个人到底是来英雄救美的，还是来给她添堵的？

“那还真是可惜了，‘三端’要是能有你帮忙一定如虎添翼。”相比之下，薛齐倒是不以为意，依旧微笑着，只是笑容里没有丝毫温度，就像他的语气一样，只是教条式的礼貌而已，“不过，买卖不成仁义在，无论如何还是恭喜你和萧总。”

这话让萧湛和那位美妆博主脸色一僵，就连封趣也很意外，一脸活见鬼似的瞪着他。

那位美妆博主当众说这种话显然是想让薛齐脸上挂不住吧？换作以前，即使已经知道对方的身份，他也会故意仰起头，不屑一顾地看着对方问：“你谁啊？”

但不得不说，他现在的反应非但涵养十足，还达到了高下立现的效果呢！

“封趣跟萧总也算是朋友了，难得巧遇，按理说我们应该请你们吃顿饭才是，不过今天还有些私事要办，实在是不好意思……”说着，薛齐突然伸出手，掌心落在封趣的肩上，“我们就先告辞了，改天再约。”

封趣呆呆地被他搂着转过身，像个傀儡似的举步朝门外走去。

见状，童佳芸连忙跟了上去，脚步很轻快，笑容很得意。

直到跨出“增满堂”的大门，她终于不用忍了，朝薛齐伸出手，嚷嚷道：“少东家，干得太漂亮了！”

薛齐很配合地跟她击了个掌：“你也不赖。”

“你们俩当我是透明的吗？”封趣没好气地睨了他们俩一眼。

“她也是不想让你受委屈才通知我的。”薛齐还是很负责任地帮童佳芸解释了。

封趣轻轻瞪了一眼童佳芸，问：“所以你上去办离职手续的时候是不是已经看到了？”

她问得很含糊，因为生怕自己提到“萧湛”这两个字会情绪失控。

好在童佳芸还是听懂了，默默点了点头，轻声道：“我看见那个女的在萧总的办公室里，就跟前台小姑娘打听了一下，听说这女的最近天天跑来公司找萧总，肯定是早就好上了。”

“嗯，我知道，他回国前他们应该就在一起了……”萧湛回国那天说要去找的女朋友应该就是这个美妆博主吧？

这些年萧湛身边从来就没缺过女人，她眼睁睁地看着他换了一个又一个女朋友，像今天这种画面她并不是第一次见了，只不过这还是他第一次允许一个女人在她面前这样耀武扬威。

该怎么形容这种感觉呢？之前她至少可以安慰自己说，她对萧湛来说是特别的，即使他从未给过她回应，但也从不允许别人伤害她；可是现在，就连这种拿来欺骗自己的自我安慰也没有了。

“姐，想开点儿，他不懂得珍惜你是他的损失。那话怎么说来着？三条腿的蛤蟆不好找，两条腿的男人多的是……”说着，童佳芸指了指一旁的薛齐，“这不就有一个吗？颜值高、人品好，私生活还特检点，比那台‘人形打桩机’强一万倍。”

封趣有些尴尬地看向薛齐：“你别理她。”

“嗯……”薛齐笑着点了点头，岔开了话题，“走吧，陪你拿完车吃烤肉去。”

童佳芸很识相，并没有打扰他们俩的晚餐，随便找了个借口就先离开了。

问题就是她这个借口实在找得太随便！说什么突然想吃妈妈做的饭了，封趣都不知道她妈妈还会做饭，因为她们家的饭菜向来都是保姆做的！

好在，这些薛齐并不知道，为了不让场面太尴尬，封趣只好配合童佳芸……

“童佳芸的妈妈做饭可好吃了，把她都给养刁了，老是嫌弃外面的东西全是味精……”

“你不知道吗？”薛齐递了几串羊肉串给她，笑着打断了她的念叨。

“啊？”知道什么？

“我听童佳芸说，她父母的个性都比较不食人间烟火，别说是做饭了，估计连碗都没洗过，她们家的饭菜都是保姆做的。”

这姑娘是有毒吗？为什么连这种事都要跟薛齐说？

“她明摆着是想给我们俩创造机会吧。”

“可、可能是吧……”就是这么回事没错，但是也没必要这么明确地说出来啊！她只好硬着头皮去圆场，“你、你别介意……她就是比较爱瞎操心，怕我嫁不出去似的，恨不得给我安排相亲，再、再加上刚才的事，她可能怕我难过……”

“我不介意。”

“那就好。”封趣微微松了口气。

“你要真嫁不出去，我娶你就是了。”

“啥？”她举着羊肉串，瞠目结舌地看着他。

“怎么了？”他若无其事地问。

封趣咽了咽口水，半晌后才反应过来：“不、不是……我就是随便说说的，你也不用这么委屈自己……”

“你别委屈我不就好了？”

“什、什么意思？”开玩笑呢吧，她哪敢让他受委屈啊！

“对我好一点儿。”

“我对你还不够好吗？”她都已经为了他彻底跟萧湛撕破脸了，还要怎么好？

“那你考虑好了吗？”他把剥好的烤虾扔进了她的盘子里。

“考虑什么？”她不明就里地问。

就知道她压根儿没放心上，薛齐也没太在意，提醒道：“来‘三端’帮我的事，你不是说考虑一下吗？都快一个星期了，应该考虑得差不多了吧？”

“哦，这事啊……”他绕那么大弯子原来还是为了这件事吗？这反而让封趣觉得自在多了，“行啊，你要我什么时候上班？”

“你确定？”

相较于之前的犹豫不决，这一次她倒是答应得格外爽快。

薛齐很清楚，她多半是刚才被萧湛给刺激了，所以这个答案他并不觉得意外，只是怕她一时冲动，于是决定再给她一次反悔的机会。

“当然。”她想也不想地回道，甚至觉得之前为了萧湛顾虑重重的自己就像个笑话。

“你应该知道吧，‘三端’和‘增满堂’注定只会是敌人。”

“你怕我只是被萧湛给气到了，所以一时冲动，说不定过阵子就反悔了，搞不好还会身在曹营心在汉？”他没好意思说出口的话，封趣索性替他说了。

“嗯。”他点了点头。

“我不否认，我的确是被萧湛刺激到了，但也刺激醒了，我还有自己的人生要走，不可能永远待在原地等他眷顾。或许我没那么快忘记他，可我必须得忘，继续下去的话我认为那是对自己不负责。至于‘三端’，不管你信不信，我守了它七年，事到如今要我丢下它不管，老实说，有点儿难。其实早在你说你需要我的时候，我就觉得自己在劫难逃了……”她深吸了一口气，就像是在许下什么重大承诺一样，语气格外郑重地道，“我想跟你一起把‘三端’做好，‘公如青山，我如松柏，永不相负’的那种。”

他弯起嘴角，浅浅地笑道：“放心吧，我这辈子负谁也不会负你。”

这笑容让封趣的心口轻轻动了下，她慌乱地别开目光，清了清嗓子，试图缓和下气氛：“那、那我们要不要干一杯，预祝合作愉快什么的……”

“留着以后喝交杯酒吧。”

过分了！她皱了皱眉，想要郑重其事地告诉他，类似这样的玩笑最好不要开。

然后，她还没来得及说些什么，薛齐突然话锋一转，一本正经地道：“星期一来上班可以吗？”

“可、可以啊……”所以刚才那个话题是翻篇了吗？她如果再翻出来说会不会有点儿小题大做？

“嗯，那星期一早上七点半，我去接你。”

“你把公司地址给我，我自己过去就可以啊。”

“就这么定了，吃饭吧。”

“不是，我……”

“吃饭的时候别聊公事。”

前言可以撤回吗？什么松柏，什么永不相负，她不干了！他根本就是个不讲道理的暴君啊！

第五章 真男人从不回头看爆炸

昨天的那一出好戏迅速在“增满堂”内部发酵，“三端”少东家薛齐也不可避免地浮出了水面……

“我听说他是宾夕法尼亚大学毕业的呢。”

“我怎么听说的是斯坦福？”

“哎呀，管他呢，反正就是藤校精英。”

“不知道颜值怎么样。”

“一会儿见了不就知道了吗？”

“咦？他要来我们公司吗？”

“你以为我们到底为什么要挤在这个小会议室啊？我刚才说的话你完全没听吗？”

“我刚才在发微信嘛，没注意，这个小会议室是给薛齐用的？”

“是啊，刚才罗夏可说萧总要用一下小会议室，社长让他接待薛齐。”

“我的天哪！居然让萧总接待，社长怎么想的？听说昨天气氛就已经剑拔弩张了，日本人到底是日本人，没听说过‘情敌见面分外眼红’这句俗话吗？”

“日本肯定也有类似的俗话好吗！嫉妒心是全人类共有的！我觉着吧，社长没准儿跟我们是一样的心态，看热闹不嫌事大呗。”

“那一会儿少东家真对萧总动手了怎么办？我们帮谁啊？”

“这还用问？谁发工资给我们就帮谁啊。”

“有道理……”

突然有个询问声传来，打断了小会议室里那两个女孩的对话。

“你们聊完了吗？”

这声音……

俩人猛地一颤，互看了一眼后，机械地转身朝门口看了过去。

来人是萧湛没错。

他正倚在小会议室的门边，面无表情，眼眸中透着寒意，直勾勾地看着她们。

门的另一边还有一道身影，是个看起来跟他年纪差不多大的男人，连姿势都跟他差不多，唯一不同的是，这个男人的脸色要好看多了。他的嘴角微微上翘着，从眼眸中透出淡淡的笑意，分外勾人。

他察觉到她们的目光后，笑意加深了几分，启唇道："我是哈佛毕业的。"

这人是薛齐？

看起来，在她们讨论他是哪所学校毕业的时候他们就已经来了。

那两个女孩又一次看向对方，默默地用眼神交流着……

"颜值很高啊！"

"是啊！比我想象的高多了！"

虽然是无声的交流，但那种花痴目光萧湛太熟悉了，他被这种目光洗礼过无数次，然而这一次，面前这两个女孩的花痴对象显然不是他。

于是，他又一次咬牙切齿地问道："我说！你们聊完了吗？"

"聊、聊完了……"其中一个女孩迅速回神，嗫嚅了一句后，赶紧拉着另一个女孩朝会议室外走去，临走前，还忍不住频频偷瞄薛齐。

她刚跨出会议室，就按捺不住地冲着另一个女孩道："我决定帮薛齐。"

"啊？你刚才不是说谁发工资给我们就帮谁吗？"

"是呀，工资是社长发的又不是萧总发的。"

"呃……"

"再说了，我也可以跳槽去'三端'的！"

"如果想来'三端'的话，我随时欢迎。"薛齐笑着冲那个女孩的背影说道。

她顿了顿，回眸瞥了一眼薛齐，竟然还有些脸红，可当捕捉到一旁的萧湛丢来的瞪视后，她立刻收敛了羞赧的笑容，一路小跑着离开了。

萧湛恨不得立刻就让这个女人去人事部办离职手续，可是当着薛齐的面，他必须得绷住，不能表现出在意，一旦情绪失控就输了！

于是，他收回视线，若无其事地率先跨进了会议室。

薛齐紧随其后，在他对面坐了下来，环顾起四周来。

会议室不大，十多平方米的样子，应该也就是用来接见客户的，桌上放着茶水和纸巾以及毫无实用意义的纸笔，总的来说，“增满堂”的待客之道还算不错，除了他面前这个男人……

萧湛冷眼看着薛齐，语气不太友善地道：“社长没空见你，所以就让我来应付下。”

“没关系。”薛齐笑着点了点头，“跟谁谈都一样。”

“你想谈什么？”萧湛扬了扬眉，问道。

“关于封趣侵犯商业秘密的调查，警方那边应该已经把结果反馈给你们了吧？”

萧湛若有似无地“嗯”了一声，法务部那边是昨天接到警方电话的，结论是证据不足，不予立案。

他本来以为这件事到此为止了，但社长显然并不想就此翻篇，摆出了一副非得置封趣于死地的姿态，直到今天早上秘书部那边接到了薛齐的电话，提出想约增满正昭见面，他这才意识到，社长的目标早已不是封趣，而是想逼薛齐出面。

增满正昭想知道薛齐到底还能玩出什么花样，或者说逼薛齐亮出底牌，可他又不愿意亲自见薛齐，没什么特别的原因，只是为了让薛齐明白——想跟增满正昭谈，他还不够格。

坦白说，萧湛也不清楚增满正昭为什么让他出面，这听起来确实是最不合理的安排，可他还是没有拒绝，昨天的仇总得报回来。

“那么请问贵公司愿意就此息事宁人吗？”那头传来薛齐听似礼貌的询问。

但在萧湛听来总觉得这话仿佛带着刺，让他很不舒服。他哼笑了一声，回道：“就算没办法追究刑事责任，也不代表不存在民事纠纷。我想你应该也明白，这是两回事，我们会考虑找更专业的机构来介入仲裁。另外，‘增满堂’是全日资企业，所以如果有必要的话，我们有可能会交由日本方面的相关部门来处理这件事。”

薛齐没再说话，只是从包里掏出平板电脑，摆弄了一阵后递给了萧湛。

萧湛蹙眉接过，即使还没看都能猜到即将映入眼帘的绝对不会是什么好东西，果然不出所料……

那是一份文档，里头汇总了“增满堂”天然动物毛背后的整个产业链，从大规模圈养石獾到活体取毛，而在此之前，“增满堂”曾反复向各国环保人士保证过坚决不会在伤害动物的情况下取毛，而且石獾还是保护动物。这条产业链一经曝光，对“增满堂”而言虽然不至于是灭顶之灾，但也足以让股价受挫，甚至可能需要好多年才能缓过来。

其实这并不是什么秘密，业内人士都心知肚明，只是谁也不会把这种事放到台面上说，因为这可能会毁了整个化妆刷行业。

萧湛抬眸，冷眼看着薛齐，质问道：“你不觉得自己很卑鄙吗？”

薛齐失笑出声：“‘三端’被‘增满堂’正式收购的那一天，我也曾问过增满正昭同样的话，跟你现在的表情差不多，他却笑呵呵地说‘我好久没有听到过这么天真的问题了，生意场上就没有不卑鄙的人’。”

“你是想让我夸你‘君子报仇十年不晚’吗？”

“你想多了。”薛齐平静地道，“我一直告诉自己，无论如何不要变成那样的人，所以我从不打算用这种手段来对付‘增满堂’，即使这么做可以让这场收购变得更方便。”

“那你现在给我看这些是什么意思？证明你赢得有多光彩吗？”

“我的话还没说完……”他身体微微前倾，笑着看向萧湛，可是那目光没有丝毫温度，“如果是为了封趣的话，我不介意让自己变得更卑鄙。”

“说得可真好听。”萧湛哼出一记讽笑，“她会背上‘侵犯商业秘密’的罪名不就是你造成的吗？”

“容我再重申一次，我在谈判中使用的那些数据压根儿算不上商业秘密，‘增满堂’从未对这些数据采取过商业秘密级别的保护措施。当然，更重要的是，这些数据也并非封趣泄露给我的，她跟这件事没有任何关系。”

“您还真健忘啊，签约那天您可不是这么说的。”

“签约那天我说过什么吗？如果没记错的话，我似乎只是向你们社长介绍了下自己，顺便跟封趣道了声谢。至于为什么要道谢，那是我和她之间的私事，我也没想到你们会产生那么多的联想。”

萧湛脸色一僵，确实，薛齐也好，施易也好，都没有明确说过那些数据是从封趣那里得到的，而是用了一些很有技巧性的话引导他们往这方面想……

“我还真是低估了你，原来你从那个时候开始就已经谨慎到不留下任何把柄了。”他眯了眯眼眸，试图把薛齐看透，可是那张笑脸背后只有一片虚无。于是他只好用看透一切的语气来粉饰自己的猜测：“实在很难想象你这种人会不惜一切代价地帮封趣。说到底，你也并不是想帮她吧，只不过是想做些什么来感动她，好让她去‘三端’为你卖命。”

“据我所知，‘增满堂’已经开除她了吧？离职员工的去向你们也要过问吗？”

“必须得过问呢，封趣跟‘增满堂’可是签过竞业禁止协议的。”

居然还有这种东西？显然，薛齐现在无法立刻跟封趣确认到底是否存在什么竞业禁止协议，没准儿连她自己都不记得还签过这种东西。

“坦白说，就算你把这些东西公之于众，也不过是暂时给我们的公关部增加些工作量而已。”说着，萧湛把手里的那台平板电脑丢给薛齐，好整以暇地继续道，“封趣侵犯商业秘密这件事确实不太好追究，为此跟你们死磕到底并没有多大意义，但就此翻篇也不是不可能。那份竞业禁止协议就没这么好办了，白纸黑字写得清清楚楚，让公关部忙一阵子就能给‘三端’添堵，也算挺值得。”

薛齐挑了下眉梢，突然问：“你在录音是吗？”

这话让萧湛一愣，但很快他便回过神，挑衅地扬了扬头：“这是我们公司的规定，不犯法吧？”

“那你回头多听几遍吧。”

“嗯？”什么意思？萧湛不解地蹙起眉头。

“女朋友帮男朋友，这也违反你们那个竞业禁止协议吗？”

“如果这样也算违反的话，那我和封趣明天就去一趟民政局好了，老婆帮老公是天经地义的吧！”

他不会听的！这段录音他无论如何都不想再听一遍！

星期一，七点半，封趣准时接到了薛齐的电话。

他们小区附近就有家味道还不错的早餐店，他直接报了地址，约她在那儿碰头。

她到的时候薛齐已经替她点好了餐，一碗鸡鸭血汤和两份蟹粉小笼包，都是她爱吃的。她本以为其中有一份蟹粉小笼包是他帮自己点的，结果却发现他压根儿没有要碰的意思。

“你不吃吗？”她好奇地问道。

薛齐白了她一眼，回道：“我蟹粉过敏你不知道吗？”

“那你还点两份？”浪费是可耻的行为！

“你以前不是都得吃两份的吗？”

“以前那是在发育，长身体的时候当然会吃得多一点儿。”她都二十八了！怎么能和十五六岁时的胃口比啊？

“这么一说，可能就是因为你发育的时候小笼包吃多了……”他眼帘微垂，视线从她胸前扫过，略带讥诮地哼了声，“所以才会发育得像小笼包一样。”

“薛齐！”她恼羞成怒。

他失笑出声，不逗她了：“吃不掉就打包吧，带去公司总有人会吃的。”

说着，他起身走到收银台边，向服务员要了个打包盒。

封趣歪过头，有些新奇地看着他认真打包的样子，这画面是从前绝对不可能看到的，看着看着，她忽然想到了什么……

“不对啊。”她皱了皱眉头，“那你家为什么会有蟹黄？我还以为你已经不过敏了呢。”

他轻轻震了下，沉默了片刻才启唇道：“习惯备着了，说不定你哪天会来呢？”

他抬起头，冲着她笑了笑：“这不是来了吗？”

封趣不知道此时自己该说点什么。

“你脸红什么？”

何止是脸红，她觉得她整个人都要炸了，为了斩断自己的浮想联翩，她蓦地站起身，紧张地道：“来、来不及了，赶紧走吧！第一天上班就迟到会给老板留下不好的印象！”

“貌似我就是老板吧？”他好笑地问。

“哪儿这么多废话，让你走就走……”话音未落她就急匆匆地转身走出了早餐店。

果然，迎面而来的初冬凉风让她冷静了不少，那股几乎席卷她全身的热浪也随之渐渐退去。

等薛齐付完钱出来，封趣已经恢复如常了。

只不过……

他刚将车门解锁，她就迅速钻进了后座，明摆着是要跟他保持距离。

一路上，她始终低头翻看着手机，朋友圈都被她翻到好几天以前了，甚至还无聊得几乎给每条都点了赞，也不管究竟是谁发的，发的又是什么内容，总之……她不敢再跟薛齐有任何交流，以免又不小心触碰到什么不得了的话题。

终于，车子驶入了一个创意办公园区，然后停了下来，薛齐的声音紧跟着传来：“到了。”

“哦。”她收起手机，赶紧下车。

可当看清面前的这个办公园区后，她怔住了。

虽然已经改造过，但这里依稀还留着过去的影子。

这是她再熟悉不过的地方——“三端”的老厂房，薛叔叔和印叔叔他们合伙创立的制笔厂一直在这儿。

“三端”被“增满堂”收购后，这里作为“增满堂”的生产线继续使用了一段时间，直到这个地方改建，政府收回了这块地，老厂房也随之废弃，后来被改造成了创意办公园区。

回国后，封趣也曾来过这里。

那天她就在不远处的那家咖啡店里坐了一下午，看着外头时不时经过的那些人想了很多事，也妄想过说不定在某个平行空间里，她和薛齐从来就没有分开过，他们一起拿回了“三端”，然后在这里租一间办公室，就在这个父辈们狠狠跌倒过的地方重新出发。

她不过就是想想而已，薛齐却真的做到了……

“你是被点穴了吗？”

他透着笑意的调侃声从她身旁传来。

她转过头，朝他看了过去，眼神带着欣喜：“我没想到你居然能租到这里的办公室。”

“还好，租金也不是很贵。”

“不是租金的问题……”她抿了抿唇，继续道，“我之前也来这里看过，招商率还挺高的，基本没有闲置的情况。听说合同是五年一签的，这个园区落成至今才三年多，第一批入住的人都还没到期呢，是有人转租给你的吗？”

“园区刚落成的时候我就租下来了。”

她隐约猜到了这个可能性，但又觉得操作风险太大所以不太敢相信：“你三年前就租下来了？就这么一直空着？”

“嗯。”

“你钱多吗？”

“不多，但千金难买心头好。”

“确实没有比这里更适合作为新公司的地方了，现在这样的结果在能力范围内多付了三年多的租金也算值得，可是……”封趣顿了顿，说出了让她觉得后怕的原因，“你就没想过万一收购不顺利呢？那些租金不就打水漂了？”

“还真没想过。”说这话的时候他表情很认真，完全不像是在开玩笑。

“你哪里来的自信啊？简直盲目得让人叹为观止啊！”

“我很清楚，我只有一次机会，一旦失败增满正昭就会知道薛家还有人可以接手‘三端’，到时候他恐怕宁可毁了‘三端’也不会卖给我。所以我为了这一天准备了七年，这七年里，我帮别人做过无数次收购，每一次都像是在演练，不断累积着经验和教训。”薛齐直勾勾地看着她，问，“你还觉得我盲目吗？”

她有些语塞，或许用盲目来形容确实不太恰当，确切地说，是破釜沉舟。

他没有给自己留任何退路，豁出一切和增满正昭玩一场游戏，不是你死就是我亡，不存在第三种可能性。

薛齐租的办公室在园区比较里面的地方，那里原本是食堂，一共两层楼，楼下是员工用餐区，楼上名义上是原先制笔厂管理层的用餐区，但薛叔叔他们很少搞特殊化，除非是带客户来食堂吃饭才会去楼上。

二楼也是后来才隔出来的，为了方便，楼梯建在了整栋楼的外面，是很简陋的那种铁质楼梯。

那个楼梯现在仍然保留着，外头刷了一层漆，还特意弄出了做旧效果，倒真有几分从前的样子，走在上头仍然会发出“哐当哐当”的声音，封趣觉得这声音现在听来真是悦耳极了。

她故意踩得很用力，制造出了不小的动静。她转过身，像发现了新鲜事物的孩子一样，激动地跟他分享着：“这楼梯还跟以前一模一样呢！”

“白痴……”他低声咕哝了一句，嘴角却不自觉地上扬。

她不以为意，傻笑着跳上了最后一级楼梯，忽然一道熟悉的身影撞入了她的眼帘。

对方也看见了她，热情地冲了过来，还伴随着格外兴奋的嚷嚷声：“姐！你可算来了！少东家说你今天正式来上班，我一大早就在这里等着了，终于等到你了！”

“不是……”封趣有些招架不住童佳芸的热情，“你也不用激动成这样吧？”

“我这不是怕你又改变主意嘛。”

童佳芸确实有些兴奋过头了，都顾不上先让封趣进公司，兴冲冲地拉着她念叨了很久。

薛齐一直默默地站在一旁笑看着她们，完全没有想要阻止的意思，因为封趣笑得很开心，他已经很久没见她这么笑过了，这画面让他情不自禁想起了高中时的封趣和吴澜，透着一股说不清的美好。

直到有个中气十足的声音传来，打断了童佳芸。

“薛总早！我来报到了！”

童佳芸停止了絮叨，朝声音的主人看了过去。那是个看起来二十五六岁的男人，实际年龄可能要再大一些，他长着张让人不太好辨认年龄的娃娃脸，很清秀，打扮得也很阳光，手里拿着好几杯咖啡，应该是刚从楼下咖啡店买的。

还没等薛齐说些什么，他就佯装好奇地打量起了一旁的封趣。

这赤裸裸的目光让封趣有点儿不自在，干笑着冲他点了点头。

得到了回应后他来劲儿了，打趣着嚷嚷道：“这位一定就是老板娘了吧！”

“老板娘？”童佳芸惊愕地看向封趣。

“老板娘？”封趣又惊愕地看向了薛齐。

“有什么问题吗？”薛齐微笑着道，“反正早晚会是的。”

“就是，就是，薛总都跟我们说了，你们双方父母都见过了，已经是板上钉钉的事啦……”说着，他殷勤地拿了杯咖啡递给封趣，“老板娘，你喝不喝咖啡呀？我请你啊。”

这是什么情况啊？封趣怔怔地看着递到面前的那杯咖啡，一时有点儿反应不过来。

“有我在呢，轮不到你请。”说着，薛齐掏出钱包，抽出了五百块递给面前的男人，“就算是我请大家喝的吧。”

“薛总英明！”男人也不客气，连忙把钱收下了。

“拿着吧，我请的。”薛齐转头冲着封趣挑了挑眉。

“哦……”她硬着头皮接过了那杯咖啡。

“跟我去办公室，我有话跟你说。”话音刚落，薛齐便自顾自地举步朝前走去。

“好。”她也有很多话想问！

“对了……”薛齐突然顿住脚步，转头看向了还呆站在原地的那个男人，“记得给童佳芸一杯咖啡。”

“嗯？”男人愣了愣，不解地问，“谁是童佳芸？”

“我！我！我！我就是！”童佳芸冲着对方直挥手。

“哦哟妈呀……”男人吓了一跳，猛地颤了一下，惊得都开始飙方言了，“这咋还有个人呢？”

有没有礼貌？她虽然长得没有封趣姐那么好看，但也不至于这么没有存在感吧？

“不、不好意思啊姑娘，我刚才注意力都集中在老板娘身上，纯粹就是没注意，没别的意思，你可千万别误会啊……”他也意识到了不妥，解释完之后赶紧套近乎，“你也是新来的吗？”

童佳芸没好气地白了他一眼：“你才新来的呢。”

“我是啊！我上周五刚通过面试，薛总还给我开了个迎新会呢，当时我没见着你啊。”

童佳芸仔细回想了一下，上周五好像确实有迎新会，刚好她叔叔六十岁生日她就没参加。

但她不打算说得那么详细，因为她还有话要套：“哦，上周五我有点儿事请假了。说起来，你是什么皇亲国戚吗？”

“啊？”男人呆呆地冲着她直眨眼。

“哎呀，意思就是，你是不是原来就认识少东家啊？”

“哦，”他想了想，道，“不算认识吧。”

“那你怎么知道刚才那女的是老板娘？”

“来来来，我给你讲啊……”

男人的八卦热情被点燃了，他滔滔不绝地跟童佳芸科普起了老板的私人感情生活。

他说得绘声绘色，事无巨细，直到童佳芸手里的那杯咖啡都快喝完了，这个故事才讲完。她总结了一下，大概就是迎新会的时候，负责公司行政事务的那个女孩明显对薛齐有想法，借着玩“真心话大冒险”的机会试探了一下他的感情生活，结果听说薛齐有个已经交往了若干年的女朋友，俩人青梅竹马，从小一起长大，感情很稳定，甚至已经见过双方父母，只差领证了。于是那个女孩死心了，但公司其他同事的好奇心被点燃了，众人嚷嚷着想见老板娘，薛齐便顺势说了她之后可能会经常来公司帮忙……

这位“老板娘”就是封趣吧！

童佳芸觉得，与其说薛齐在撒谎，倒不如说他是在借机畅想他和封趣的未来！

封趣差不多也猜到了，薛齐所谓的有话跟她说无非是解释“老板娘”这个称谓到底是什么情况。事实上，他的态度不能称为解释，只是跟她说明了一下情况而已，换句话说，她不能有任何异议，只能接受。

但是，她接受不了啊！

在听完了前因后果后，封趣激动地嚷开了：“什么叫‘女朋友帮男朋友’，什么叫‘老婆帮老公是天经地义的’，这到底是什么跟什么？你是在跟我开玩笑吗？”

“不是。”薛齐面无表情地说道。

“你真的这样跟萧湛说的？”她看起来很紧张，像是在担心什么。

至于她究竟在担心什么，薛齐很清楚，可他还是选择了装傻，一本正经地问：“你能想到更好的解决办法吗？”

“这个办法是不错，可是……用来应付增满正昭就好，没必要跟萧湛说这些吧……”

“就算我不说，他迟早也会知道。”

道听途说和当事人亲口承认意义完全不同啊！当然了，既然他已经说了，也没什么可纠结的，相比之下，封趣更在意的是——

“那你说完之后他是什么反应？”她小心翼翼地问。

“没反应。”他没好气地回道。

“你确定？”封趣不死心地追问。

萧湛怎么可能没反应？就算是一条养了四五年的狗突然跟别人跑了，情绪也会波动一下吧？

薛齐沉默了好一会儿才再次启唇，冷不防地问道：“你喜欢萧湛多久了？”

封趣愣了愣。他知道她喜欢萧湛并不奇怪，毕竟她都已经表现得那么明显了，可她还是不太习惯跟薛齐聊这个话题，表现得有些扭捏："不、不太记得了，太久了……"

"那么久他都没有反应，你凭什么觉得他现在会有反应？"

要不要这么残忍啊！她咬了咬唇，不甘地回道："说不定就是因为一直在身边才没有太在意，等到失去了突然发现对方有多重要呢？"

"那是占有欲，不是爱。"薛齐无情地朝她泼去了冷水。

"不喜欢的话谁会想要占有啊？"

"还记得你小时候想要的那个奥特曼玩具吗？我就算毁了它也不愿意给你，这并不代表我喜欢它，事实上我非常讨厌它。"

"我是人啊！活生生的人！跟玩具能一样吗？"

"那换个比喻好了。"他想了想，道，"还记得高二时那个追了我大半年我都没搭理过的女孩吗？后来听说她喜欢上别人了，我整整抑郁了一个星期。"

"你那是有病。"

"是，我有病，但这是人类的通病。"

"说了这么多……"封趣狐疑地打量了他一会儿，问，"萧湛其实有反应是吗？"

"我哪里知道，我说完这句话就走了。"

"你干吗在这么关键的时候走啊？"

"真男人从不回头看爆炸。"

"他气到爆炸了？"

"我叫你来'三端'是为了谈男人的？"

"不是你先谈的吗？"她一脸无辜。

"我只是跟你交代一下情况，免得你在外人面前露馅。"

"可是你公司里那些人不算外人吧？难道在他们面前也得演戏吗？"想到刚才那一声声的"老板娘"她就觉得恶寒，往后该不会要一直顶着这么沉重的头衔吧？压力太大了！

"人多口杂，谁知道里面有没有增满正昭的人？"

这句话成功说服了封趣，确实有这种可能性！

她还记得之前有个"增满堂"中国分公司的高层离职后去了另一

家做化妆刷的公司，那家公司跟“增满堂”并不在同一座城市，那个高层也很谨慎地把手机号码和微信都换了，与这边的朋友全都断了联系，也不知道增满正昭用了什么方法，还是拿到了他每天去那家公司上下班的照片，甚至还有人证，最后那人赔偿了近四十万元……

四十万啊！那会要了她的命啊！

于是，她深吸了一口气，下定了决心，信誓旦旦地道：“薛总，您就放心吧，以后我一定会扮演好你女朋友的角色，就算是要我每天在公司里撒一吨的‘狗粮’也没问题，保证不露馅！”

“‘狗粮’就不必了，我不喜欢秀恩爱。”

说得好像我们之间有恩爱可以秀似的，封趣想。

“聊正事吧。”

“啊？”她有些迷茫。

“怎么了？”他问。

“刚、刚才说的不是正事？”

“你的正事就只有萧湛吗？”

“别、别激动……”封趣识相地立刻在他办公桌前的椅子上坐了下来，摆出一副洗耳恭听的模样，“有什么事您尽管吩咐。”

他逼迫自己冷静下来进入工作状态：“关于公司未来的发展，你有什么想法吗？”

“你问我？”

“这里除了你还有别人吗？不问你问谁？”

“不是……”她有些无措，“你是老板你说了算啊，这种事情问我干吗？”

“你不是老板娘吗？”

“说、说得也是啊，那我就不客气了。”

“不用客气，尽管说。”

既然他都这么说了，封趣也不矫情了：“你考虑过放弃天然动物毛吗？”

薛齐的眉头微微动了下。

“我是觉得现阶段最重要的是环保，‘增满堂’因为一直主打天然动物毛，经常会有一些环保人士来闹，他们只好被迫作出保证说绝对不会伤害动物取毛，但其实我们都清楚，如果只在动物自然死亡的情况下取毛，那根本供不应求。事实上，‘增满堂’在中国这边有偷偷圈养石獾的大型基地。石獾的学名叫食蟹獴，我不知道在其他国家是什么情况，总之它在中国是国家三级保护动物。一旦产业链被曝光，‘增满堂’分分钟会出事。即便放弃石獾毛只用山羊毛，同样会遭到很多环保人士的抵制，而我认为合成纤维毛和蚕丝毛是完全可以取代天然动物毛的。”

“你告诉我这些就不怕我去曝光吗？”

“首先，即使你不去曝光，这件事也迟早会被一些盯着‘增满堂’不放的环保人士揪出来。增满正昭当然也清楚这一点，但他不在乎，他只想在这之前尽可能地在中国市场圈到更多的钱，到时候大不了一走了之。其次，我也相信你是分得清主次的，我们现在要考虑的是怎么做好‘三端’，而不是急于弄死对手。”

薛齐笑了笑，不动声色地问：“你对合成纤维毛和蚕丝毛了解多少？”

“蚕丝毛好办，中国上下五千年最擅长的就是农耕养蚕，供应商也很好找，只不过成本不低，所以我倾向于把蚕丝毛用在我们的高端系列中；至于合成纤维毛，我倒是认识一家小公司，他们开发出了一个技术，年初刚申请的专利，是从玉米中提取纤维，据说抓粉力度堪比动物毛，而柔软度方面他们还增加了角质层，另外还会在纤维中放入银，说是提高抗菌性……总之差不多就是这个意思，太专业的名词我也记不住。东西我倒是体验过，确实挺不错的，成本也不高，你要是有兴趣，我可以帮你约一下那个供应商，让他直接跟你谈。”

“你约吧，我随时都有空，具体可以看对方的时间。”

封趣点了点头：“好，我一会儿去问问看。”

“上星期我跟设计师大致聊了聊，目前基本确定了要做一个乌木柄系列和一个便携式系列。刚才那个男孩是负责制作的，你一会儿有空可以叫他们一块儿开个会，细节方面你直接确定就好，原料的事情我负责去谈。”

“直接确定？”封趣眨了眨眼，“不用出方案给你吗？”

“如果你觉得有个方案更便于工作沟通的话那就出一个，总之这两个系列你可以全权决定，我不过问。”

“你就这么相信我？”

她都快要被这近乎盲目的信任感动了，结果……

他漫不经心地丢出了一句话：“我只是相信自己。”

“啊？”

“你都已经在我手心里了，还能作出什么妖来？”

这一刻，封趣觉得自己就像是一条被豢养在水缸里的鱼，别说是翻江倒海了，就连水花都折腾不出来。

“哦，对了，你要是有空的话，我倒是需要你出个大致的宣传方案。”

“好！”她想也不想地回道。

话音刚落，她就意识到自己何止是在他手心里那么简单啊，简直就是下意识地想要为他肝脑涂地啊！

封趣在“三端”的地位有些特殊，人人都以为她是老板娘，没有明确职位、不用朝九晚五，甚至不怎么去公司，可是明眼人都看出来了，童佳芸这个名义上的市场部总监实际上是完全听封趣差遣的。

对此，最为震惊的莫过于那天跟童佳芸科普封趣和薛齐的关系的那个男人了，此人名叫林深，是制作部的。作为整个公司跟市场部接触最多的人，他很快就意识到自己被骗了，起初还不太敢说，直到跟童佳芸熟了之后才忍不住抱怨。

“你是老板娘的人为什么不早说呀？还骗我说什么你们是碰巧在楼下遇到的。”林深咬着咖啡杯里的吸管，哀怨地瞪着童佳芸。

这杯咖啡是童佳芸请的，说是因为骗了他而过意不去，也正是因为这杯咖啡他才敢把积压了多日的怨念说出来。

“嘿嘿……”童佳芸靠着公司门口的栏杆，不太好意思地挠了挠头，“我这不是好奇嘛。”

主要是当时童佳芸真以为封趣暗暗地和薛齐好上了，后来童佳芸还为这事跟封趣抱怨了一通，觉得她一点儿都没把自己当朋友，这么重要的事都不说。得知真相后，童佳芸好受了一些，当然也非常愿意配合他们圆谎。

“你就是帮封趣来打探口风的吧？”林深白了她一眼，咕哝道，“幸好那天我还留了个心眼，没有说她的坏话。”

“你还打算说她的坏话？”童佳芸非常敏锐地捕捉到了重点。

“倒也不是，你可别乱传话啊！我只是……怎么说呢……”他支吾了好一会儿，还是决定实话实说，“哎呀，反正就是刚知道封趣跟薛总在一起的时候确实有点儿不能接受。”

童佳芸没好气地睨了他一眼：“你干吗一副跟他们俩很熟的语气？”

“我哥跟他们熟啊。”

“你哥是哪位？”他咋突然还冒出来个哥哥？

“印好雨呀，你没听说过吗？”

“印总？”这确实让童佳芸很诧异，“可你不是姓林吗？”

“对啊，他是我表哥。”

“那你不好好待在‘正源’，跑‘三端’来做什么？”童佳芸忽然想到了什么，双眸一瞪，倒抽了口凉气，“你该不会是卧底吧？”

“什么卧底？你谍战片看多了吧！薛总从小就是我的男神，我就是为了他才开始学制笔的，听说他把‘三端’拿回来了，我当然要来帮忙了。”

听起来好像有理有据，可是童佳芸总觉得还是哪里不太对，想了半天道：“这说不过去啊，你们‘正源’好歹也算是湖笔世家了，你哥不也会制笔吗？你干吗不崇拜他，而去崇拜‘三端’的少东家呀？”

“因为我哥一无是处啊，完全没有地方值得我崇拜嘛。”

“你哥知道你是这么看他的吗？”

“应该知道吧，反正我们家的人都觉得他一无是处，哪儿都不如薛总，他也习惯了。”

拜托！谁会养成这种习惯啊？她突然有点儿同情印好雨了，那一身暴脾气估计是被他家里的人给逼出来的吧？

“这也是事实嘛，我哥跟薛总比拼制笔技艺就从来没赢过。”

童佳芸不屑地嗤了声：“你哥赢不了那是你哥的事，不代表少东家的制笔技艺就天下无敌了吧？你又没见过我们家封趣姐制笔，凭什么觉得她配不上你的男神啊？”

“我也没说她配不上，就是……就是一时有点儿接受不了嘛……”

“人家男才女貌、天造地设，碍着你什么事了，你怎么就接受不了了？”

“你不知道，以前你那个封趣姐就是薛总的小跟班，我们一块儿出去玩的时候，她只有帮我们跑腿的分，突然间就变成老板娘了，心理上就不太好接受嘛。再说了……”他鬼鬼祟祟地张望了一下，见没人才压低声音道，“她以前喜欢过我哥啊，这些年又跟我哥走得很近，还常跟我哥一块儿回我舅舅家吃饭，我以为他俩在一起是迟早的事，哪知道原来她早就跟薛总好上了呀，那不是在玩我哥吗？”

“玩什么呀？你哥又没说过喜欢她，你这纯属一厢情愿瞎配对。”

“我哥一无是处又要面子，喜欢也不一定敢说呀。”

“你哥喜不喜欢封趣姐我不好说，但我可以很肯定地告诉你，我们家封趣姐可从来没有喜欢过你哥，他们之间就是再正常不过的纯友谊，这一点你哥也是清楚的。你可别乱说，要是让少东家听到了没准儿还会误会他俩的关系。”

“这还用你说？我上次见到封趣不就已经装作不认识的样子了嘛，薛总那脾气要是真误会了，估计是不会放过我哥的，我哥那么一无是处，绝对不是他的对手啊。”

“我说啊……”关于他哥一无是处这件事，他到底还要强调多少遍？童佳芸实在是听不下去了，她跟印好雨好歹也算认识一场，难免有些不平，“在我眼里，印总是少数成功了却还不忘初心的商人，这一点从他对待少东家和‘三端’的态度就能看出来，比起个人得失，他更希望整个制笔行业能够百花争鸣、欣欣向荣，这样的人怎么就一无是处了？”

“你想多了，他纯粹就是不敢跟薛总争。”

“你……”童佳芸气得话都说不出来了，她要是有这样的弟弟非得掐死他不可，可惜这不是她弟弟，她也没有资格代为教训，只能鼓着腮帮子干瞪眼。

“在聊什么？”

突然有个声音传来，软软的，童佳芸立刻就听出了那是封趣的声音。

她立刻收起情绪，换上笑脸，转头看了过去：“封趣姐，你今天怎么来公司了？”

“跟薛齐约好了一起去见快享直播的陈总。”封趣回道。

童佳芸不想跟林深继续争论下去，便趁势找了个借口：“我刚好也准备进去了。”

“嗯。”封趣瞥了一眼旁边的林深，突然道，“薛齐很欣赏你哥。”

“啊？”林深愣了愣，有些反应不过来。

“他常说酒逢知己难、棋逢对手更难，而这两样你哥全占了。”

林深的眼神闪了闪，他其实知道印好雨还是很厉害的，只不过人总是对亲近的人要求更为苛刻一些。

封趣笑了笑，转开了目光，冲着童佳芸道：“走吧。”

“好的。”童佳芸觉得解气极了，脚步格外雀跃，还没走远，就忍不住道，“还是你有办法，果然对付这种人就不能讲道理。”

“他也就是说说，其实也没那么讨厌他哥，小时候还总是屁颠屁颠地跟在他哥后头哪！”

“咦？”童佳芸好奇地看向她，“你早知道他是印总的弟弟？”

“前几天跟印好雨吃饭的时候他提了一下，说是林深吵着要来‘三端’，他也拦不住，让我帮忙多照顾一下。”

童佳芸愤愤不平地哼了声：“亏得印总还特意来拜托你呢，要是知道这个弟弟是个白眼狼还不得气死？”

“不会，他习惯了。”

原来还真有人养成这种习惯啊。

陈总是快享直播的创始人，早期他自己就是靠做直播赚到了人生中的第一桶金，算是第一批网红了。他拉到投资后建立了这个直播平台，之后又陆陆续续融过几轮资，逐渐有了现在的规模，几乎是业内第一的直播平台了。平台旗下的那些签约主播也都拥有众多粉丝，难得的是，流量转换率很高。

封趣之前给薛齐整理的那个宣传方案里，快享直播是比较重要的一个宣传平台。

交出方案后她就再也没有过问，也不知道薛齐和陈总是怎么谈的，总之她昨天接到了陈总的电话，说是约了薛齐很多次，他一直推说没空。

无奈之下，封趣只好帮他去约薛齐了，好在薛齐还是挺给她面子的。

封趣跟陈总其实只打过几次交道，谈不上好感但也谈不上讨厌，就觉得他是个比较会钻营的人。

今天的他跟以前一样。

封趣滔滔不绝地介绍了一大堆，可他显然对她正在负责的那两款化妆刷兴趣不大，甚至不愿意假装配合地聆听一下，直接就打断了她的话，转头冲着薛齐道："薛总啊，实不相瞒，你们说的这些我也不懂，既然我们双方都有长期合作的意向，那我不妨就直说了，要是有什么得罪的地方，还望薛总海涵啊。"

薛齐微微蹙了下眉心，对他打断封趣的行为很不满："我不太擅长跟人打交道，我们家一直都是男主内女主外，所以您有什么事直接跟封趣说就好了。"

"这、这样啊……"陈总干笑着看向封趣。

封趣很配合地圆了下场子："陈总，您想说什么？"

"哦哦……"陈总很快就收拾好了情绪，继续道，"你之前在'增满堂'的时候我们也合作过几次，你应该也明白，新媒体和传统广告还是有很大区别的，说白了，这就是快消时代滋养出来的一种模式，需要的是时效性、轰动性。你刚才说的那两款刷子实在很难造成什么轰动，我们这边也不太好找切入点，不过'三端'前阵子的停产风波倒是个不错的卖点。最近几年一直在刮国货复兴的风，适当卖一下情怀倒是可以，但毕竟不是长久之计，所以我想了解一下'三端'之后还有没有长期计划。”

封趣不动声色地问：“陈总有什么好的提议吗？”

“那我就提一下我的个人想法啊，仅代表个人啊。”说着，陈总瞟了一眼封趣，道，“我看之前网上的舆论，大家似乎对‘三端’和‘增满堂’之间的恩怨情仇更感兴趣，薛总这出‘君子报仇十年不晚’的戏也很有话题。相信我，吃瓜群众肯定爱看，我们为什么不把这一点好好放大下呢？”

“怎么放大？”封趣继续问。

“或许……‘三端’可以尝试做一款能和‘小红刷’分庭抗礼的产品？”陈总显然也知道自己这个要求可能会触到对方的雷区，所以说得小心翼翼的。

果然，封趣不悦地回道：“非常感谢陈总这么为我们考虑，但是我们有自己的打算，没有必要去模仿别人……”

薛齐终于发话了：“我们确实有这个打算，并且也已经在进行了。”

封趣愕然转眸，难以置信地瞪着他。

陈总并未在意他们之间的异样，他显得很兴奋，眼睛都亮了起来，一扫刚才的意兴阑珊，就像是遇到了知音，兴致勃勃地跟薛齐讨论了起来：“那我们可以详细聊一下宣传策略，我初步是这样想的啊……”

封趣压根儿没有心思去细听他到底是怎么想的，事实上，就算不听她也能猜到。

作为一个学市场营销的人，她非常清楚怎么做能引发关注，可她有底线，不愿成为一个不择手段的人。

然而薛齐似乎并不是这么想的，他和陈总聊得很投机，两个人看起来甚至有些相见恨晚。

离开的时候，陈总一直把他们送到了停车场，她以前和陈总合作的时候可从来没享受过这种待遇。

不难想象，“三端”的宣传陈总一定会极其卖力地去做，相信效果也一定会很好，封趣却丝毫开心不起来。

刚上车她就忍不住了：“你别听陈总的，他就是纯粹的商人，不只跟‘三端’有合作，跟‘增满堂’也有合作。你今天跟他说的这些话，他转头就会传到‘增满堂’那儿去，目的无非是利用我们套牢‘增满堂’这个客户。如果你真的推出了类似于‘小红刷’的产品，那我们和‘增满堂’就会在他的平台上开战，他就能坐收渔翁之利。”

直到这一刻她还是觉得薛齐不懂其中的弯弯绕绕，被陈总忽悠了。

现实却把她给打醒了……

“我知道。”他无比平静地启唇道。

“你知道？”封趣怔了下，仍旧抱着一线希望，“你知道为什么还要顺着他的意思去做？我们找他做宣传又不是不给钱，虽然他的平台确实是业内数一数二的，但也不代表我们就没有其他选择。他爱做不做，我们是甲方啊，没道理为了讨好乙方特意去开发一款产品。”

“那并不是为了讨好他，我说的都是实话。”

“实话是什么意思……”她小心翼翼地问，“你原本就打算做一款跟‘小红刷’瓜分市场的产品？”

“嗯。”

“也确实已经在进行了？”

“嗯。”

“不过你放心，原料方面我已经谈好了，会用蚕丝毛。”

“这是用什么原料的问题吗？是你从头到尾都瞒着我啊！”

“我从一开始就说过，我会尽量避免让你夹在‘三端’和‘增满堂’之间为难，这么做也是不想让你蹚浑水。”

“是不想让我蹚浑水，还是防着我？”

“如果我想瞒着你，大可以自己来见陈总。”

也是，他如果真想要防着她，完全可以做到直到这款产品问世才让她知道。封趣闷声咕哝道：“那你干吗还要带我一起来？”

“我一直不太愿意见他就是因为我很清楚他想要的是什么，坦白说，我也犹豫过要不要这么早就跟‘增满堂’起正面冲突，现在看来是很难避免了。我这么做不针对任何品牌，也不针对任何人，只是从公司长远发展的角度考虑。我们都明白，如果‘增满堂’没有‘小红刷’系列，是不可能在这么短的时间内打开中国市场的，而我们现在要尽快建立客户基础，提高品牌知名度，所以这款产品必须得做，并且得尽快做。正因为我不想瞒着你，所以今天才把你一块儿带来，你可以不参与，但我认为你应该有知情权。”

“我不怕蹚浑水，决定来‘三端’的时候我就说过我做好一切心理准备了。我反对也是从公司发展角度出发，‘小红刷’能做出来有多方面因素，就比如说……”她顿了顿，犹豫了一下才继续道，“就比如说萧湛，作为‘小红刷’的设计师兼制作者，他本身就自带流量。他那些小迷妹又很容易转化成‘增满堂’的消费者，要找到一个能和他抗衡的人不是那么容易的。”

“确实不容易，但我刚好认识一个。”

“啊？”刚好？天底下有刚好的事？

“你也差不多该见一下她了，择日不如撞日，就今天吧。”

封趣现在算是明白了，他根本就是已经计划好了！

薛齐把车开到了郊区的古镇外，示意她下车，两个人一起走了进去。

跟大部分古镇一样，沿街有不少商铺，卖着各种小吃和一些手工艺品。他停在了靠近街尾的一家店铺前，相比前面那些铺面，这里要冷清许多，古朴的木门半开着，看着也不像是做生意的样子。

薛齐领着她推门而入，铺面很大，七八十平方米的样子，方方正正的。

左边放着两大排架子，上面陈列着各式各样的漆器，做工很精致，确实不比萧湛做的逊色。

右边看起来是个工作区，放着一张木质的工作桌，还有一些其他制作漆器时必需的工具。

封趣这才意识到，与其说这是一家店，不如说是个工作室，只是她四下环顾了一圈都没有找到这个工作室的主人，正困惑着，忽然有自行车铃声传来。

她好奇地循声看了过去，声音是从后面传来的，原来角落的位置还有一扇小门，依稀可以看到是通往后面院子的。

随着自行车铃声越来越近，她看到了一个披头散发的人蹬着自行车冲进店里来。

对方一路朝她骑来，速度很快，完全没有刹车的意思。

这出场方式太独特，以至于封趣有些回不过神，瞠目结舌地看着这一幕，来不及避让。

眼看就快撞上了，好在薛齐及时伸手把她拉到了身后，同时伸出另一只手粗暴地按住了自行车上那个女孩的头，没好气地道：“不会骑就别骑。”

“哦哦……”女孩用脚撑地稳住了身体，挣扎着掰开了他的手，不服气地戗了回去，“谁不会骑了？我可是参加过自行车锦标赛的人好吗？”

“你们锦标赛都是对着人撞的吗？”薛齐问。

“我这不是看到封趣激动嘛。”说着，她歪过头，视线掠过薛齐，朝他身后的封趣看了过去，笑意盈盈地道，“你好呀封总，恭喜你弃暗投明、迷途知返啊。”

“你是……”封趣蹙了蹙眉，这莫名的敌意让她情不自禁地想起了一个人，“崔念念？”

崔念念咋了咋舌：“看样子封总对我的印象还挺深啊。”

还真是她啊？

虽然有了官方认证，但封趣还是有点儿难以置信。

上次见面的时候崔念念打扮得很精致，看起来要比吴澜这个新娘更像个公主，可是今天她那头长发胡乱披散着，发尾甚至还有些打结，素面朝天，穿着灰色的卫衣卫裤，即便是那么耐脏的颜色，上头还是有着不少让人无法辨认的污渍……

“薛总……”那些污渍让封趣冒出了连她自己都不怎么敢相信的联想，于是她转头向薛齐确认，“你说的那个能和萧湛抗衡的人该不会就是崔小姐吧？”

“喂，你这语气是什么意思？我在彩妆圈也算是个妥妥的 KOL（关键意见领袖）了，各种社交平台的粉丝是平均在三万左右，脱水数据，僵尸粉的数量绝不超过 10%，还曾有过直播间人数整整超过萧湛十秒钟的时候呢！”

“这是重点吗？”封趣无力地道。

“那你倒是说说重点是什么？”崔念念仰着头，一副打算跟她死磕到底的样子。

“你会做漆器吗？”封趣问。

“你瞎啊？这里摆着这么多漆器你看不到吗？”

“啊？”封趣难以置信地问，“这些……都是你做的？”

一旁的薛齐启唇补充道：“她八岁就开始学漆器，师从甘靖。”

就算是封趣这种对漆器并没有太多了解的人都听说过甘靖这号人物，那是位在国外漆器界享有盛名的大师，之前在日本的时候她还陪萧湛一起去看过甘靖的个展。

可她无论如何都没法把崔念念和甘靖联系到一块儿。

崔念念之前给她的印象太明媚、太阳光，让封趣总觉得她是那种喜欢冲浪、潜水、跳伞等各种极限运动的人，安安静静地做漆器，这实在是无法想象。

于是，她情不自禁地又瞟了一眼架子上的那些漆器成品。

事实就摆在面前，由不得她不信。

“怎么样？”崔念念得意地哼了一声，“你还有什么意见吗？”

“有。”封趣不服输地道。

崔念念嗤之以鼻地哼了声：“谁管你有没有意见，反正你们家老板对我各方面都满意得很。”

“我不是针对你……”封趣转眸看向薛齐，给出她认为最理性的分析，“我认为你最好还是再考虑一下，如你刚才所说，‘增满堂’是靠着‘小红刷’迅速打开中国市场的，也是靠着‘小红刷’在中国培养出了不少忠实客户，你贸然推出类似的产品，到时候他们只要稍微引导一下风向说我们抄袭，那情况就会对我们很不利。”

薛齐的回应也很理智：“所以才需要像陈总这样想坐收渔翁之利的人在中间搅和。他不会希望看到我们其中任何一方迅速压制另一方，战线拉得越长对他们的平台越有利。”

“但是能够引导舆论风向的不只有他的直播平台，还有微博、微信公众号以及现在那些短视频应用软件。”

“该怎么让舆论风向对我们有利，这是你们市场部应该考虑的问题吧？”崔念念插嘴道。

封趣不悦地瞪着她，道：“市场部不是万能的，我们可以把椭圆形说成圆形，但没法把三角形说成圆形啊！我们抄了‘小红刷’是事实，你要我怎么扭转舆论风向？”

“那就做成椭圆形的。”薛齐突然启唇。

“什么意思？”封趣蹙了蹙眉，不明就里地看向他。

“漆器也分很多种，我们不是非得做犀皮漆，更何况……”他冷笑了一声，斜睨着封趣，问，“到底是谁在抄袭谁，别人不清楚，你难道也不清楚吗？”

终于还是绕不开这个话题，封趣就像是被生生扼住了喉咙，一个字都说不出来。

要说这些年封趣有什么对不起薛齐的话，那大概就是“小红刷”的诞生了。

严格说起来，这是薛齐的创意。

他们十五岁那年，有人送了薛叔叔一方豆绿色的漆沙砚，这给了薛叔叔灵感，他本打算推出一款漆管笔。

当时的薛齐正处在叛逆期，对薛叔叔的这个想法嗤之以鼻，甚至还大言不惭地嚷嚷着：“做什么笔啊？现在还有多少人用毛笔啊？还不如做化妆刷呢，你看看你老婆买一支化妆刷都得一百多呢，你辛辛苦苦做一支笔才卖十几二十块钱，要是把化妆刷做成漆柄的话，就算定价几百块也会有人买吧。”

话糙理不糙，封趣是赞同他的观点的。

毛笔市场确实越来越低迷，虽然那时候的“三端”仍旧经营得有声有色，但如果想让更多的年轻人接受这个品牌，做化妆刷确实是个很好的想法。

但那时候的薛叔叔显然不这么认为，他一直都是个守旧派。

薛齐的这番言论让薛叔叔大发雷霆，支持他的封趣也被连累。那天晚上，他们俩被薛叔叔拉去了蒙公祠罚跪，说是让他们对着鼻祖蒙恬好好反省。

封趣比较识时务，只跪了三分钟就反省好了，情真意切地向薛叔叔忏悔了自己数典忘祖的“可耻”行径。

薛叔叔很满意，放过了她。

薛齐很不爽，瞪着她，咬牙切齿地骂：“你是个叛徒！”

“你还好意思骂封趣？”薛叔叔照着他的脑袋狠狠地拍了下去，“还不知错吗？”

“我哪里错了？”薛齐倔强地仰着头，据理力争道。

“我们是制笔世家！这是老祖宗留下的东西，我们必须得守护！”

薛齐不服地顶了回去：“做化妆刷怎么就不是守护了？”

“你这就是不务正业！”

“那蒙恬还是个将军呢，他不好好打仗跑去发明毛笔，照你这么说也是不务正业了？”

“放肆！蒙恬将军发明毛笔是为了更快地传递军情！”说到“蒙恬将军”这四个字时，薛叔叔还虔诚地朝蒙恬像微微鞠躬，以示尊敬。

“做化妆刷也是为了让更多人知道‘三端’！”

“你……”薛叔叔被气得不轻，却又不知道要怎么反驳，最终只能气急败坏地丢出了一句，“给我继续跪着！跪到你认错为止！”

薛齐跪了一整晚，始终没有认错，结果还是薛阿姨以死相逼，薛叔叔这才睁一只眼闭一只眼由着她把薛齐领回家了。

几年后，反倒是薛叔叔认错了，在现实面前，他不得不妥协，“三端”最终还是推出了化妆刷。

正因为他的这个决定，才让“三端”一度领先于其他笔庄，同时也被增满正昭盯上了。

薛齐曾提出过的漆柄化妆刷其实薛叔叔一直放在心上，只是考虑到资金链和无法量产等诸多问题，前期还是需要靠着平价纤维刷来打开市场。那时候“三端”所生产的纤维刷其实也算不上特别好，但胜在价格低廉，受众群体还是很广的，甚至已经销往海外了。只要再多给薛叔叔半年时间，也许漆柄刷就能问世了，事实上，它已经在“三端”第二年的计划中了。薛叔叔联系了国内的几个漆器大师，初步谈好了合作，可惜增满正昭没有给他机会，这个系列最终还是胎死腹中。

这本就是“三端”的东西，封趣从未想过要拿它来邀功献媚，直到遇见了萧湛。

那时候的萧湛正迫切地想要摆脱他爸的影子，想让更多人认可他，想要一个可以迅速闻名于世的机会，于是封趣想到了“三端”没能实现的漆柄刷。

其实要说她这么做完全是为了萧湛也不是那么准确，她并没有上帝之眼，预料不到若干年后的今天薛齐真的会如她所愿重整“三端”。虽然一直在坚守，可她心里清楚也许永远等不到那一天，而且就算不是“增满堂”，或许将来也会有其他公司推出类似的产品，与其让别人捷足先登，倒不如由她来实现。

就算时光倒流，有机会重来一次，她还是会做出同样的选择。

“我说你啊……”崔念念的声音突然传来。

封趣被拉回了现实，抬眸朝她看了过去。

崔念念扬了扬眉毛，讪笑了声，道：“你也不是什么傻白甜，决定来帮薛齐的时候就应该知道迟早是要和‘增满堂’为敌的。你要是舍不得萧湛那就不该来‘三端’，既然来了就不要当了那什么还想立牌坊。”

这话把封趣气得整个人都在发抖，可她还是咬着牙，尽可能地让自己保持理智：“我为什么来‘三端’没有必要跟你解释。”

“我也不想知道你为什么来，只不过……”

薛齐启唇打断了崔念念的话：“是我求她来的。”

“你……”崔念念愤愤地瞪着他，片刻后，语气稍稍软了下来，闷声埋怨了一句，“你就护着她吧。”

“我的人，我当然得护着。”

“言下之意就是她的事还轮不到我来置喙呗？”

“你知道就好。”

“得！算我多管闲事行了吧！”

“嗯，以后别管闲事也就不会给自己找气受了。”封趣又补上了一刀。她的字典里显然没有得饶人处且饶人的说法，她都被崔念念那么说了，是应该反击，否则这口气她咽不下去。

“你什么意思？别以为有薛齐给你撑腰就了不起了，还真当我怕他吗？”

“你怕不怕他是你的事，不用跟我交代；同样，我怎么做是我的事。哪怕我真像你说的那样婊气冲天，那也自有天收，你也不是什么道德楷模，没资格替天行道。”

崔念念被她戗得语塞，憋了一肚子的气，却一时半会儿不知道该怎么反击。

就在她沉默的时候，封趣已经岔开了话题：“我需要设计图。”

不管薛齐刚才是真的在护着她，还是他跟崔念念一搭一唱演了场戏感动她，总之她妥协了。公司是他的，该怎么发展自然由他说了算，她只需要在这一年内把自己的分内事做好就够了。

“什么设计图？”崔念念皱了皱眉，没好气地回道，“没有。”

猜到了她不可能太配合，封趣并不觉得意外，沉了沉气，耐心解释道：“你也说了控制舆论方向是市场部该考虑的事情，你连设计图都不给我，要我怎么去控制？”

“我做东西向来随心所欲，就算真有设计图那种东西，最终成品说不定也会完全不同。”

“崔小姐……”封趣长出一口气，秉持着公事公办的态度继续道，“我希望你能明白一件事，你现在在做的是商品，而非艺术品。”

“可是薛齐说了，”崔念念亲昵地挽住薛齐的胳膊，毫不掩饰眉宇间的炫耀之情，“让我把它当成一件艺术品去完成。”

薛齐果断地抽出手，微微往一旁挪了挪：“我确实说过让她尽情发挥。”

“那总得有个大致概念吧？不然你要我怎么做？”封趣问。

“大致概念当然是有的，只是……”崔念念冲着封趣扬了扬眉，“我不想给你。”

封趣转眸朝薛齐看了过去，这明摆着是在找碴吧？他都不打算管管吗？

"没用的，这次就算是薛齐也帮不了你，我和他只不过是合作关系，虽说最后作品会冠上'三端'的品牌，可依然是我的作品，我有权防着我认为应该防着的人。"

封趣蓦地拧起眉头："你有什么话就直说。"

"那我就直说好了。"崔念念一抬眼帘，眼里弥漫着昭然若揭的警惕，"我要是把概念给你了，谁知道你会不会转头就去告诉萧湛？要是被'增满堂'抢先一步，我找谁说理去？"

"萧湛不是那种会挪用别人的创意的人。"

"哈……"崔念念饶有兴致地瞥了一眼旁边的薛齐，见他脸色不太好，她唯恐天下不乱地继续煽风点火道，"你看吧，事到如今她还是这么维护萧湛，没准儿只要萧湛冲着她勾勾手指，她就会立刻摇着尾巴过去了……"

"你能不能闭嘴？"薛齐不悦地打断了她的话。

崔念念抿了抿唇，识相地噤了声。

薛齐这才转头看向封趣："具体方案我一会儿发到你的微信上。"

"薛齐！"崔念念不满地嚷开了。

薛齐平静地道："我知道我在做什么。"

"随便你，我不管了！"崔念念气呼呼地挥了挥手，又瞪了一眼封趣，蹬着她那辆自行车愤然离开了。

直到她的身影消失，薛齐才看向封趣，打破沉默："走吧，我送你回去。"

"我可以自己回去的，你还是去哄哄她吧，好像气得不轻的样子。"封趣不太放心地看了一眼后院的方向，毕竟之后的产品制作还得仰赖崔念念，得哄好了才行，目前看来那位大小姐也就只有薛齐有能力哄好了。

"你确定要我去哄她？"薛齐问。

封趣张了张嘴，什么话都还没说就再次被他打断："想清楚了再回答，她要是开心了，那生气的人就是你了。"

好像的确是。

"对我而言，你更重要。"他又问了一遍，"想清楚了吗？确定要我去哄她吗？”

“这地方离市区有些远，你、你还是送我回去吧。”

他满意地笑了，不由分说地牵起她的手，朝店铺外头走去。

这笑容让封趣觉得特别憋屈——她完全被这个人吃得死死的！就像此刻被他牵住的手一样，她越挣扎他越用力，直至十指紧扣，压根儿不给她逃脱的机会！

第六章 怕是得收拾一辈子

听说“小红刷”最近产量剧增，原因是萧湛每天都要直播三四个小时，什么话也不说，就闷头做刷子。

他的那些小迷妹很开心，原先他一两个星期才直播一次，现在不仅每天都能见到他，大家还纷纷表示突然高冷起来的他比以前更帅了！

增满正昭也很开心，仿佛看到了天赐良机，于是他特意抽空把萧湛叫进办公室，打算再添把火。

“萧湛啊，他们说你最近天天埋头做刷子，认真工作是挺好的，但也要注意休息啊，可别把身体给搞垮了。”他的开场白语重心长，听起来就像个慈祥的长辈，就连脸上的神情都充满了担忧。

可坐在对面沙发上的萧湛连眼都没有抬一下，敷衍地“嗯”了一声，算是回应。

见状，增满正昭索性直接切入了重点：“还在为封趣的事不开心？”

萧湛猛地动了一下，脑中情不自禁地浮现出那日封趣和薛齐旁若无人的亲昵模样。

“唉……”增满正昭溢出一声长叹，语气里满是无奈与惋惜，“我也没想到‘三端’居然会做化妆刷，听说还找了‘百媚生’的千金合作？”

“玩联名而已，这几年很常见。”萧湛依然没有把这事太当回事，在他看来，这两家联名对“增满堂”构不成丝毫威胁，“虽然这几年‘百媚生’有翻身趋势，但不过是在国外那一众大牌彩妆的夹缝中求生存，这样的联名，不过就是卖国货情怀，掀不起太大的水花。”

“我是说，他找了‘百媚生’的千金合作，而不是‘百媚生’。”

萧湛不解地蹙了蹙眉：“有什么区别吗？”

“据我所知，崔家那位大小姐对家里的生意是半点儿兴趣都没有，她自小就喜欢漆器，八岁拜入甘靖门下。”说到这儿，增满正昭故意停顿了片刻，留意着萧湛脸上每一个细微的表情，意味深长地问，“你觉得薛齐这次找她合作是在针对谁？”

“他们想做‘小红刷’？”萧湛立刻猜到了薛齐的目的。

“嗯。”增满正昭点了点头。

萧湛陷入了沉默，这对他而言确实是不小的冲击，这份冲击源自封趣。

尽管他心里清楚，“三端”并不是封趣的，薛齐才是决策者，她只不过是听命行事而已，可是从他的立场来看，她的听命行事就是助纣为虐，甚至是一种背叛。

眼看着他的双手逐渐紧握成拳，增满正昭毫不掩饰地挑了挑眉，问：“你是不是觉得，尽管这未必是封趣的意思，但她的不作为就等同于背叛？”

萧湛的眉梢微微动了一下，他略带挑衅地看着增满正昭。

这是一种无声的较量，增满正昭并没有太当回事，气定神闲地在这把火上又浇了油：“也不怪封趣，她不可能去阻止薛齐，因为就这件事而言，她或许还觉得自己有愧于薛齐。”

“什么意思？”明知道他在玩套路，可萧湛还是忍不住追问。

预料之中的反应让增满正昭难掩得意地扬起嘴角，口吻仍旧是无奈的——一种假惺惺的无奈。他显然并不在意被萧湛看穿，因为他很确定，接下来他要是说了那些话，无论萧湛如何抵抗都会不可避免地入套——

“事到如今，我也就不瞒你了。你还真当封趣跟你那些粉丝一样，是看了你的直播后追你追到你母亲的漆器教室去的吗？别傻了，这丫头哪会有这种闲情逸致。她的确是看过你的直播，但那可不是什么命运般的邂逅，那段时间她做了不少功课，搜集了很多漆器匠人的资料，最终公司从中挑选了几个候选人，而你只是其中之一。”

“你的意思是……”萧湛觉得喉头有些发紧，突然连说话都有些困难，好不容易才继续下去，“她是带着目的接近我的？”

“你当时就一点儿都不觉得奇怪吗？她不过就是随随便便给我推

荐了个人，而我就这样爽快地答应让你去筹备一个系列，还是公司最重要的系列。‘增满堂’可不是我一个人说了算的，这种事情怎么可能连股东大会都不需要开？那是因为早在她接触你之前，公司就已经确定要做‘小红刷’了，甚至可以说是万事俱备只欠你这股东风。”

当时萧湛确实不觉得奇怪，因为他并不清楚封趣和增满正昭的关系，至少表面看来他们就像父女一般融洽。知晓了他们之间的一些恩怨后，他也曾有过怀疑，但很快就释疑了，因为他太清楚封趣的手段，只要她想，就没有搞不定的人。

直到这一刻他才知道，当初被她搞定的不是增满正昭，而是他。

都说“人生若只如初见”，可当若干年后才发现初见时就已经充斥着利用与欺骗，这滋味必然不会太好受。尽管如此，他还是在负隅顽抗，不愿意让增满正昭得逞。

“那时候我跟她还谈不上有什么交情，她利用我来立功也无可厚非，况且我也不吃亏，互利共赢，挺好的。”他故作轻松地道。

“立功？看来你还不够了解封趣。”增满正昭轻笑了一声，不疾不徐地道，“这个系列的确是封趣的提议，想法是好的，但实践起来难度太大，考虑到无法大批量生产的问题，股东那边都不怎么赞成，她最后用来说服我们的理由是——‘三端’在被我收购时就已经把漆柄刷列入第二年的计划中了，并且已经跟一些中国的漆器匠人谈好了合作，具体运行模式‘三端’也早就想好了，我们只需要直接拿来用就可以。听说这个创意源自薛齐小时候的一句戏言，说白了，这就是薛齐一直想做却没能做到的事。

“你还觉得封趣是想要立功吗？她是考虑到薛齐或许永远都不会再回来了，‘三端’也迟早有一天会被人遗忘，于是……”增满正昭直勾勾地看着萧湛，给出致命一击，“她借你的手完成了薛齐的梦想。”

萧湛沉默着不予回答。

“她现在一定很后悔吧，如果当初她知道薛齐有一天会回来，恐怕就不会有‘小红刷’也不会有你了。可惜啊，这世上没有‘如果’，她现在能做的就只有弥补。这种情况下，她怎么可能反对薛齐做这个系列呢？不仅不会反对，她还会拼尽全力地帮助他。”

“你到底想说什么？”终于，萧湛还是败下阵来。

“我想说的都已经说完了。”增满正昭微笑着道。

他已经成功地在萧湛心底埋下了“嫉恨”的种子，相信开花结果的那一刻很快就会到来。

开花结果的那一刻当天晚上就到来了……

萧湛失恋了，跟那个他连脸都记不太清楚的小网红分手了，是对方提的，她是这么说的：“我甚至怀疑我们到底是不是在谈恋爱！约你出来总是没空，好不容易一块儿吃饭，你全程都在走神，给你发微信十句你才回一句，回的那一句还绝对超不过三个字。你要是心里想着封趣你就去追，别拿我当填补空虚的调剂品，老娘我也不缺男人，凭什么给你当备胎？”

他就像大部分失恋的人一样选择了借酒浇愁，奈何酒量太好，直到整个酒局结束他仍旧清醒得很，清醒且认识到了他心里的确想着封趣。

等回过神来的时候，他已经敲开了她家的门。

她穿着一件男友风的睡衣，长发扎成了简单的马尾，落在颊边的碎发透着几分慵懒，整个人看起来性感得要命，只是可惜见到他后却是一脸见了鬼的表情，错愕、呆滞、困惑，甚至还有防备。他有些怀念从前，那时候她总是笑着为他开门，她的笑容有种魔力，仿佛能让万物生长，包括他对她的感情，不知不觉间已长成了参天大树，根茎扎在了他心里，枝冠填满了他的整颗心，要再容下其他人谈何容易？

“你居然真的来了？”她回过神，打破了沉默。

这话让萧湛愣了愣：“什么叫我居然真的来了？有人说过我要来吗？”

确实有人说过，薛齐说的。就在跟崔念念谈完的那天，把她送回家后他曾说过“不出意外的话，萧湛这几天或许会来找你”。

她以为薛齐只不过是随口说说，甚至没有把这话放在心上，直到打开门见到萧湛的瞬间，她想起了薛齐的话，本能地想跟萧湛保持距离。她认为他多半是为了崔念念正在筹备的那套化妆刷来的。

"没有，就是有些惊讶……"她藏好情绪，小心翼翼地问，"你找我有什么事吗？"

"没什么事，就是想你了。"

"呃……"

"不请我进去坐坐吗？"他问。

她委婉地回绝了："不太方便……"

"家里有人？"萧湛咄咄逼人地问。

"就是因为没有人，孤男寡女的……"

"我又不是第一次来你家。"

"你以前都是白天来的啊，这都快十点了，我还穿着睡衣，不太好吧。"说着，她有些别扭地拉了拉睡衣的下摆，刚才急着开门，她只是匆匆地套了条安全裤，现在有些后悔，早知道还是应该换件衣服的。

"你穿比基尼的样子我都见过，有什么不好？"

"那是跟公司一起去冲绳团建的时候吧？"封趣皱了皱眉头，总觉得他今天有点儿胡搅蛮缠，"去海边当然穿泳衣了，大家也都这么穿的，跟现在完全不是一回事。"

"我怎么记得你穿比基尼的样子就只有我见过？"

"那也是因为你不准我在大家面前脱外套啊！"

"我让你别脱你还真不脱了呀？真听话。"他脸上终于有了笑意，是久违的发自内心的笑，"看来你是真的很喜欢我呢。"

封趣沉默了，不太明白他现在说这种话究竟是什么意思。

"那你跟薛齐又是怎么回事？"

"就……那么回事呗……"她含混不清地回道。

"我想听实话。"为了让她没有继续回避的余地，他又补充了一句，"还是说，你连我都不相信了？"

虽然他都已经把问题上升到了这种高度，但封趣还是没有放下戒心："这就是实话。"

他心口一凉，怔怔地问："你喜欢他吗？"

"嗯……"封趣下意识地避开了他的目光。

"看着我，一个字一个字地说。"

她深吸了一口气，抬眸，目不转睛地看着他道："我喜欢薛……"

话音未落，他忽然抬起手，用蛮力强行推开了原本半开的房门，往前迈了一步。

封趣来不及避让，随着他的靠近，一股浓烈的酒气钻入她的鼻子，让她不自觉地紧张起来，话音也跟着戛然而止。

她下意识地想要往后躲，却被他擒住了手腕猛地往怀里拽，他俯身、低头……

当意识到他想要干什么后，封趣猝然扭头避开。

他的唇只是轻轻擦过她的嘴角，这已经是他们认识至今最为亲昵的接触了。在此之前，他一直都在克制，生怕一旦跨出那一步就再也没有退路了。事实也果然如他先前所想的那样，她的味道即使浅尝也会上瘾，那是一种味蕾品尝不到的甜，只有心知道。

人心都是贪婪的，他情不自禁地想要索取更多，甚至是全部的她。

于是，他仗着力量上的优势将她抵在了墙边……

"你疯了吗？"她叫嚷着别过头躲开。

他也并未选择追击，来势汹汹的吻趁势落在了她的脖颈间。他知道薛齐会看到，于是就像在向对方宣告主权一样，用力吸吮着。同时，他的掌心探入了她的睡衣裙摆，顺着她的腿渐渐往上。

她紧咬着牙关，死死地扼住他的手，不让他有继续造次的机会。

无声的较量持续了很久，她已经力竭，溢出了哀求般的呜咽："不要……"

萧湛却没有丝毫心软，反而变本加厉。他轻咬着她的耳垂，那双手终于甩开了她的钳制，炙热的掌心滑过她的纤腰，像条鱼般灵巧地往上游弋，指尖仿佛已经能够感觉到她的软绵，若有似无的触感让他有些忘情地溢出了一声低吟……

被欲望包裹着的声音让封趣意识到他完全丧失了理智，指望他主动停下来是不可能了。她几乎用尽了全身的力气才将他稍稍推开，依靠着好不容易拉开的微小距离，她扬起手，狠狠地甩了他一巴掌。

清脆的巴掌声在房间里响起，整个世界突然安静了。

他愣怔着，许久都没有反应，只是定定地看着她，眼神就像是一只受伤的困兽。

“你喝醉了，我去趟洗手间，你好好清醒一下。”封趣看似平静地说完了这句话，然后逃一般冲进了洗手间，生怕他反应过来后会把刚才的事继续下去，她已经没有力气抵抗了。

她躲进洗手间后，立刻将门反锁，还是觉得不安心，又把一旁的柜子拖到门边抵住，这才觉得放心了些。

她翻下马桶盖，坐在上面，不停地喘着气，整个人依旧在不住地颤抖，脑中一片混乱，以至于她完全没有顾及刚才拖动柜子的声音对萧湛而言意味着什么……

那就像磨刀的声音，刺耳又尖锐，锋利刀刃最终用力刺入了他的胸口，直达心脏。

原来心真的是会痛的，一阵又一阵地绞痛。

他记不清自己在玄关边呆站了多久，直到手机的振动声传来，那种痛感仍旧没有消退。他只是本能地瞥了眼被封趣丢在玄关鞋柜上的手机，当看到来电显示是“薛齐”后，痛感加剧。他紧抿着唇，死死地瞪着手机，好一会儿后，那头挂断了，他松了一口气。

可是没过多久，手机又一次振了起来。

他终于还是没忍住，接通了电话……

“在洗澡吗？微信也不回、电话也不接，我明天要出差，可能要一个多星期才回来。这段时间你去公司帮我看着，有什么事你拿主意就好，有空来我家帮忙喂一下鱼。你干脆住我家吧，我这里安保设施好一点儿，比海苔靠谱，我家密码还是我们以前用的那个……”电话那头的薛齐顿了下，大概是怕封趣不记得他们以前常用的密码到底是什么，又明确地说了一遍，“166915。”

萧湛轻轻蹙了下眉心，在思忖这串数字的意义，显然不是生日。

“喂？你到底有没有在听？”

“嗯，在听，她确实在洗澡，我会帮你转告她的，不过鱼就不太方便帮你喂了，你不是还有个跟班吗？是叫施易吧？让他去帮你喂吧。”

手机里一片静默，萧湛甚至可以猜想到薛齐现在的表情，可惜他没法亲眼看到，不然一定很爽。

“没其他事我就挂了。”

挂断电话后，萧湛怔怔地看着手机，有个念头在他脑海中不断翻滚着……

他知道这么做不对，可结果他还是控制不住地在密码界面试着输入了“166915”，当手机顺利解锁的一刹那，他笑出了声，觉得自己就像是一个笑话。得是多深的感情才会让分开那么多年的两个人仍在使用着相同的密码？这种寓意不明的数字，藏着只有他们才懂的秘密，外人无法涉足。

相比他刚才跟薛齐说的那番自欺欺人的话，他的心口被扎了一刀又一刀，且每一刀都足以致命。

封趣也不清楚自己究竟在洗手间里待了多久，她没带手机，也没戴手表，对时间完全没有概念，度秒如年的感觉特别难熬。

这期间她看着面前的墙也想了很多，比如……她真的喜欢萧湛吗？

他的触碰非但没有让她心动，反而让她觉得害怕，甚至是想逃，这让她开始怀疑自己对萧湛的感情。

冷静下来之后她才意识到，她被带跑偏了，他根本就是在利用她的感情胁迫她就范！

因为喜欢就应该被他予取予求吗？因为喜欢她就不能讨厌他这种完全不顾她的意愿的行为吗？这叫强奸未遂啊，就算他长得再帅那也是强奸啊！谁会对一个强奸犯心动？她感到害怕、想逃，那才是正常反应！

她很想走出去把这些话跟萧湛说清楚，想告诉他，她不是不喜欢他，只是排斥这种强取豪夺的方式，还有就是……他们之间的问题太多，她没有信心逐一克服，也不相信他会不离不弃，也许他们根本就不合适……道理上她也确实该跟他说清楚的，可她不敢，怕他会再次失控……

就这样不知不觉耗了很久，她鼓起勇气凑到门边，试图听听外头的动静。

外面很安静，他是不是已经走了？她蹙了蹙眉，纠结着该不该出去。

忽然，一阵急促的门铃声划破了静谧，猝不及防地吓了封趣一跳。

门铃声持续了很久，频率越来越快，仿佛能感觉到门外的人有多焦急，如果萧湛还在的话他应该会去开门。他还不至于变态到假装离开等她自投罗网。

这么一想，她鼓起勇气挪开了抵在门前的柜子，缓缓打开了洗手间的门，探出头打量了一会儿。

客厅里看着确实不像有人的样子，她这才壮着胆子往外走了几步。那几步她走得格外提心吊胆，眼瞧着没有动静后，迅速跑到了门边，当然没忘先看一下猫眼。当薛齐那张脸映入眼帘后，她就像是被喂了一颗定心丸，瞬间放松下来，立刻打开了房门。

门外的薛齐已经准备踹门了，幸好及时收住了腿。

她神色慌张地站在门边，呼吸急促，翕张着唇，仿佛有很多话想说，却一个字都没能挤出来。

“发生什么事了？”他问。

“你先进来。”她往一旁让了让，甚至直接伸出手把他拉了进来。

就在他跨进她家的同时，她一个闪身躲到了他身后，紧紧抓着他的胳膊，转悠着眼珠，警惕地打量着四周。

他转眸瞥了她一眼，有些担心地问：“到底怎么了？”

“那、那个……你能不能帮我检查一下卧室和书房里有没有人？”

薛齐没说话，径直朝里走去，路过洗手间的时候稍稍停顿了一下，瞥了一眼里头那个明显被搬动过的柜子。

难怪刚才她那么久才来开门，看来他来之前她一直躲在洗手间里，还很谨慎地用柜子抵住了门。

她应该吓得不轻，到现在都还在微微颤抖着。

这一刻，薛齐反而有些希望萧湛还在，起码他们可以痛痛快快地打一架，可是卧室也好、书房也好，空无一人。

等他检查完了几乎所有可以藏人的角落之后，她明显松了一口气，彻底放心了，这才后知后觉地意识到尴尬，连忙放开了他的手：“不、不好意思……”

“家里又进贼了？”看起来她不打算说些什么，他也很配合地佯装出不知情的样子。

“可能只是我多心了吧……”她含糊其词地回道。

“海苔呢？”

“童佳芸她爸妈出去旅游了，她一个人在家害怕，就把海苔接过去住几天。”

“嗯……”薛齐不动声色地打量着她，目光轻易地就捕捉到了她脖子上的吻痕以及她手腕上明显是被钳制过而留下的瘀痕。他情不自禁地咬了咬牙，压抑着怒火问：“家里有没有活血化瘀的药油？”

“有、有啊。”她不解地问，“你受伤了？”

他没有回答，自顾自地问：“在哪儿？”

“我去给你拿……”话音未落，封趣就转身走到了客厅的电视柜边，蹲下身，刚伸出手打算拉开面前的抽屉，突然就顿住了。

手腕上的瘀痕格外醒目，刚才太紧张了她一直没太注意，现在才觉得手腕关节处有些疼，应该是刚才挣扎的时候留下的。

显然，受伤的不是薛齐，而是她，他问药油也是打算让她用吧？

换句话说，她那个怀疑家里又进贼的借口根本就糊弄不了他。

薛齐就站在她身后，她的愣怔足以证明她已经察觉到了他要药油的目的。他也没再多说什么，兀自蹲下身拉开抽屉：“我来吧，你去沙发上坐着。”

“好。”她也没再推托，默默起身走到了沙发边，直挺挺地端坐着等他。

他从药箱里翻出了红花油，确认没有过期后才起身走到沙发边，在她身旁坐了下来，将药油在手心里搓热，抓过她的手腕，小心翼翼地揉了起来。

封趣很配合，任由他揉着，好一会儿后，她还是憋不住打破了沉默：“你没什么要问我的吗？”

“不问了，又不是什么愉快的回忆，没必要让你再回味一遍，再说了……”他抬起头，笑了笑，安慰道，“人没事就好，其他的不重要。”

她低下头，紧抿着唇，本来只是有些害怕而已，但也不至于怕到想哭，可是现在竟然觉得鼻腔有些酸酸的。

“不过……”他突然伸出手，指尖停留在了她的脖颈上，拇指指腹轻轻摩挲着那个格外醒目的红印，“这个确实有些刺眼。”

封趣突然回想起了萧湛刚才的行为，之前虽然一直在洗手间里，可是情绪太紧绷她也顾不上照镜子……果然留下印子了吗？

她连忙伸出手，有些窘迫地试图遮住，却又始终找不准正确位置。

“回头要是有人问起，就说是我弄的。”他缩回手，继续低头替她按摩手腕，语气很平淡，就像是在讨论天气。

“你这话怎么说得跟接盘侠似的？”封趣半开玩笑地道，想缓解一下气氛。

他仍旧低着头，专注着手上的工作，启唇回道：“只要你不是自愿的，那就是我没把你保护好，这盘活该由我来接。”

“你、你本来也没有义务保护我啊……”她居然感觉到心口轻轻颤了一下，这反应不太对啊，这话更像是在提醒她自己。

“没办法，从我六岁起我妈就成天耳提面命要我好好护着你，这习惯我已经养了十几年，改不了了。”

“以前也没见你保护过我啊，不欺负我就不错了……”她轻声咕哝了一句。

“我让别人欺负过你吗？”

“哦……”她仔细想了想，“好像是没有。”

“那就已经算不错了。”

“你对自己的要求还挺低啊。”

“我只是从小被周围的人宠惯了，不懂该怎么去宠别人，得慢慢学。”

“我也没觉得你现在学会了呀……”话还没说完封趣就后悔了，她没资格质疑他，也许他早就已经修炼成精，只是没有用在她身上而已。

他没说话，淡淡地扫了她一眼，忽然加重了手上的力道。

毫无防备的封趣一阵吃痛，忍不住倒抽了口凉气。

“痛吗？”他问。

“废话！当然会痛啊！”

“痛就对了。”他的动作又放轻了，“有对比你才知道我平常对你有多温柔。”

封趣沉默了，细细感受了一下他的力道，的确很温柔，就像是在对待一件易碎的珍品。

“差不多了。”他抽回手，站了起来，看样子是打算去洗手，离开前突然抛出一句，“去收拾一下行李吧。”

“啊？”她呆呆地眨着眼，半晌后才反应过来，起身跟着他走到了洗手间门口，“收拾行李干什么？”

“出差。”

“去哪儿？”

“北京。”

“去干吗呀？”

“工作。”

“是为了崔小姐制作的那款化妆刷吗？”

“嗯。”

整个过程堪称对答如流，听起来没毛病，可是……

那天把她送回家后，薛齐确实把产品方案给她了，是份非常详细的方案，不只有化妆刷的设计，甚至还细致到了市场分析、营销策略等。

她突然觉得自己根本没有用武之地，其实就算没有她，他一样能把“三端”经营得很好吧？

按照薛齐当时的说法，他原本确实不打算让她参与这个项目，以免她夹在他和萧湛之间为难。

这话封趣是半信半疑的，他究竟是怕她为难还是说他和崔念念一样，根本就不信任她？

尽管如此，她并没有选择刨根问底。有些事一旦捅穿了就是覆水难收，从今往后她想要当作什么事情都没发生过那是不可能的，这辈子都不可能。更何况，薛齐也表示了如果她想要参与，他求之不得，都已经把话说到这分上了，她还怎么问？

封趣并不想参与，夹在中间也的确为难。

他也充分尊重她的选择，最终决定由他亲自负责这个项目的营销，而她继续负责另外两个系列的产品。

所以说，他为什么又突然要带着她一块儿出差？

她皱着眉头，不解地问：“不是说这个项目我不需要参与了吗？”

“毕竟我不是学市场营销出身，还是应该带着你一块儿去。”当然了，这不过就是个借口，事实上，带她一起去北京是他刚刚临时决定的，发生了那种事情，把她一个人留在这里他不放心。

“一起去也好……”这款产品应该是公司未来一两年内的主打商品，她也确实得了解一下，“是明天的飞机吗？”

“嗯，早上七点多。”

“那岂不是五点多就要到机场？！”

“所以你干脆别睡了，刚好我们可以先讨论一下具体的营销方案。”

“也就是说，你今晚打算在我家过夜？”

“去我家也可以。”

这是重点吗？不管在谁家，还不是孤男寡女共处一夜，有过刚才那种事之后，她难免会有些顾虑。

“想什么呢？通宵加班而已，别动什么歪脑筋。”

他把话说到这分上，她还能说什么？说多了倒好像是她对他有什么想法似的。

最后封趣还是选择了去薛齐家……

他没有带行李，反正明天早上还是要去他家拿的，不如干脆她这边整理好行李一块儿带去他那儿，明天早上就能直接去机场了。

说是通宵加班，但结果她只撑到十二点多就睡着了。

第二天早上，她被一阵浓郁的咖啡香味熏醒了，发现自己正躺在客厅的沙发上，身上盖着条薄被，配合他家强劲的暖气刚刚好，难怪睡得那么舒服，等等，好像有什么地方不太对……

封趣一看表，七点多了啊！薛齐不是说早上七点多的飞机吗？

她猛地从沙发上蹿了起来，正巧薛齐端着咖啡从厨房里走出来，被她的动静吓了一跳，没好气地瞥了她一眼："一惊一乍的干什么？"

"七点多了啊！"她嚷嚷着。

"哎呀，七点多了啊……"他配合地喊了一句。

封趣不解地看着他："都什么时候了，你还有心情开玩笑？我们不是还得赶飞机吗？"

"改签了。"

"啊？"

"我看你睡得挺香就改签了。"

"改、改成几点了？"

"还没定，反正飞机不行就坐高铁，你要是累的话就再睡一会儿。"

"不是……"这也太随便了吧？她纠结地抓了抓头发，"你这不叫改签，叫浪费两张飞机票吧！"

他想了想，点了下头："嗯，也可以这么说吧。"

"钱多吗？你为什么不叫醒我啊？大不了去飞机上睡啊！"

"昨晚发生了那么多事，你也累了吧？让你多睡会儿不好吗？"

"也不是不好，"她抿了抿唇，咕哝道，"就是浪费了两张机票钱有些心疼。"

"你还挺有主人翁意识啊，这就开始替我心疼钱了？"

"也是，又不是我的钱，我心疼什么？"她报复性地走到沙发边，反正他都说了累的话可以再睡会儿，她还客气什么？

她躺回沙发上，用被子把自己包得严严实实的，背对着他，指尖抠着沙发背上的装饰纽扣，越想越觉得还是没有办法不管他。

于是，她又猛地坐了起来："薛齐，你这样不行。"

"我怎么了？"他茫然地问。

"我是不知道你这些年赚了多少钱，但肯定不够收购'三端'的吧？我没猜错的话，你肯定贷款了，困难时期我们不能这样浪费钱。这次就算了，下次不管我睡得多香，你就是打也得把我打醒，知道吗？"

他轻笑了一声，半开玩笑地道："还有下次？你这是打算以后常住我家了？"

“跟你说正经事呢！”

他收起了玩心：“放心吧，机票是里程数换的。”

“真的？”她还是不太相信。

“需要给你看一下我还剩多少里程吗？”

“那倒不用了……”以他之前的工作性质，会经常出差，他应该攒了不少里程，“那我们不要坐高铁，还是换机票吧，我刷个牙洗个脸就能出发了，你赶紧换。”

眼见她兴冲冲地走到行李箱边，看样子是打算拿牙刷和毛巾，他启唇道：“我给你拿了新的牙刷和毛巾，你直接用吧，别翻行李了。”

“哦……好……”她点了点头，有些忐忑地走进了洗手间。

洗手台上摆放着一条叠得很整齐的毛巾，一旁还放着一个崭新的漱口杯，里头放的牙刷显然也是新的。

这让她很恐慌！她从小接受的教育就是无功不受禄，就算是从前住在薛家的时候，薛齐的父母确实对她很好，但是家里的事她也都会帮着做，就连制笔也是为了他们才学的，只有这样她才能过得心安理得，所以说……她现在很不安，他干吗平白无故地对她那么好？这是想要她为他赴汤蹈火、肝脑涂地啊！

薛齐最终订了下午两点多的飞机，封趣就这么怀揣着忐忑不安又有些迷茫无措的心情跟他去了北京。她很想为他做些什么，那样至少她觉得踏实些，可是她至今没搞明白他们这趟出差到底是要干什么，当然也没机会问清楚，他一上飞机就睡，她也不敢打扰。

前来接机的是吴澜和施易，这让封趣有些意外。

见到她后，吴澜显得很尴尬，只是默默地冲着她点头笑了笑。

反倒是施易像是什么事都没发生过，扯出一道暧昧的笑容，冲着她和薛齐直挑眉：“这是成了啊！”

封趣怔怔地眨着眼睛：“什么成了？”

“行了，别装了。”施易轻轻碰了她一下，目光落在她的脖颈间，“这都已经被薛齐给打上烙印了。”

封趣瞬间反应过来，脸颊涨得通红，与其说是害羞，不如说是心虚、尴尬。

尽管薛齐说了被问起就说是他干的，可她还是说不出口。

好在薛齐及时替她解了围，半开玩笑地道："我脸上也有个烙印，可惜退了。"

施易愣了片刻才听明白他的言下之意，转头询问起封趣："你打他啦？"

"我……"她支支吾吾的不知道该怎么回答。

"那不叫打，叫爱抚。"薛齐启唇道。

"你咋这么不要脸啊，这明摆着就是你不顾人家姑娘的意愿结果被打了嘛，这是拒绝啊，彻彻底底拒绝你了啊！"

"有点儿道理。"这话反倒让薛齐加深了脸上的笑意，他转眸看向封趣，轻声询问道，"所以你是彻彻底底地拒绝了吗？"

"那个……"这要她怎么回答？他明知道这件事根本就跟他没关系啊！封趣左右为难，只好岔开了话题，"说起来，你们怎么会在北京？"

施易显然是想刨根问底的，但吴澜并不想让封趣太尴尬，很配合地回道："我来这儿做特展的报道，施易刚巧有空，就陪我一块儿过来了。"

"特展？"封趣有些困惑地朝吴澜看过去。

"博物馆的一个特展。"

这是个找话题的好机会，封趣顺势追问："你们公司不是做财经的吗？连文化线也跑啊？"

"虽然是做财经起家的，但做大了自然是什么都得兼顾了。"吴澜顿了片刻后又赶紧道，"说起来，是个书画特展，你应该挺有兴趣的，有空的话你可以来看看，正好我也需要一些你的意见写报道，这方面我实在是不太懂。"

"这你得问我们家薛总了。"封趣瞥了一眼旁边的薛齐，"我到现在都不知道这趟出差到底有什么安排呢。"

"你想去的话，明天陪你去。"薛齐回道。

封趣默默地看着他。

"怎么了？你不想去？"

“当然想，可是……”先不说她确实对书画特展挺有兴趣的，何况吴澜难得开口拜托她。虽然吴澜的这个提议有想缓和关系的嫌疑，但封趣同样想找个契机和吴澜好好聊聊，没理由拒绝。除此之外，她还有其他在意的事情，“我还是想先知道我们这趟出差到底是要干些什么？”

“跟博物馆那边谈一下合作周边产品的细节，如果各方面都没问题的话，吴澜会让他们公司的团队帮忙拍摄一组宣传照，到时候可能需要你帮忙盯着，我还得去见几家电商负责人。”

“说什么我想去的话就陪我去，你只是去工作啊！”

“废话。”薛齐睨了她一眼，“谁会跑去博物馆约会？”

“这是重点吗？”

施易忍不住吐槽：“你说的也不是重点吧。”

“那、那什么……”封趣有些尴尬地清了清嗓子，颇为生硬地把话题拉回了真正的重点上，“我们跟博物馆有合作？”

“嗯。”薛齐点了点头。

“什么合作？我看你给我的那个方案上没写呀。”

还没等薛齐回答，施易开口道：“你们俩怎么一下飞机就谈工作？烦不烦！”

“不是你说让我聊重点的吗？”封趣一脸无辜地看向他。

“重点是晚上吃什么啊！”

可真有出息！

前往停车场的途中，施易的好奇心仍在泛滥，他好不容易才把薛齐拉到身旁，故意放慢了脚步，和吴澜、封趣拉开了距离，轻声问：“她脖子上那玩意儿真的是你干的？”

“有意见？”薛齐不答反问。

“我能有什么意见，只不过……”施易皱了皱眉，总觉得哪里不太对劲，“你这性格没把握是不可能出手的，一旦出手那就不可能只是在她的脖子上烙个印那么简单，还是说其实你已经吃干抹净了？”

“不该你操心的别操心。”

“怎么说话呢！什么叫不该我操心的，那我该操心啥？”

"萧湛那边最近可能会有动作，你帮我盯着点儿'增满堂'。"

"还用你说？我一直盯着呢。"

"嗯。"

"所以你是真把封趣吃干抹净了？"

结果他们在酒店的中餐厅里草草解决了晚餐。因为前一晚没睡好，封趣和薛齐都不乐意走太远，要不是施易有着莫名的东道主精神非得给他们安排个接风宴，他们俩恨不得直接叫客房送餐。

吃完晚饭后八点多，封趣洗了个澡就睡下了，睡了整整十二个小时，一直到隔天早上九点多她才醒。

她在床上赖了一会儿，打开微信看了一眼群，这个群是施易昨晚建的，里面只有他们四个人，群名叫"我们都不爱说话分舵"。

高中的时候，封趣曾经建过一个只有他们四个人的匿名QQ群，名字叫"今天的作业完成了吗"，顾名思义，是为了互相督促共勉用的。她把薛齐拉进群里的时候，薛齐说过这种群通常最后会沦为不务正业的聊天群，结果，一语成谶。多亏了有薛齐，他平常基本不说话，也不关心群里除了封趣的其他人都是谁，只是每次当他们聊得正欢时他就突然冒出来丢下一句"封趣，今天的作业完成了吗"。渐渐地，群里其他人都不敢说话了，这个群也就越来越安静。再后来，封趣索性直接把群名改成了"我们都不爱说话"。

这个群至今都还静静地躺在封趣那个已经很久没有登录过的QQ里，吴澜和她疏离后，那就变成了一个死群，从此真的再也没有人说话了。

如今这种物非人是的感觉让封趣颇为唏嘘，得是多好的运气才能在分开十多年后又重聚？当然，他们还是都不爱说话。

封趣正打算在群里问一下有没有人要一块儿吃早餐，也算是打破一片空白的聊天记录。

她刚点开键盘，还没来得及打字，打破空白聊天记录的想法就被施易先落实了。

他突然在群里发了一张图，是萧湛的朋友圈截图，图片上依稀可以看到是“增满堂”的新品宣传，六分钟前发的，但因为是截图，看不到具体内容。

封趣困惑地皱了皱眉头，特意找到了萧湛的微信，点到他的朋友圈里查看，发现并没有这条动态。他似乎是屏蔽了她，她突然有种不祥的预感……

像“增满堂”这种历史悠久的大公司是很少推出新品的，上次的新品还是为中国市场特意打造的“小红刷”，从提案到前期宣传整整耗费了一年多时间，大大小小的会议开了无数次，设计稿毙了无数版。可她离开“增满堂”才一个多月，直到她走的时候都没有听说公司有推出新品的计划，怎么他们突然就开始宣传了？

这让她忍不住产生了一些不好的联想，她一边不断地告诉自己别想太多，一边在群里回了句：“我看不到，他把我屏蔽了……”

谁也没说话，片刻后，施易直接把萧湛发出来的那张新品宣传图发到了群里。

她深吸了一口气才点开，虽然多多少少有一定的心理准备了，但映入眼帘的画面还是让她猛地一震。

果然，是剔红工艺！概念图明显是找了专业人士重新做了视觉设计，更正式也更精致了，但无论是工艺还是外形都和“三端”正在筹备的新品一模一样！

漆器工艺有很多种，萧湛和崔念念竟然不约而同地选择了剔红工艺，那得有多巧？

显然，这种巧合是不可能存在的，她想到了薛齐发给她的那份方案……

想着这里，她迅速翻身下床，连睡衣都顾不上换，直冲向薛齐的房间。

当然，也顾不上他到底醒了没有，她焦急地狂按门铃。

她只等了片刻房门就开了，迎接她的并不是睡眼惺忪的薛齐，他看起来很精神，白衬衫、西装裤，连鞋子都已经穿好了。

看来他早就醒了。也是，“增满堂”新品宣传一出，公司那边应该就会有人联系他。

见到她后，他脸上没有丝毫意外之色，他只是指了指手机，然后把房门开到最大，示意她先进来，等他打完电话再聊。

封趣硬着头皮跨进房间，他住的是套房，有个很大的客厅，卧室的门关着，并没有什么需要避嫌的，可她还是直挺挺地站在玄关处不敢再往里走，眉宇间弥漫着紧张和无措。

也不知道电话那头的人说了什么，薛齐只是时不时地“嗯”几声。

很快他就结束了这通电话，然后放下手机，抬眸朝她看了过来，眉头微微蹙起：“你这是什么打扮？”

“我……”她低头看了一眼自己那身睡衣，好在款式还是比较保守的，但她还是有些窘迫。她扯了扯衣角，尴尬地道：“我看到施易发的消息就过来了，没顾得上换衣服……”

“他发什么了？”显然薛齐并没有留意那个微信群，被封趣说了之后才点开查看了一下。

封趣不敢说话，紧张地看着他的眉头越皱越紧。

没多久后，他若无其事地收起手机，闲话家常般问了一句：“他把你屏蔽了？”

“嗯。”她点了点头，急切地掏出手机，“你要是不信我可以给你看。”

“你的手机密码是多少？”他突然问。

“啊？”封趣微微一愣，“为、为什么突然问这个？”

“纯属好奇。”

“166915……”

“果然，”他嘴角若有似无地上翘，“跟我家密码一样呢。”

“这很正常吧，本来就是你先用又非得逼着我也一起用的，我也只是用习惯了懒得换而已。”封趣闷声咕哝道，末了特意解释了一句，连她自己都觉得透着欲盖弥彰的味道。

这是他们俩的名字笔画数，中学的时候，有一阵子特别流行用名字笔画算两个人的缘分的小游戏。具体计算方式封趣已经想不起来了，只记得最后会画出一个像倒金字塔一样的图，得出一个单数，然后再对照最终结果，从 0 到 9 有着不同的含义。

那时候，封趣的同桌拿着封趣和薛齐的名字算过。

至今她还记得那个单数是 4，大意是说他们会时不时地互相拌嘴挖苦，又都有比较强烈的自我意识，所以容易忽略对方的感受，也没办法给予对方尊重，即使能在一起也未必会有好的结果。

后来，那张纸被薛齐看到了，他无论如何都不相信那是她同桌的无聊之举，认定了那是她干的，一边笑话她幼稚，一边却又用起了“166915”这个密码，还要求她一起用，美其名曰这比用生日当密码好多了，一般人猜不到。

用习惯了是事实，但之所以懒得改是因为她从未想过要把过去切割干净，甚至是怀念的。

“把手机收起来吧。”

薛齐的声音再次传来，打断了她的思绪。

她回过神，有些迷茫地看着他。

“我相信这件事跟你无关。”

这话让封趣重燃了希望，她眼眸一亮：“所以这真的只是巧合？”

“巧合？”他笑出了声，“这话你连自己都说服不了吧？”

“可、可你不是说你相信这件事跟我无关吗？”

“跟你无关不代表跟萧湛无关。”

“你是不是知道什么？”一定是，她总感觉他说这话的语气要比之前笃定很多，封趣轻蹙着眉头，继续道，“我不知道你避重就轻的出发点是什么，如果说你怀疑我，那起码得让我知道你究竟凭什么判了我的刑；如果说你只是不想我难过，觉得什么都不知道的话反而能活得开心些，那我告诉你，我宁可吃一堑长一智也不要被人卖了还在替人数钱。”

他默默凝视了她好一会儿才缓缓启唇：“那天去你家之前我给你打过电话，是萧湛接的。”

“这么重要的事你怎么不跟我说？”

“不然你以为我为什么会突然跑去你家？”

“不是来找我一块儿出差的吗？”

薛齐撇了撇嘴，神色有些不自在：“我打那通电话给你，只是想跟你说一声我明天要出差，让你有空来我家帮忙喂一下鱼。”

封趣迅速捕捉到了重点：“你本来没打算带我一块儿出差？”

“嗯。”他点了点头。

“那怎么又突然改变主意了？”

“把你一个人留在那儿我不放心。”

封趣好笑地道：“有什么不放心的，我都这么大人了……”

“我怕他会再去找你。”薛齐打断了她的话。

“应该是不会再来了……”她垂下了眼帘，如果“增满堂”的新品真的跟萧湛有关，那他就是打算彻底跟她撕破脸了，往后他们之间就只有敌对关系，再见面恐怕也是狭路相逢。想到这里，她追问道，“你们在电话里都聊了些什么？”

“没什么。”关于萧湛那番毫无意义但也确实让他乱了方寸的叫嚣，他并不想提及，于是只挑拣重点道，“我以为是你接的电话，所以说了家里的密码。”

封趣想起了他刚才突然问她的手机密码的事，忍不住倒抽了口凉气：“你是觉得他会抱着试一试的心态用你家的密码来解锁我的手机？”

“除此之外，我想不到其他可能性。”

“可这只是你的猜测……”她仍然心存侥幸，不愿相信萧湛会做出这种事。

“我给你的那份方案并不是最终版。”

“啊？”

“考虑到种种因素，我们最终使用的是天水雕漆，不是剔红。”

“你的意思是，其他人手里的方案都是天水雕漆，所以‘增满堂’的新品就只能是从我这里流出去的，是吗？”

“嗯。”

一阵凉意袭上封趣的心头：“也就是说，你一直都在防着我？”

“我防的不是你，是萧湛。”

“说得可真好听。”封趣哼出一记冷笑，“他在‘三端’唯一认识的人就只有我，你防着他，不就是防着我吗？”

“那你觉得我应该怎么做？不管你想要什么我都得毫无保留地奉上？哪怕是赌上‘三端’的未来吗？”

“你没必要把话说到这分上，我从未想过要向你索取什么，即使当初向你要这份方案也是为了更好地完成工作。你防着我，我完全可以理解，我确实也没做过什么值得你无条件相信的事。我不能理解的是，既然怀疑我，为什么还要我来‘三端’？”

他耐着性子强调：“我说了，我防的人不是你。”

“有什么区别吗？是我主动把方案给萧湛的也好，他利用我的信任不问自取也好，归根究底还不是从我这儿获取的吗？我喜欢萧湛，没那么容易跟他切割干净，会在你和他之间进退两难，这些你从一开始就知道，今天这种情况你早就想到了吧？为什么不从根源避免呢？如果我不在‘三端’，这种事就绝不可能发生，不是吗？”

他翕张着唇，欲言又止。

“还是说，这也是你计划好的？你们之所以会淘汰剔红，一定是因为它有弊端吧？而我存在的意义就是帮你把这份有瑕疵的方案给萧湛？”

他的脸色蓦地一沉：“你就是这样想我的？”

“你以为我想要这样想吗？谁会想方设法地去证明自己从头到尾都在被人利用？那你倒是给我个理由啊！”

“如果我给不出理由呢？”

“那我就只能那样想了。”哪怕是撒谎也好，比如说欣赏她的职业素养、赞同她的工作理念、想要她的制笔技艺，总之只要是个理由，不管有多扯，她都愿意相信，他却连编都懒得编。

“然后呢？”

“然后什么？”封趣不解地看着他。

薛齐嗤笑了一声，问：“就当我是在利用你吧，你打算怎么做？”

她被问蒙了。

“辞职吗？”

“你放心，我捅的娄子，我一定会收拾干净了再走。”

“嗯，你的确是捅了个很大的娄子，怕是得收拾一辈子了。”

她蹙起眉心："什么意思？"

"不明白吗？那我直说好了。"他轻轻笑了一声，直直地看着她道，"放你走是不可能的，这辈子都不可能。"

"你……"

"我找了整整七年，好不容易才找回来的人，怎么可能再放手？"他沉了沉气，继续道，"这七年里我一直在想你为什么会去'增满堂'。他们说你趋炎附势、唯利是图，可我知道你不是，我宁愿相信你做出这个决定是为了替我守住'三端'，所以我告诉自己，无论如何都要把'三端'拿回来。你真当我没想过会输吗？我想过，想过也许这次收购会失败，想过即使把'三端'拿回来了也未必还能重整，我甚至很清楚最稳妥的办法是用那些资金重新打造一个品牌，但我不能这么做，我得把你接回来。当然，说好听点儿是接你回来，说得难听点儿……如果你想走，我有无数种方法逼你回来。"

这是亲情！这是亲情！这只是亲情！

封趣反复在心里告诫着自己不要过分去解读他的这番话，于他而言，她或许就是家人，一家人就是要在一起的，没毛病。

她抿了抿唇："我、我也没说要走，只是、只是你既然不相信我，还留着我做什么呢？"

"不做什么，就想对你好，好到让你无路可退的那种。"

这是亲情？她怎么看都不像！

"你……"该不会是喜欢我吧？

哪怕这句话问出来可能会被嘲笑，她还是想问清楚。

然而，她才启唇，门铃就响了。

薛齐就像是对门铃声充耳不闻，依旧目不转睛地看着她，似乎是在等她把话说下去。

封趣犹豫了一下，原本是想要继续的，但是门铃声越来越急促，这种情况根本就不适合聊下去。她长出一口气，放弃了："你还是先去开门吧。"

他也没有坚持，"嗯"了一声，朝门口走去。

率先走进来的是施易，见封趣也在他并没有表现得太过惊讶，只是扬了扬眉，嘲讽道：“哟，来负荆请罪啊？”

“请罪谈不上，毕竟我也没做错什么，只是来找薛齐问一下情况而已。”封趣回得不卑不亢。

单就这件事而言，不确认清楚电话那头到底是谁就报出家里密码的人是薛齐，根据那个密码解锁她的手机并且偷看了她的微信聊天记录的人是萧湛，她何罪之有？从她决定来“三端”之后，她就再也没有跟萧湛私下见过面，甚至可以说是毫无联系，她已经尽了最大努力来避免此类事件的发生了。

“你不是喜欢萧湛吗？甩锅给他的时候倒是一点儿也不含糊……”

还没等施易说完，紧跟在他身后的吴澜就扬起手，狠狠地朝着他的后脑勺拍去：“就你话多。”

“你干吗？”施易摸着后脑勺，委屈地看着她，“很痛的！”

“痛就少说点儿话。”吴澜没好气地白了他一眼，转身看向封趣，将手里的咖啡和面包递给她，“我给你打包了早饭。”

“谢谢。”封趣无措地伸手接过。

坦白说，她现在有些拿捏不好和吴澜之间的关系。施易的老婆？薛齐的朋友？不管怎么说，这中间都隔了一层，可偏偏她们曾经是无话不谈的朋友。

显然吴澜也感觉到了她的不自在，冲着她微微笑了下，道：“要谢就谢薛齐吧，是他让我帮你带的。”

封趣略觉惊讶地“咦”了一声，转头朝薛齐看去。

“看我干什么？赶紧吃。”薛齐启唇道。

“你不吃吗？”她问。手里的那个纸袋子有点儿分量，应该是两人份的食物。

“我吃过了，你吃吧。”

“这样啊……”封趣想了想，道，“那我回房吃吧，你们聊。”

薛齐喊住了她：“回什么房？不用工作了？”

封趣顿住了脚步，她就是猜到他们接下来可能要聊工作，所以才决定回房的。发生这种事她怎么也得避一下嫌吧？可是看起来薛齐并不是这么想的。

她转过身，问："你确定还要我继续参与？"

"我刚才说得还不够清楚吗？那我就再说一遍好了……"

"不、不用，很清楚了……"她连忙阻止，尴尬地瞥了一眼旁边的吴澜和施易。先不管薛齐刚才那番话到底有没有她所想的那种意思，听起来就已经很暧昧了，她并不想让他当着吴澜和施易的面重复一次。于是，她决定暂时先妥协，"你要我做什么？"

"坐下，把早饭吃了。"

"呃……"

"不吃饭哪里来的力气干活？"

这个理由成功说服了封趣，她不客气地走到客厅的沙发边坐了下来，悠然自得地喝了口咖啡，打开了吴澜刚才给她的那个纸袋子，里头有六七个牛角包。

看起来，薛齐不只让吴澜替她打包了早餐，甚至连打包什么都交代得很清楚，她从小就爱吃牛角包。

薛齐举步走到她身旁，坐了下来，拿起她的咖啡喝了一口。

"哎……"她试图阻止，可是已经晚了，杯口已经贴上了他的唇。

"怎么了？"他若无其事地问。

"算了，没什么……"

他点了点头，挪开了目光，自顾自地跟吴澜聊了起来："你团队里有做视觉设计的人吗？"

"你要做什么？"吴澜在他们旁边的单人沙发上坐了下来，询问道。

"宣传海报。"

"这恐怕没有，简单的照片后期倒是可以帮你搞定。"

施易插嘴道："宣传海报不急吧？回去之后再找人做呗。"

薛齐没说话，只是默默看着一旁的封趣，嘴角缓缓上翘。

见状，施易不解地顺着他的目光看了过去，封趣也没做什么奇怪的事，不过就是喝着咖啡啃着面包。

正当施易想要询问薛齐到底在笑什么的时候，薛齐已经把目光拉了回来，继续道："既然'增满堂'那边已经开始宣传了，我们也得尽快开始，最好是明天就能出海报。剔红和天水雕漆还是比较相似的，消费者毕竟不是漆器专业人士，未必懂那么多，所以拖得越久对我们越不利。"

"明天？"施易一惊一乍地嚷道，"开什么玩笑？就算临时能找到人做，也不可能出得那么快啊。"

"那个……"封趣轻声道，"我或许可以做。"

薛齐朝着她看了过去："那就交给你。"

"啊？"施易呆呆地眨着眼睛，不敢相信凡事谨慎的薛齐会瞬间做出这种草率的决定，"这就交给她了？你也不确定一下她做的东西可不可以？"

"她没那个金刚钻是不会揽瓷器活的。"

"嗯，我会尽量做好，更何况咱们现在不是也没有其他选择吗？"封趣回道。

薛齐无疑是了解她的。她曾经系统地学过设计，做市场营销的人，这也算是业务能力的一部分，所以实践经验也不算少，但她仍不敢夸下海口，很保险地给自己留了一些余地。毕竟设计这种事情关乎个人审美，很难定论是好是坏。

"那就辛苦你一下了，我会尽快把照片传过来，明天早上宣传海报能在各大平台上线吗？"

"应该可以，只不过……"封趣皱了皱眉道，"你至少得先告诉我天水雕漆是什么。"

纵然她跟那些平台的关系再好，人家也不可能推开所有工作来帮她写宣传通稿，所以最好的方法是她自己写，直接把宣传稿和海报之类的给对方，应该来得及明天上线。可她对天水雕漆完全没有概念，要怎么写？

"你不是吧？居然连天水雕漆都不知道？"施易惊讶地嚷道。

"你知道？"封趣也有些诧异，人不可貌相啊！

施易得意地撇了撇嘴："我怎么可能知道。"

那你嚷嚷个什么劲儿？还一副好像是个人都应该知道那项工艺的

口气！

“我不知道情有可原啊，可是你那位男神不是做漆器的吗？你对他所从事的领域一点儿了解都没有，这说得过去吗？”施易明显话中有话。

其实凌晨的时候他们就已经事先收到了风声，也知道了“增满堂”即将宣传新品，当时他的第一反应是去把封趣揪起来问清楚。

当然，被薛齐和吴澜给拦住了。

他最好的朋友、最爱的人都无条件地相信封趣，他能怎么办？他也只能选择相信了，但这不妨碍他小小地使一下坏吧？更重要的是，他想试探一下薛齐的反应。

薛齐果然抬眸瞪了他一眼：“她了解制笔就够了。”

闻言，施易挑了挑眉，揶揄道：“言下之意，她了解你就够了呗。”

“嗯。”

薛齐只不过是轻轻地“嗯”了一声，就让整个房间陷入了死一般的寂静。

谁也没说话，施易显然没想到薛齐会这么不加掩饰，吴澜则忙着观察封趣的反应，而封趣的脸很红……

片刻后，薛齐若无其事地看向封趣，打破了沉默：“我也很难跟你解释清楚，回头我让崔念念传一些有用的资料给你，这方面她更专业一些。”

封趣回过神，支支吾吾地问：“崔、崔小姐是不是很生气？”

“没事，你不用在意她。”薛齐给了个避重就轻的答案。

显然，崔念念应该是气得不轻，可既然薛齐都这么说了，封趣还能说什么？确实，她不管是去解释也好，请罪也好，只可能适得其反，让薛齐去处理会更好。

这么想着，她也就没多说什么，只轻轻地“哦”了一声。

薛齐默默地看了她一会儿，欲言又止，片刻后，他突然转眸冲着施易道：“你们先去楼下等我，我马上就来。”

“你要干吗？”施易紧张起来。

“换衣服。”

“你不是已经换好了吗？”施易由上至下将他审视了一番，已经堪称道貌岸然、衣冠禽兽了，这借口找得实在是太不走心了！

薛齐丝毫没有被拆穿后的慌乱，若无其事地回道：“这套不好看。”

“你……”施易还想发难。

话音刚开头就被吴澜打住：“让你走就走，哪儿那么多话。”

“我……”他不屈不挠地抗争着。

当然了，这种抗争毫无意义，转眼他就被吴澜拖了出去。

他们前脚刚走，封趣后脚就跟着站了起来。

“你干什么？”薛齐微微仰着头，不解地瞪着她。

“回房工作啊。”

“在这里做不就好了？”他找了一个冠冕堂皇的理由，“回来说不定还有其他事情找你商量，我懒得再去你的房间找你了，况且这间房比较大，适合开会。”

“也对。”她点了点头，“那我需不需要先回避一下？你不是要换衣服吗？”

“我穿什么都帅，有什么好换的。”

封趣后知后觉地反应过来了：“你是故意支开施易他们的？是有什么话想跟我说吗？”

“有。”他顿了顿，神情有些纠结，“不过太多了，一时半会儿说不完。”

“那就等回来再说呗。”

“你会等我回来？”

她没多想，好笑地道：“你不是还有其他事情要跟我商量吗？我当然得等你啊。”

“我是说，不管发生什么事，就算他突然联系你了，你也要等我回来，知道了吗？”

“干吗？你怕我冲回去砍他吗？”

“我怕你冲回去投怀送抱。”

“放心吧，我会以大局为重的。”她没有把话说得太绝对，确实不排除这种可能性，但这种可能性微乎其微。

薛齐没有再说话，但看起来也不像是对她这个回答不满意的样子，倒不如说他好像很满意，嘴角有着明显的上扬弧度，笑得格外好看。

这个笑容让封趣觉得有点儿毛骨悚然：“你……你笑什么？”

“四舍五入，你的大局不就是我吗？”

四舍五入不是这么玩的！

但是，这话没毛病啊，她目前的大局是“三端”，而“三端”是他的，等量代换的话，他的确就是她的大局啊！

完了，她被带跑偏了，等量代换也不是这么玩的！

第七章 对不起，打扰了

如果“三端”又一次遭遇经营不善的话，封趣诚心建议薛齐别挣扎了，他可以去天桥上摆个摊给人算命……

这个乌鸦嘴，竟然一语成谶了！

就在他离开后不久，封趣收到了一条微信，萧湛发来的，很简短的一句话——“对不起”。

这三个字格外冰冷、格外生硬，甚至他连标点符号都懒得打。

当时的她刚联系完一家自媒体，软磨硬泡总算让对方答应给她把“三端”的新品宣传安排上，对方说了一会儿把版式规格用微信发给她，方便她撰写通稿。于是，点开微信的时候她没有多想，一切来得那么猝不及防。

愣怔了好一会儿后，她回过神来，拨通了萧湛的微信语音电话。

铃声响了很久，终于，他接通了。

“是你干的吗？”封趣劈头盖脸地质问道。

她发现自己的声音在颤抖。

距离她话音落下到他给出回答，前后只有一两秒钟而已，可对她来说像是一个世纪，她屏息静气地等待着，等来的却是……

他若有似无地“嗯”了一声，语气一如既往地慵懒，听不出丝毫愧疚的成分。

其实已经没有继续说下去的必要了，可她还是不死心：“所以，你是看了我的手机吗？”

“是啊，看了。”

这份坦荡让她彻底失控：“我以为你起码还有一个手工匠人的坚持，剽窃别人的作品，你不会觉得良心不安吗？”

“当初薛齐收购‘三端’的时候不也是从你那儿拿的数据吗？他有觉得良心不安吗？你这么义正词严地指责过他吗？我不过就是以其人之道还治其人之身，有什么错吗？”

"这根本不是一回事！"

"也对，你是处心积虑自愿给他的，而我是处心积虑从你那儿偷的，这的确不是一回事。"说着，他嗤笑一声，"真是不好意思，我太高估自己了，我怎么能跟薛齐比呢？"

"处心积虑？"封趣倒抽了一口凉气，艰难地启唇，"也就是说，那天晚上你就是冲着'三端'的新品来的，是吗？"

"事到如今还问这种问题，你不觉得很蠢吗？"

她本想尽可能做得漂亮些，就算求不到好聚好散，起码也求个潇洒转身，平静地说一句——"对不起，打扰了"。

然而，她还是没能控制住，愤懑得一句话都说不出来。

"我们之间扯平了，你不必再自欺欺人地假装喜欢我，我也不必再虚情假意地跟你玩这种无聊的游戏，就当放彼此自由吧……"

砰！

回过神来的时候，她已经用尽全力地把手机摔了出去。

封趣已经很久没有这么失控过了……确切地说，自她有记忆起，她就一直活得隐忍而自持。寄人篱下的生活让她明白，她是没资格任性的，就算是理所应当的愤怒也没资格发泄，她一直以为自己修炼得很好……

直到这一刻她才明白，她并不是百忍成钢，而是一直被人悄无声息地保护着，从未狠狠摔倒过。

就算是她，摔倒了也还是会疼的。

薛齐一直忙到傍晚六点多才完成拍摄工作，刚好是晚饭时间，自然免不了邀请博物馆和相关文创公司的人一块儿吃饭，一直应酬到晚上九点多才散，回到酒店时已经快十点半了。

其间，他将摄影师拍摄的那些照片陆陆续续地传给了封趣，听说她已经跟大部分媒体联系好了，得知他跟文创公司的人一块吃饭，她还特意发了份通稿给他，叮嘱他转交给文创公司。据说那家公司虽然是博物馆外包的，但经营得有声有色，在微博上也算是个大V，号召力很强。

总而言之，整个过程中封趣始终果决理智、思路清晰，办事效率一如既往地高。

以至于薛齐没有察觉到她有任何不对劲儿的地方。

直到他回到酒店……

房间里灯火通明，客厅里一片狼藉，她打印出来的那些资料散乱在各处，吧台边还有很多玻璃碎片，看起来不像是一个杯子的残骸，而是好几个，这不可能是不小心打碎的。事实上，以封趣的个性，如果是不小心打碎的，她会联系酒店谈好赔偿，然后帮他把那些杯子补齐，处理得就好像什么事都没发生过，也不可能让客厅维持这种凌乱状态，她会收拾得就像客房保洁刚打扫过一样。

像她这种有洁癖的人，是绝不会容许自己在这种环境里待那么久的，可她现在竟然若无其事地蜷缩在沙发上……

薛齐忍不住蹙起了眉心，脚步放得很轻，小心翼翼地靠近。

她睡得很沉，眉头紧锁，脸上似乎有淡淡的泪痕。

“什么情况，这房间是被打劫了吗？”紧随其后跨入房间的施易被映入眼帘的画面吓到了，一惊一乍地嚷了起来。

薛齐猛地回头朝他瞪过去，压低声音道：“你能不能轻点儿？”

施易默默地摸了摸鼻子，走到他身旁，瞥了一眼沙发上的封趣，也隐隐察觉到了一丝不对劲儿，轻声问：“她怎么啦？”

他自认音调已经细若蚊呐了，但薛齐还是不太满意，白了他一眼后，弯腰抱起了沙发上的封趣。

看得出他的动作很轻，就像是在对待一个易碎的瓷娃娃，柔得施易忍不住打了个寒战。

薛齐径直朝卧室走去，把封趣安放在了床上，替她盖上被子。

她并没有被这动静完全吵醒，只是迷迷糊糊地翻了个身，调整了一个更舒服的姿势，梦呓般咕哝了一句：“要以大局为重……”

“你做得很好了，好好睡吧。”他情不自禁地伸手替她捋开了黏在脸上的头发，又情不自禁地俯下身，将细细的浅吻印在了她的眉心。

几乎同时，他察觉到一道有些锋利的目光从他背后射来。

这让他蓦然回神，微微僵了一下，等调整好情绪后才转眸朝卧室门边看去。

不出所料，施易直挺挺地站在那儿，用一脸“捉奸在床”似的表情瞪着他。

薛齐有些不自在地舔了舔唇，起身朝门外走去，细心地帮封趣带上了房门，又把施易带去了客厅，确认这个距离应该不会吵醒封趣后，他才启唇道：“你能不能培养一下敲门的习惯！”

“你能不能培养一下关门的习惯啊！”施易很无辜，看见这种场面，他也很尴尬的好吗！

薛齐多少有些理亏，话音软了些：“我的意思是，你就不能好好在客厅等着吗？”

“我本来也是这么打算的呀！可是我发现了这个……”他把刚才在沙发上捡到的手机递给薛齐，这应该是封趣的手机，但是碎得跟蜘蛛网似的屏幕背后仿佛有段耐人寻味的故事，“这是被砸过了吧？不小心摔的话，不可能摔得这么惨烈吧？还有那些杯子，怎么看都像是她把手机砸向吧台，砸碎了那些杯子，然后手机又顺势落到地上就变成这样了，你看手机壳里还有些玻璃碎片呢。”

“你不去做侦探可惜了。”

施易翻看着手机嘟囔：“不知道她的手机密码是多少，要是能看一下通话记录或者微信的话，应该就能知道是什么让她失控到砸手机了……”

“她要是想说的话自己会说的。”

“那她不是睡着了嘛，想说也得等到睡醒才能说啊。”

“那就等她睡醒。”薛齐边说边自顾自地收拾起地上的那些资料。

施易紧跟在他身后追问：“你就不好奇吗？”

“我只担心，不好奇。”

施易哼出一记有些夸张的冷笑：“既然你都已经把话说到这分上了，那不如再直接点儿吧，喜欢就直接说呗。”

“我会说的，但不是现在。”有句话怎么说的来着？表白是吹响胜利的号角，而不是发起进攻的冲锋号。显然他现在还不具备胜券在握的条件。

“再不说就来不及了好吗？没准儿人家回去之后就辞职了，跟萧湛双宿双飞了，到时候你可别跟我哭啊，我没空陪你。”

薛齐没说话，下意识地瞄了一眼他手里的那部手机。

察觉到他的目光后，施易突然意识到了什么：“这……该不会是因为萧湛吧？”

“除了他还能有谁？”

“这么看来‘增满堂’的新品还真是他干的了？”只有这样才能让封趣气得砸手机吧？不，不只这样，那家伙应该是说了更过分的话。想到这里，施易忍不住感叹，“摊上这么个情敌，你还真是走了狗屎运啊！”

“谢谢。”

“谢我干吗？你得好好谢谢萧湛啊。”

“闭上你的嘴好吗？”

“怎么着？嫌刺耳啊？刺耳就对了，忠言一般都逆耳。”施易伸手搂住他的肩，轻拍了两下，“这还只是我们的猜测，说不定她是因为兴奋激动才不小心砸了手机呢？毕竟她看着也不像失恋啊，一般失恋的人不是得买个醉、暴饮暴食之类的嘛，没见过还能这么冷静地工作的。总而言之，女人得靠自己追，不能靠情敌送啊！你想想，就你们家封趣那颜值，就算真的走了一个萧湛，没准儿会冒出千千万万个萧湛。情势那么紧张，你还不行动，到时候人家得说摊上你这么个情敌是走狗屎运了！”

“我困了。”薛齐摆出一副并不想多谈的姿态。

施易也没再多嘴，只是闷闷地咕哝了一句：“那就别收拾了直接去睡啊，明天早上让酒店保洁来收拾不就好了。”

“不行，她有洁癖。”

施易决定收回刚才的话，他怎么会觉得薛齐没有行动呢？

这世上，有人擅长玩套路，有人撩惹别人信手拈来，也有人只是喜欢着，只想对那个人越来越好。

封趣做了一个非常非常离奇的梦，一个像是失恋的人会做的梦，但又总觉得哪里不太对劲……

梦里有只长得很像雪纳瑞的鹿……

是的，没错，雪纳瑞，苍白的毛、苍白的胡子，可是它说它是鹿，是住在她心里的小鹿。

它瘫在沙发上，叼着烟，姿态分外慵懒，都懒得动一下，说话也是慢悠悠的，怎么看都是一只老鹿了！

这一点它自己也承认了，它说："年纪大了，没力气在你心里乱撞了，况且就你看上的那些货色也不值得我撞。"

它把封趣召唤到它身旁，语重心长地陪她聊了很久，具体聊了什么封趣记不清楚了。

她只记得聊得好好的，它突然精神一振，掐灭了烟头，像是瞬间容光焕发一样，有些激动地看着她道："就他了！再撞最后一次吧！"

然后，没有然后了……

封趣醒来的时候就只记得这些片段……

这到底什么跟什么？它倒是把话说清楚啊，他是谁啊？

她正想着，忽然有张无比熟悉的脸映入了她的眼帘，是薛齐，他笑得很灿烂，声音也很温柔："醒了？"

"妈呀！"她吓了一跳，猛地弹坐起来，头顶狠狠地磕到了他的唇。

这一下来得有点儿突然，薛齐压根儿来不及避让，吃了痛才往后退了好几步，紧捂着脸等待那种猛烈的痛感逐渐消退。

"流、流血了。"她有些慌乱。

薛齐用指尖擦了一下唇，确实有淡淡的血迹，但已经不怎么疼了："没事，一会儿就好了。"

她还是不太放心，眉心紧皱着："是不是应该消个毒，擦点儿碘伏？"

"嗯，还应该包扎一下。"

"没人会包扎嘴的吧？"

"也没人会在嘴上擦碘伏。"

"说、说得也是……"一般来说，嘴上的伤口结痂快，好得也快，应该没什么大碍吧？这样想着，她心里稍微好过了点儿。

“头疼吗？”他走到床边，伸手揉了揉她的额头。

“不疼……”她下意识地扭头避开。

薛齐略微顿了下，没太在意，半开玩笑地道：“你看到我那么激动干什么？”

不是激动，是惊恐啊！

她正思考着梦里那只鹿所说的“就他了”究竟是指谁的时候，他那张脸突然冒出来，她能不惊恐吗？

当然了，这种事她肯定是不会跟薛齐说的，她义正词严地回道：“你没事跑到我房间里来干吗？话说你到底是怎么进来的？”

“这是我的房间。”

“啊？”她眨着眼睛，环顾着四周。

其实封趣也看不出太大的区别，酒店房间的布置和格局都是差不多的，但如果仔细看的话……嗯，果然卧室外面连接着客厅，是薛齐的套房没错。她有些尴尬地别过头，不太敢看他。

“我回来的时候你已经睡了。”想了想，他又补充了一句，“放心，我在沙发上睡的。”

“干吗不叫醒我？”她觉得更加有心理负担了。

“你看起来很累，想让你多睡会儿。”

“糟了！”封趣猛地抬起头，下意识地凑到床头柜边，拿起手机看了眼，“都快十一点了！新品宣传……”

薛齐打断了她：“宣传基本都按时上线了。”

“这样哦……”突然觉得自己没了用武之地，她有些失落地垂下眼帘，漫无目的地拨弄着手机，片刻后，她突然意识到了不对劲，困惑地“咦”了一声。

这不是她的手机！

虽然型号、颜色、手机壳，甚至是里面的各种 App 都一样，可是屏幕是完好的，她昨天明明把手机屏幕砸碎了……

“他找过你了？”薛齐突然问。

她震了下，片刻后才轻轻地“嗯”了一声，显然是不想多谈。

但薛齐就像是完全看不懂她的回避，继续追问：“说了什么？”

"对不起，我现在不太想提起这个人，能不能等我冷静了再聊？"

薛齐挑了挑眉，没再逼问，话锋一转道："那你一个人留下善后可以吗？"

"嗯？"她不解地抬眸。

"宣传反响还不错，我想趁势先让另外那两款化妆刷上架，得赶回去安排一下，刚好崔念念那边也有一些细节方面的问题要跟我确定。"

封趣当然不敢耽误正事："那你赶紧回去吧，这边我会处理的。"

"嗯，你原来的房间我退了，行李也帮你拿过来了，你就住这里吧，这房间比较大，方便工作。"

"好。"

"还有……"他瞥了一眼她手里的那部手机，"我昨晚帮你把手机备份了一下，这部是新买的，已经把备份都传过来了，应该不影响使用。"

"呃……"换块屏幕就好了，没必要买部新的啊！可是买都买了，他也是一片好心，她只能硬着头皮道，"麻、麻烦了，多少钱？我回头转给你。"

"不用。"

"那怎么行，这手机也不便宜……"

"公司福利。"

"我们公司的员工福利什么时候这么好了？"

"今天开始的。"

这么随意？

他笑着问："所以你还辞职吗？"

"不辞职了……"现在根本就不是她辞不辞职的问题，而是她要怎么待下去的问题啊！这的的确确是她闯的祸，嘴上说着会收拾干净再走，但其实她根本没做什么，防患于未然的是薛齐，力挽狂澜的人还是薛齐，她不过就是听命行事罢了。所以，她既没有脸辞职，也没有脸若无其事地留下来，她只能给出信誓旦旦的保证，"我决定了，以后我一定为你当牛做马！万死不辞！"

"你什么脑回路？我又不是开农场的，要牛要马干什么？"

“呃……我就是打个比方，意思就是不管你要我做什么我都会做的。”

“是吗？”他突然伸出手，掌心落在她的后颈上，稍一用力把她拉到了跟前，微微弯腰。

封趣只觉得颊边一阵软绵，她甚至有些搞不清是被吻了，还是说他的唇只是刚好擦过她的脸颊而已……

在她还没反应过来的时候，他在她耳边低喃了一句：“那就以身相许吧。”

骤乱的心跳让封趣失了神，脑中不断回响着：“就他了！再撞最后一次吧！”

薛齐所谓的善后不过是跟博物馆那边确定一下具体的合作模式，当然，免不了请一些供应商吃饭，联络一下感情之类的。

封趣很有效率，薛齐刚走她就约了文创公司的小姑娘一块儿喝下午茶，之所以没有约午餐是因为她还得整理一下薛齐留给她的那些资料。大致内容他都已经跟文创公司谈得差不多了，她只要再敲定一下细节部分就好了，整个洽谈过程都很顺利，双方聊完正事又寒暄了一会儿，直到四点多才结束。封趣本想顺便请对方吃晚饭的，可惜人家有约了。

于是，她把晚饭时间留给了吴澜他们。

这顿晚餐自然是少不了八卦的，尤其当封趣丢出了那么一句颇具爆炸性的话之后——

“你是说，薛齐让你以身相许？”吴澜吼得格外大声，看得出她有多激动。

好在他们叫的是客房服务，这要是在外面吃饭，她这如雷般的吼声怕是得引来不少人侧目。

相较于她，封趣倒是显得很平静，确切地说，她们俩似乎就不在一个频道上。

“是不是很好笑？说到底他还是想要我为他当牛做马，不过就是换了个更好听、更人性化的说法罢了。”她边说边送了口印尼炒饭到嘴里，嚼得津津有味。

“啊？”这是什么逻辑？吴澜冷静下来，眨了眨眼睛，颇为费解地问，“不是……听到这种话之后你就没点儿其他感觉吗？”

“什么感觉？”封趣想了想，“哦，说起来，是有点儿感动的。”

“是吧是吧？”虽然感动好像也不太对，但总比她刚才那种奇葩的理解方式好点儿。

“嗯，不管怎么说，我还是很感谢他能给我将功补过的机会的。”

“不是……”吴澜有点儿无言以对了。

封趣瞥了她一眼，戏谑道：“你怎么有这么多‘不是’啊。”

因为你有病啊！你得了一种“唯独不把薛齐当男人看”的病啊！

正当她这么想的时候，封趣却突然话锋一转：“说起来，薛齐和崔念念到底是什么关系？”

“嗯？”吴澜眼眸一亮，重新燃起了希望，“你怎么突然想起问这个了？”

“就有点儿好奇嘛。”

“为什么好奇崔念念啊？”吴澜仍旧没有放弃试探。

“嗯……”封趣支吾了下，还是决定把自己的怀疑说出口，“我觉得他就是为了崔念念回去的，虽然说了一堆冠冕堂皇的理由，还特意把跟崔念念谈什么产品细节问题说得很随便，但越是这样就越是欲盖弥彰。”

这误会还挺大啊！吴澜连忙替薛齐解释：“别乱想，他们只是普通朋友而已。”

“那你和施易以前不也是普通朋友吗？”

“哎呀，这不一样，他们俩大学时就认识了，这么多年了，要有什么早就有了。”

“那你和施易还高中时就认识了呢，都十几年了，当初不也没什么嘛，现在连婚都结了。”

吴澜语塞了，跟一个打翻了醋坛子的女人沟通实在是太累了！

施易也有同感，他很想跟薛齐分享，但又不想看到薛齐太得意，这家伙每次得意的时候都很欠扁。

于是，他偷偷发了条他自以为两全其美的微信给薛齐——

“你们家封趣正在跟我老婆打听崔念念的事！这小醋坛子还挺可爱的，可惜你看不到，哈哈哈哈哈！”

那边秒回了一句没头没脑的“别声张”。

他一头雾水，什么意思？声张什么？

还没等施易参透其中的深意，手机就忽然振了起来，薛齐居然发来了视频邀请！这是有多饥渴？

施易吓了一跳，手机差点儿没拿稳，幸好及时稳住了，心虚地瞟了一眼对面的封趣，见她的注意力完全集中在面前那份印尼炒饭上，他才放心了一些，接通了薛齐发来的视频。

茶几上有个纸巾盒，用来放手机正合适，刚好能露出摄像头，又不会太过招摇。

“你干吗呢？”吴澜察觉到了他的不对劲。

“啊？”施易连忙将目光从手机上挪开，“手机屏幕脏了，我擦一擦……”

“奇奇怪怪的……”吴澜咕哝了一句，但也没深究，转头继续安慰起封趣，“我也不知道怎么跟你说，总之他们只是朋友而已。”

“这可不一定，有很多人刚开始的确只是朋友而已，其间各谈各的恋爱，总是那么刚巧错过，终于在某一节点两个人都空窗了，然后就突然发现原来最适合的一直就在身边。”

吴澜好笑地道：“我怎么觉得你更像是在说你和薛齐呀？”

“我一直都是空窗好吗？”

考虑到薛齐就在那头看着，施易不得不帮他说话：“薛齐也一直都是空窗啊，他都单身十几年了。虽然说他的确是那种擅长等待的人，但崔念念不是啊，那可是个一天到晚嚷嚷着‘喜欢一个人太累了，所以我要喜欢十个人’的女中豪杰啊！凭她那种自信又张扬的个性，要真喜欢薛齐早出手了。”

“单身十几年？”封趣一脸活见鬼似的表情。

“差不多吧。”施易刻意补充了一句，“反正你们分开后他就没谈过恋爱。”

“为什么啊？他出家了？”除了出家她想不出其他可能性了。

这么说吧，施易刚才对崔念念的那番评价毫无违和感地被封趣套用在了薛齐身上。追薛齐的人不计其数，他不说来者不拒吧，但也曾理直气壮地跟她说过“我不是渣男，我只是心怀天下，想让每个女孩都幸福而已”这种话。

这种人居然会单身十几年？不是活见鬼是什么？

“这个怎么说呢……”因为你啊！虽然施易很清楚答案，可他更清楚这种话旁人就算说一百遍也没有说服力。

于是他下意识地瞄了一眼手机，薛齐正静静地看着摄像头，笑得很得意。

就跟施易之前想的一样，这家伙得意的样子果然很欠扁……

“半缘修道半缘君。”

突然有个声音飘来，打断了施易的思绪，也让房间里猛地陷入了静谧。

封趣几乎第一时间就听出了那是薛齐的声音，被电子设备过滤过的声音。她震了下，猝然朝纸巾盒的方向看去——声音就是从那边传出来的！

吴澜也反应过来了，蓦地伸出手，挪开了那个纸巾盒。

手机“啪”的一声倒在了茶几上。

“施易！你居然偷拍！”当见到手机屏幕上的薛齐后，封趣声嘶力竭地吼开了。

这一刻，她有种想要挖个洞钻进去的冲动。

施易也很愤怒，咬了咬牙，拿起手机瞪着薛齐道：“不是说让我别声张吗？你为什么忽然说话？”

“谁要看你的脸，把手机给她。”

过河拆桥！施易愤愤地把手机丢给了封趣。

封趣有些尴尬，下意识地拨弄了下头发后才拿起手机，脑中冒出来的第一个念头竟然是——早知道她就不要一回酒店就卸妆了。

她现在的样子一定很丑，想到这里，她又挪开了手机。

“别躲了，你怎么样都好看。”

“你到底想说什么？”封趣红着脸问。

“你是不是想我了？”

“怎么可能，我没事想你干吗？”

“可是我想你了，你什么时候回来？”

“不是你让我留下来善后的吗？”

“随便处理一下就好了，赶紧回来。”

“神经病。”封趣没好气地按下了挂断键。

她可是好不容易才找到一个合适的理由来解释他早上那句“以身相许”的，这下心里那头总算安静下来的老鹿又一次被撩拨得活蹦乱跳了！年纪大了就不能安分点儿吗？

虽然薛齐说了随便处理一下就好，但封趣还是很认真，整整三天，甚至恨不得一直待在北京。

很显然，她在逃避，或者说还有一些事情需要理清。

然而薛齐并没有那么好的耐心，第三天一早封趣就收到了他的微信——“你要是今晚不回来，我就过去找你”。

这个威胁非常有用，封趣立刻订了机票，并截图发给薛齐，顺便叮嘱了一句：“薛总，记得报销。”

于是，薛齐下班后便直奔机场，打算跟她当面讨论一下报销事宜。

大概九点半，封趣的身影出现在了出口。她出来后的第一件事就是朝着栏杆外的接机人群投去了目光，像是在寻找着什么。很快，她的视线和他撞了个正着，一抹惊喜在她的眉宇间乍现，脚步也不自觉地加快。

等不及她主动靠近，薛齐已经按捺不住举步迎了上去。

“你怎么来了？”她有些惊讶地问。

“不是说要报销吗？”他笑着接过她的行李箱，问，“支付宝打给你可以吗？”

“可以啊。”

他像模像样地掏出手机，点开支付宝，突然发现封趣昨天转了9000多块钱给他，刚才的好心情瞬间消失殆尽。他蓦地皱起眉头，转眸询问她："为什么转这么多钱给我？"

"手机的钱呀。"

薛齐沉了脸色："我说了那是公司福利。"

"我想了想，还是觉得这样不太好，无功不受禄。"

"算了，随你吧。"他明白她的自尊心有多强，也知道她不想欠任何人的人情，继续坚持下去也不会有任何意义，所以他妥协了。当然，这种妥协只是暂时的，总有一天他得让她知道，她是有功的，因为光是收了他这个祸害就已经是件功德无量的事了。

可让他没想到的是，就在他举步准备朝停车场走去时，封趣忽然拉住了他。

"怎么了？"他不解地问。

她没说话，埋头从随身的包里掏出了一个包装得颇为别致的礼盒："手机实在太贵重了，要不你送我这个吧？"

"这是什么？"薛齐一脸困惑。

"项链。"封趣打开了那个盒子，"文创公司那边让我带给你的礼物，说是他们跟一家珠宝公司联名推出的系列，18K，纯金的！"

薛齐垂眸端详起盒子里的项链，坠子是如意图案，里面嵌着红玛瑙。

他伸手取出了项链："转过去，我帮你戴上。"

"好。"她几乎是蹦蹦跳跳地转过身，很配合地帮忙撩起了那头长发。

白皙的脖颈突然映入薛齐的眼帘，他觉得喉头有些发紧，怔了好一会儿后，才开始帮她戴项链，动作显然有些笨拙。好一会儿后，他才艰涩地启唇："好了。"

她兴致勃勃地转过身来，看着他，问道："好看吗？"

"嗯。"他情不自禁地点头。

她笑得很灿烂，甚至主动抓住了他的胳膊："走吧，我晚饭还没吃呢，飞机餐看着实在没胃口，你家还有没有蟹黄啊？"

薛齐怔怔地看着她的手，修长的指节抓着他的衣服，可他仿佛能够感觉到她指尖的温度，烫得他心口发痒的温度。

“怎么了？”见他没动静，封趣好奇地转身看了过去。

“我突然有点儿明白传说中的‘磨人的小妖精’是什么意思了。”

“我磨谁了啊？”她红着脸咕哝。

薛齐笑着拨开了她的手，转而搂住了她的肩，边领着她往前走，边半开玩笑地道：“除了我，你还想磨谁？”

“不过就是想吃你一碗蟹黄面，不至于吧？”

“别废话了，走快点儿，赶紧的，回去下面给你吃。”

封趣很想问他到底都存着些什么奇怪的思想，可是直觉告诉她，还是不要知道为好。

封趣也不确定是不是自己想多了，总感觉从北京回来之后薛齐的态度就不太一样了，或者说是从去北京之前他就在循序渐进，不断地撩她，不断地试探着她的底线，每每发现还能更进一步后，他就会毫不犹豫地得寸进尺！

而那种撩怎么看都不像是普通的玩笑，她越来越怀疑这个人是不是喜欢她？

这个问题已经困扰封趣好几天了，以至于她本来约印好雨是为谈公事的，结果却忍不住谈起了她的困惑……

“这……”在听完她的怀疑后，印好雨欲言又止，他一直以为封趣情商挺高的，没想到在这方面迟钝得令人咋舌。犹豫了一会儿，他才道，“你直接问薛齐不就好了？”

“我也想问啊，但最近太忙了，忙得连跟他好好说句话的时间都没有。”

印好雨哼了一声，语调怪怪地道：“听说你们推出的那两款化妆刷销量不错啊。”

封趣睨了他一眼：“我怎么觉得的你语气有点儿酸呢。”

“当然酸了！”印好雨愤愤地磨了磨牙，“你是不知道，‘正源’那帮老家伙现在天天拿着‘三端’的销售数据来找我的碴，左一句‘你看看人家薛齐’，右一句‘别人家的后生怎么就那么可畏’，烦不烦？你就说烦不烦吧！薛齐到底想怎么样？还给不给我活路了？”

"我怎么觉得你说这话的时候好像挺开心的呢？"

"开心啊，我当然开心了。"印好雨冲着她扬了扬眉，"销量好又怎么样？这不是还得来求我嘛！直说吧，是不是生产线不够了？"

"嗯。"封趣点了点头。

"要几条？"印好雨直截了当地问。

"三四条吧。"

"销量那么好啊？"

"托'增满堂'的福，现在外头不是都在说'三端'抄袭'增满堂'吗？倒是意外收获了不少关注。"

印好雨没好气地撇了撇嘴："这是意外？我怎么觉得薛齐根本就是算计好的呢？他非得跟在'增满堂'后头立刻出宣传，不就是想以彼之道还治彼身吗？"

"是又如何呢？他们偷我们的创意，我们就搭他们的便车，礼尚往来啊。"

"我就不该跟你吐槽，你俩一样毒。"

封趣笑了笑，问："那你到底肯不肯租生产线呢？"

"什么时候要？"

"年后吧。"

"年后？"印好雨蹙了蹙眉，"我没记错的话，你们那个什么天水什么漆的化妆刷好像定在了年后上市，向我要生产线是为了这玩意儿？不是为了现在那两款刷子吗？"

"对。"

"那玩意儿不是纯手工制作吗？怎么量产化？"印好雨不解地问。

"用数控机床可以实现部分量产化，尽可能地节约人工。"

"我也没这机器啊。"

"这部分薛齐会搞定。"

印好雨总算听明白了："说白了，你们只是要我的场地呗。"

"嗯。"

"那为什么非得是'正源'？随便找个快要倒闭的厂子都会很乐意租场地给你们。"

“这款刷子不能再出什么意外，他只相信你。”

“哟，给我戴高帽子是吧？别以为这样就能把我糊弄过去啊！人情归人情，生意归生意，这事我有什么好处吗？”虽然嘴上这样说着，但印好雨还是忍不住扬起嘴角，笑得颇为得意。

“这我做不了主。”封趣看了眼手表，道，“薛齐应该也快到了，不如你直接跟他谈好处吧？”

他拒绝！

印好雨还没来得及发泄抵触的情绪，就被一阵猛烈的拍打玻璃的声音打断。

砰砰砰！

印好雨吓得颤了一下，本能地往一旁躲了躲，转眸看了过去。

映入眼帘的是童佳芸那张有些扭曲的脸，她几乎把整张脸贴在了玻璃上，定了定神后，他忍不住笑出了声。

这笑容并没有持续太久，很快他就注意到了童佳芸身旁的薛齐，还有他家那个吃里爬外的弟弟。林深不太自在地瞥了他一眼，迅速挪开了目光……

“嘿！这小兔崽子！什么意思啊！不想看到我就别来啊！”印好雨嚷了起来。

封趣笑出了声：“他现在看到你肯定特别不爽。”

“为什么啊？”印好雨不明就里地问。

“因为童佳芸呗。”封趣朝童佳芸的方向努了努嘴。

印好雨愣了片刻才反应过来：“这小子看上你那个助理小姑娘了？”

“我觉得是。”

“那关我什么事？”印好雨一脸蒙。

“先前他老在童佳芸面前吐槽你，童佳芸又老是帮你说话，他可能就误会了，后来还悄悄问过我童佳芸是不是喜欢你。”

“你怎么说的？”

“我哪儿知道，我又不是童佳芸。”

“你怎么就不知道了？我跟这小姑娘完全不熟啊！说的话加起来

都不超过十句！”

“喜欢一个人本来也不能用熟不熟、说过多少句话来衡量吧？没准儿人家小姑娘对你一见钟情呢？”

“真、真的假的啊？”

“不知道啊，你直接问她不就好了。”

这台词好熟悉！是报复吧？她就是在报复他刚才直接让她去问薛齐吧？可是，万一不是呢？万一是真的呢？

就在他纠结的当口，薛齐等人走了进来。

封趣身旁的位置自然是要留给薛齐的，童佳芸不敢抢，她便在印好雨身旁的空位上坐了下来，也省得林深尴尬，看他那副别扭的样子，显然是不乐意坐在他哥身旁的。

然而她这个举动在印好雨看来完全就是另一番意思，他转头一脸惊恐地瞪着童佳芸。

“印总，你这是怎么了？”童佳芸一头雾水。

“没、没什么。”他能说什么啊？总不能赶她走吧？当着那么多人的面，人家好歹是个小姑娘，总得给点儿面子。

但是显然林深不开心了。

“哥……”他不情不愿地唤了一声。

“啊……嗯……”印好雨给出的回应也很不自在。

“你们聊吧，我坐后面去。”

“哎……”不用走啊！拖张凳子不就好了！

“印总，别理他，你就是太宠他了，瞧把他给能耐的，对自己哥哥一点儿尊重都没有。”童佳芸替印好雨打抱不平。

可惜，印好雨并不领情，反而转头默默地瞪了她一眼——还不都是因为你啊！

“什么情况？”薛齐隐约察觉到了一丝不太对劲儿的气氛，轻声询问起身旁的封趣。

封趣憋着笑，把菜单递给了他：“回头再跟你说，你先看看你要吃什么吧。”

“嗯。”薛齐也没再多问，打量了一会儿菜单，准备叫服务员点菜。

林深忽然拉了张凳子走了过来，什么话也没说，默默地在童佳芸身旁坐了下来。

见状，童佳芸没好气地白了他一眼：“你坐我旁边干吗？坐你哥旁边去。”

“我不要，他有狐臭。”

“我怎么没闻到？”说着，童佳芸还煞有介事地凑近印好雨闻了闻，把印好雨吓得直往后仰，她也没在意，自顾自地转头冲着林深道，“胡说吧！你哥身上香得跟女人似的！”

“反正我嫌他臭。”

“你有毛病！我还嫌你臭呢！”童佳芸故意把椅子往印好雨身旁挪了几分。

印好雨欲哭无泪地朝封趣投去求助的目光。

封趣终于憋不住笑出了声，掩着嘴，轻声跟薛齐吐槽道：“童佳芸真是我见过最迟钝的人了。”

薛齐转眸瞥了她一眼：“是吗？那你可能很久没照镜子了吧。”

“哈哈……”印好雨伸出手跟薛齐击掌，“精辟！”

封趣更怨念了。

她一点儿都不迟钝好吗？她只是找不到恰当的机会跟他聊这事啊！

“说起来……”薛齐收回手，询问起正事，“你们谈得怎么样了？”

“哦，印好雨说……”封趣正想把印好雨索要好处的想法说出来，话刚开了个头却被印好雨迫不及待地打断了：“谈好了，谈好了，不就是租场地嘛，多大点儿事，等过完年我就想办法帮你把地方空出来。”

林深不屑地道：“出息。”

“你怎么说话呢呀？你哥这叫深明大义，我们现在的敌人是‘增满堂’，他当然得帮自己人了。”

“姑娘！你懂我啊！”印好雨有些激动，一时没忍住道。

从私心上来说，他当然希望“三端”能够在薛齐的带领下重返巅峰，哪怕之后可能会对“正源”构成威胁，但这种良性竞争对整个行业来说确实不是坏事。

“那是。”童佳芸冲着他扬了扬眉。

她这是干吗？抛媚眼吗？印好雨后知后觉地开始反省了，他刚才是不是释放出了什么错误的信号？

为了补救，也为了回馈封趣的见死不救，他果断决定把封趣拉来当挡箭牌。

“那个……”印好雨清了清嗓子，看着封趣道，“快过年了，你今年要不要跟我回去呀？我爹妈老念叨你。”

“对哦，快过年了呢。”封趣思忖了一会儿，转头询问薛齐，“我们过年要不要去看看印叔叔他们？”

印好雨深深感觉到了什么叫女大不中留！

“嗯。”薛齐抬眸看向印好雨，问，“老规矩？吃完年夜饭我们去找你？”

“好……”好糟糕啊！明明此时他应该觉得生气才对，为什么竟然有种想哭的感觉？

那句“老规矩”勾起了印好雨太多的回忆。即便在他最烦薛齐的那几年里，薛齐还是会每年吃完年夜饭就拉着封趣一起带着一堆烟火跑到他家找他，不管他有多不情愿，他们俩都会不由分说地把他给拽出去。

“你要回去吃年夜饭吗？”封趣看向薛齐，问道。

“不是我，是我们。”

“啊？”

“我妈昨天打电话给我，我跟她提了我们俩的事，她让我过年务必把你一块儿带回去。”

“什、什么叫我们俩的事？我们俩有什么事？你怎么提的啊？”

“还能怎么提？就是我坚持不懈地找了你七年，终于把你找回来了呗！”

这话听起来太暧昧，可是封趣又找不到任何纰漏。

“要不要跟我回去吃年夜饭？”他问。

她低着头，脸颊微红，默默点了点头……

一阵静默后，印好雨率先回过神来，嚷嚷道：“不吃了！这饭还怎么吃？光吃‘狗粮’就已经撑死了！”

童佳芸紧跟着附和：“印总，印总，快报警！这里有人‘虐狗’！”

唯独林深没说话，支着头默默打量了一会儿印好雨，确定印好雨确实只是在开玩笑，并没有什么其他情绪，他这才松了口气。看来之前的确是他想多了，他这个糟心的表哥对封趣好像真没有别的意思……

等一下，如果他表哥对封趣没意思，那是不是就可能对童佳芸有意思呢？

这么一想，他刚松掉的那口气又提了上来。

公司的年夜饭在小年夜之前的那一晚，虽然“三端”正式重组才几个月，但因为已经推出的那两款化妆刷销量不错，这个年终聚会更像是庆功宴，气氛很热闹。要不是薛齐借口第二天还要开长途车回家，估计非得被他们按着不醉不归。

第二天早上十点多，薛齐出门的时候给封趣打了个电话让她下楼。

她向来很有时间观念，但这一次薛齐等了近十分钟才见她提着大包小包从小区门口走出来。

他连忙解开安全带，打开车门，迎了上去。

“这都是要给我爸妈的？”他打量了一眼她手里的那些袋子，隐约能瞧见里头都是些礼盒，烟、酒、护肤品，甚至还有很多他想都想不到的奇奇怪怪的东西。

“对呀，我总不能空着手去吧。”她倒是很自然地匀了几个袋子给薛齐，完全没跟他客气。

他忍不住笑出了声，调侃道：“我怎么觉得你像第一次见公婆的丑媳妇似的呢？”

“我哪里丑了？！”

“这是重点？”

“什、什么公婆、什么媳妇的！才、才不是呢！”经由他的提醒，封趣终于想起了重点。

薛齐并未搭理她，自顾自地道：“你公婆再三叮嘱了，让你千万别破费，只要你回去他们就已经很开心了。”

“都说了不是公婆啊！”

“行行行……”薛齐妥协了，改口道，“你爸妈说了，你只要人回去就成。”

这次封趣不知道要怎么反驳了，她爸妈都已经不在了，理论上来说薛叔叔、薛阿姨确实就像她父母一般，对她视如已出。如果她说“才不是我爸妈”这种话，那未免有些伤人。

于是，她也不矫情了，即便明白薛齐的意思也懒得再同他争论：“话是这么说没错，但也不可能真的什么都不带吧，大过年的，哪有空着手回家的道理。”

“是啊，所以我都买好了。”说着，薛齐打开了后备厢。

封趣愣了愣，里头的东西倒是不多，也就四五个袋子，但如果再算上她手里的这些……好像确实有点儿破费了。

“你买好了怎么也不跟我说一声呀？”封趣埋怨地瞪了他一眼。

“谁知道我们这么心有灵犀？”

“这不叫心有灵犀，这叫浪费钱……”边说，封趣边把手里的袋子塞进后备厢，顺便大致地归了类，“这些给你爸妈，这些回头给印叔叔他们好了。”

薛齐伸出手掐了掐她的脸颊：“还挺会过日子的嘛。”

“是啊。”她也跟着伸出手回敬薛齐，掐得比他更用力，“要是由着你铺张浪费，‘三端’没准儿还得再破产一回。”

“放心吧，破不了，我还得养你呢。”

“谁要你养了？”

“要不要是你的事，养不养是我的事，我给你的钱你也可以存着不花，万一哪天我死了，你好歹还有钱……”

啪！

封趣手心一转，狠狠拍了下薛齐的嘴：“赶紧给我‘呸呸呸’！”

“呸呸呸……”他很听话。

封趣没好气地瞪了他一眼：“有没有常识？大过年的说这种不吉利的话。”

他笑着道：“你就这么怕我死啊？”

“还说？”

“不说了，不说了……”他举起双手，瞬间妥协，“陪你到老还不成吗？”

“赶紧上车啦！”她红着脸颊转身，一溜小跑到副驾驶座边，等着他打开车门锁。

薛齐也没再逗她，怕逗狠了适得其反。

路上有些堵，都是些回家过年的人，正常来说两个多小时的车程，他们开了四个多小时。

听说开长途车容易犯困，于是封趣也不太敢睡，一直拉着薛齐聊天，倒也算是深入了解了一下薛叔叔他们的近况。

原先他们一直住在善琏的老宅里，那是湖笔的发源地，很多笔庄的东家都是世世代代住在那儿的，也包括印好雨他们家。薛叔叔申请破产之后，法院强制拍卖了老宅，为这事薛叔叔自责了很久，毕竟是祖业，谁也不希望败在自己手里。后来他们搬去了湖州市里，房子是租的，直到薛齐毕业回国前，封趣还是会时不时地偷偷去看看他们。

那次同学聚会之后，封趣和薛齐算是彻底闹僵了，再加上之后没多久她就去了日本，慢慢和薛叔叔、薛阿姨的联系也少了。

再后来，欠的钱都还清了，薛齐本想把他们接来一块儿住，但他们在湖州住习惯了，不肯走，于是薛齐索性给他们在湖州买了套房子。

今年年初的时候，他又辗转托人把当初善琏的那栋老宅给买了回来。

先前印好雨倒是说过薛家老宅似乎又被转卖了，中秋回去的时候瞧见在装修，他们都没想到是薛齐买下的。

薛叔叔和薛阿姨原本就计划好了过年前搬回老宅的，他们还是喜欢善琏镇的生活节奏。

封趣也很喜欢这里，这个小镇就像是被时光遗忘了一样，不管什么时候来都是记忆里的样子，斑驳的白墙、长满苔藓的青砖、仿佛一年四季都湿漉漉的石板街。镇子依水而建，有很多座拱桥，桥上总有一些奔跑嬉闹的孩童，就像他们小时候一样。

薛家的老宅在镇子比较靠中间的地方，是一栋典型的江南风格的建筑。

远远地，封趣就闻到了一股让她情不自禁扬起嘴角的饭菜香味。

薛叔叔正在宅子外头踱步，一瞧见他们就笑开了花，转头冲着宅子里喊道："回来了，回来了……"

话音还没落，他就急匆匆地迎了上来，堆着满脸的笑容接过封趣手里的东西。

他比封趣记忆里的样子苍老了很多，头发已经全白了，脸上的皱纹也明显多了，清瘦了不少，但整个人看起来还是很精神。

封趣能感觉到他很激动，双手微微颤抖着，唇瓣翕张了好一会儿，愣是一个字都没挤出来。

她噙着笑，主动开口："薛叔叔好，有没有想我呀？"

"想，想……"他一个劲儿地点头，好一会儿才缓过来，抬手狠狠地拍了旁边的薛齐一下，"你小子不行啊！还以为这回把人带回来该改口叫'爸'了呢。"

薛齐扫了他爸一眼："别逗她了，她脸皮薄你又不是不知道。"

"她脸皮薄？开什么玩笑，你护着她也要有个限度，怎么能睁眼说瞎话呢？当初要不是我拦着，国防部早就拿她的脸皮去研究防弹衣了！"

"薛叔叔，我难得回来一趟你就想把我气走是吧？"

"你走一个试试？不是我吹，不管你走去哪儿，薛齐总能把你逮回来。"

薛齐点头附和："这倒是。"

这对父子没救了！

封趣本以为毕竟那么久没回来了，见到薛叔叔、薛阿姨后多少会有些尴尬，然而并没有……

薛叔叔还是老样子，嬉笑怒骂不着痕迹地活跃着气氛。她得承认，跟人打交道这方面，她有一大半是跟薛叔叔学的，有他在的地方，很少会冷场。

至于薛阿姨……值得欣慰的是，岁月对她很仁慈，并没有在她脸上留下太多的痕迹，可见即便是在薛家最难的那几年里，薛叔叔仍旧把她保护得很好。她跟封趣记忆里的样子差别并不大，眼角多了些细纹，但看着反倒更温柔了，脸上始终挂着笑，说话轻声细语的，当然，做的饭菜一如既往地好吃……

封趣忍不住想要再添一碗饭，还没等她起身，薛齐接过了她手里的碗，道：“坐着吧，我来。”

“哦。”封趣犹豫了一下，也不推托，现在厨房的格局她也确实不熟悉。

“多吃点儿鳝丝，特意为你做的，还有这鱼……”薛阿姨则忙着给封趣夹菜，“尽量别剩下，明天就是大年夜了，得吃新鲜的。”

封趣塞了满嘴的东西，一个劲儿地点头。

“真好啊……”薛阿姨笑着看她，欣慰地感叹道，“薛齐总算把你给带回来了。”

封趣愣了愣，把嘴里的食物咽下后才笑着道：“就算他不带我回来，我也总会回来的。倦鸟总要归巢的嘛，这是我家啊，善琏是我的故乡啊。”

薛阿姨憋着泪，接连“哎”了几声。

“就你嘴甜。”薛齐屈起手指敲了敲她的头，将盛好的饭递给她，重新入座。

“很痛的！”封趣摸着头，没好气地瞪了他一眼。

“谁让你大过年的非得让我妈哭。”

“你懂什么？这是幸福的眼泪，就饭吃都是甜的，跟喝糖粥似的。”封趣转身寻求起薛阿姨的庇护，“是吧？”

“是是是……”被她这么一说，薛阿姨也不憋着了，由着眼泪溢出眼眶，伸出手指略微擦了擦，笑道，“我就是看你们俩斗嘴都觉得开心，好久没听见了。你不在，薛齐就是回来也不怎么说话，家里很久都没这么热闹过了。”

“那我们以后就多回来看看你们，反正离得也不远。”

“我也就说说，你们工作忙，正事要紧。”薛阿姨盛了碗汤递给封趣。

“也不是那么忙啦，现在‘三端’都已经上轨道了，我们年前做的那两款化妆刷卖得特别好，我给您也带了两套，记得回头一定要试试啊，这可是薛齐的心血呢。他可厉害了，公司里的同事也都很信任他，有他在，‘三端’肯定会越来越好的。”

“我听薛齐说，你又回去帮他了？”薛阿姨问。

“嗯。”

“那就好，那就好……”薛阿姨叹了口气，道，“先前薛齐去了美国，你也走了，我总是想起小时候你们俩一块儿制笔时的样子。你们俩呀就跟天作之合似的，就是我跟薛齐他爸配合得都没你们那么默契。我总觉得你就是老天爷送给我们家的礼物，以前还想着给你们定个娃娃亲，又怕你们俩长大了看不对眼回头还得怨我。”

“咯——”正在喝汤的封趣被呛了个正着。

薛齐漫不经心地丢了一句：“现在定也不迟。”

封趣转过头，一脸惊悚地瞪着他。

“我认真的，你考虑考虑。”

他果然是喜欢她的吗？

可是，为什么他偏偏要当着他爸妈的面说啊？

坦白说，她也不是懵懂无知的小女孩了，在这方面多多少少还是有些感觉的，也确实默默地考虑过如果薛齐真的喜欢她该怎么办？

答案是——她还没准备好。

到了她这个年纪，并不是什么样的感情都有勇气去尝试的，尤其当对象是薛齐的时候。他对她来说太重要，重要到她不敢仅仅抱着试试看的心态去开始，她怕他们最后连朋友都做不成。如果失去的仅仅是一个男人，她相信只要给她点儿时间总能缓过来，但薛齐不一样，他是亲人。

这些话她显然不可能当着他爸妈的面说，明明有很多机会可以私下谈这种事的，为什么非得在这种情况下说？这算什么啊，逼她就范吗？

就在她冒出这种想法的同时……

薛齐又一次启唇冲着他爸妈道："这件事就到此为止吧，我们自己会处理，别再提了。"

"好好，不提，不提了，吃饭……"说着，薛阿姨又给封趣夹了一筷子菜。

薛叔叔很尽责地扛起了插科打诨的大旗，轻而易举地冲淡了刚才尴尬的气氛。

封趣低下头，默默吃了口饭，对刚才误会了薛齐有些不好意思，但是不管怎么说，他们的确需要好好谈一下了！

排除薛齐突然告白的那段小插曲，这顿饭的整体气氛还是其乐融融的。

吃完饭后，薛叔叔就很识相地拉着薛阿姨去散步了，明摆着是想给他们俩机会好好聊聊。

还没等她开口，薛齐就抢先道："我有东西要送你。"

现在是送她东西的时候吗？好端端的，他为什么突然要送她东西？他到底是要送什么啊？这种气氛下，该不会是什么尘封了多年的情书之类的吧？

她有一肚子的疑问，然而薛齐在说完这句话后就自顾自地上楼了。

无奈之下，封趣也只好跟了上去。

薛家老宅基本还是她记忆里的格局，只不过硬件设施更现代化一些。更让她觉得惊讶的是，她不知道薛齐装修这栋宅子的时候是怎么想的，竟然连她的房间都保留了，仿佛料定了她迟早会回来似的。

她定定地站在自己的房间门口，看着里头那些跟她离开时几乎一模一样的陈设，一时间竟然觉得鼻腔有些泛酸。

"我早说过，我所做的一切只是为了把你接回来。"

薛齐的声音从她身后传来，她转过头，怔怔地看着他，不知道该说些什么才好。

"走吧。"他没有多停留，自顾自地往前走去。

如果她没记错的话，那个方向原先应该是薛叔叔用来制笔的工作室，当然，她和薛齐也经常用。

他推开房门，熟悉的制笔工作台映入封趣的眼帘，一旁的柜子上摆放着很多笔架，上头都是“三端”出品的笔。

薛齐看了她一眼，示意她进去，待她跨进屋子后，他径直走到了柜子旁，弯下身，从底下的抽屉里掏出了一个盒子，递到她面前。

封趣垂眸看了一眼，这是一个漆盒，描金工艺，凭她的眼力看不出来那是泥金还是金粉，总之就是几朵金色的兰花。一般来说是不太可能把情书庄重地放在这种盒子里的吧？

秉着好奇的心态，她深吸了一口气，迅速打开了盒子。

里头当然不是什么情书，而是一支鼠须笔，一支笔管上刻着“封趣、薛齐”的纯鼠须笔。

这玩意儿的威力远比情书大一万倍，炸得封趣毫无招架之力。

她忽然有种预感，她在劫难逃了。

大部分书法爱好者听过“鼠须笔”的传说，遑论制笔师，它实在是太有名了。

一千多年前的东汉，张芝曾用它一笔书狂草。

群雄割据的三国，钟繇曾用它塑楷书之骨力。

再后来的东晋，山阴兰亭，曲水流觞，王羲之用它成就了天下第一行书……

可惜的是，它的制作技艺早已失传，甚至关于它的原材料也已经不可考。

从字面意思来看，原材料应该是老鼠的胡须，但所有书法家和制笔师都认为，老鼠的胡须磨损度太高，是无法单独成笔的。一部分人觉得，鼠须的“鼠”指的是栗鼠，即黄鼠狼，鼠须笔就是上等的狼毫，取冬季黄鼠狼尾端最好的毫毛制作而成；另一部分人则觉得，鼠须笔是兼毫，苏轼曾有诗云：“太仓失陈红，狡穴得余腐。既兴丞相叹，又发廷尉怒。磔肉饲饥猫，分髯杂霜兔。插架刀槊健，落纸龙蛇骛。”可见除了鼠须之外还需掺杂山兔项背上的紫毫。

薛齐的爷爷就属于后者，或者说是被迫成了后者。

他其实坚信传说中的鼠须笔就是用老鼠胡须制成的，非狼毫，也非兼毫，可是，碍于种种原因，他最终还是败给了现实。

鼠须兼毫是“三端”笔庄的招牌，却是薛齐爷爷的退而求其次的作品，没能重现真正的鼠须笔是他的遗憾。

薛叔叔时常会跟薛齐和封趣念叨爷爷的这个遗憾……

小时候，他们只当故事来听。

逐渐长大后，他们开始明白，复刻鼠须笔对一个制笔师来说意义有多重大。

于是，他们决定尝试。那一年，他们十四岁，还是初生牛犊不怕虎的年纪，但有些事或许只有年轻气盛才能办到。

鼠须最大的问题是没有锋颖，所以不少业界有名的制笔师一开始就否认了它的可行性。薛齐和封趣选择了最笨的方法，一根一根地塑锋颖，梳、刷、磨、削……无所不用其极，直到高中毕业那一年才总算有了些雏形，结头和套装的工序是封趣做的，剩下的就是最为关键的择笔了，这是薛齐的强项。

她原本是打算在薛齐十八岁生日那天把那支半成品鼠须笔送给他作为礼物的。

可是，那一天发生了点儿意外。

他父母本想替他大肆操办，他却破天荒地拒绝了，声称那天有很重要的事。

让封趣没想到的是，生日当天他单独约了她吃饭，说是有话想跟她说。

他选了一家对当时的封趣来说很高档的西餐厅，并且还一反常态地没有嘲笑她。换作平常他一定会笑话她连点餐都不会，可是那晚当她看着菜单直皱眉的时候，他已经很体贴地替她点好了，点的还都是她爱吃的东西。

直到享用完餐后甜点，他总算说到了重点：“我下个月要去美国了。”

封趣愣了下，这就是他想说的话吗？确实有些出乎意料，她以为自己天天跟他在一起，对他的所有事情都了如指掌，可他到底是什么时候申请的美国大学她全然不知。

愣怔了片刻后，她强颜欢笑道："挺好的啊，你爸妈不是一直想要你出国留学吗？"

"嗯。"他抿了抿唇，陷入了沉默，神情有些不自在，好一会儿才再次开口，"在走之前，有件事我想先确定下来。"

"什么事？"她心不在焉地问，面前的提拉米苏好像特别苦，是咖啡加多了吧。

"我……我们……你能不能……"他支吾了好久，好不容易才鼓起了勇气，"我喜欢你。"

就在他终于说出这四个字的时候，封趣的手机铃声响了。

嘈杂声响不只惊动了餐厅里其他正在用餐的人，也覆盖了薛齐的声音，她有些尴尬地掏出手机……

"你爸打来的。"扫了眼来电显示后，她诧异地看向薛齐，薛叔叔很少会打她的电话的。

"看我干什么？接啊。"他抓起面前的水杯大口喝着，借此来消除紧张感。

封趣连忙接通电话。

薛叔叔的声音听起来很着急："快来医院，你爸突发性脑出血，要做手术，需要你签字。"

毫不夸张地说，那一刻她觉得全身的血液都被抽空了，连指尖都是冰凉的，就像是顷刻从天堂跌进了地狱，脑中一片空白。

再后来，她恍惚地跟着薛齐去了医院，恍惚地坐在手术室外等待，恍惚地看着她爸被推进 ICU（重症加强护理病房），这期间，她就像一个提线木偶，不知道自己能做什么，也不知道该做什么。

医生说已经尽力了，手术还算成功，但因为出血量太大，患者又有糖尿病，所以家属得做好心理准备。

她爸在 ICU 只撑了三天就走了，后事是薛叔叔、薛阿姨帮忙操持的。

因此，她爸的葬礼格外热闹，那些人基本上是冲着薛叔叔、薛阿姨的面子来的。

他们当着她的面说："封师傅是个好人，没想到走得那么突然，真是可惜了。”

背地里却是另一番说辞：“老封看着老实，没想到还挺有心机的，听说他那个闺女六岁的时候就被他送去老板家了。小姑娘从小就不是什么省油的灯，长得水灵嘴又甜，把老板和老板娘哄得服服帖帖的。这不，老封出事，医药费、丧葬费全都是老板掏的，这还只是明面上的，暗地里估摸着也没少在这姑娘身上花钱，说不准以后整个‘三端’都是她的。你们刚才瞧见没啊？她边哭还边想着往薛齐怀里钻呢。我看啊，这父女俩就是奔着薛家少奶奶的位置去的。”

他们说这些话的时候就在她爸墓地的不远处，她爸的骨灰甚至还没入土。

封趣原本是想给他们送追悼会谢礼的，碰巧听到了这番话。

她最终还是把谢礼送到了那些人的手上，他们笑着收下谢礼跟她说“节哀”的表情她这辈子都不会忘记，那是一种虚伪得让她觉得毛骨悚然的慈祥。

就在那一刻，她做了个决定——她打算放弃读大学，尽快工作。

就在她爸的墓地前，她向薛叔叔提出了去“三端”工作的请求。她不要工资，就当是把医药费和丧葬费还给他们，下班之后她可以再去其他地方做小时工，用不了多久她应该就能存够钱搬出薛家了。她爸已经不在了，她也确实没理由继续留在薛家。

这是她经过深思熟虑之后的决定，但在薛齐看来她只是逞一时之快。

那天晚上，他叩开了她的房门，义正词严地命令她：“就算天塌了，你也得把大学读完。”

“我不想读。”她低着头，嗫嚅着。

“不就是缺钱嘛，我和我爸商量过了，不管是学费还是生活费他都可以先借给你……”

“我缺的不是钱，而是可以活得理直气壮的底气。”她突然打断了薛齐的话，忍着哽咽继续道，“以前我爸总说，住在别人家嘴要甜、要懂事、要听话，不能让别人看不起，我们家虽然不是很有钱，但骨气还是要有的。我一直照着他说的做，从来没有想过要贪你家什么，可是……那天在医院，医生说 ICU 要几千块钱一天的时候，我想的是这算不算工伤？你爸是不是应该负担医药费？再后来，医生宣布我爸死亡的时候，我满脑子都想着听说单位应该给家属丧葬费……冷静下来之后我才发现自己有多可怕，更可怕的是，这就是人性，是每个人与生俱来的恶，一旦觉醒，就算是用尽全力都没法与之抗衡。我突然明白了为什么别人会说穷是原罪，原来这句话并不是有钱人的优越感，而是因为真正的穷人根本不可能有骨气，也不会有自尊，甚至不会自爱，原则会被现实一点儿一点儿地打破，底线会被贫贱一点儿一点儿地拉低，意志会被贪婪一点儿一点儿地磨灭，然后有人去偷、有人去抢、有人去骗、有人出卖自己的身体、有人贩卖自己的灵魂，我不想变成那样……"

"那你就更应该把大学读完，就凭你现在这高中学历怎么挣钱？"

"我有手艺啊。"她觉得人生并不是只有一种顺序，她靠着手艺，就算没有"三端"应该也不难找到工作，等赚了钱继续进修也不是不可以。

但薛齐显然不这么看，仰着头，好笑地道："你那些手艺不也是我爸妈给你的吗？被我爸妈养又不是什么丢人的事，他们都养了你十几年了，还差大学四年？"

这句话对封趣的杀伤力是致命的，她知道他没有恶意，可也正因为如此她才更加无力还击。

她翕张着唇，吞吐了很久，最终只是有气无力地叹了一句："算了，说了你也不会懂。"

薛齐挡住她正打算关上的房门："那就说到我懂为止。"

封趣有些哭笑不得，这一刻她仿佛看到了那个说着"何不食肉糜"的晋惠帝，要怎么说才能让他明白什么是饥荒？这大概就是所谓的阶级鸿沟吧，是无法跨越的，她所在意的那些在他看来根本就不值一提，或许有一天在她看来也会变得不值一提，而她要做的就是让那一天尽快到来。

想到这里，她重新打开房门，冲着薛齐轻声交代："你等一下。"

说着，她转身回房，小心翼翼地从梳妆台的抽屉里拿出了那支半成品鼠须笔，回到门边递给他。

他垂眸看了一眼，眉间闪过一丝惊讶，只是一丝，稍纵即逝，很快他便蹙起眉心，质问道：“你现在把它给我是什么意思？想让我爸推出鼠须笔吗？没错，这玩意儿一经问世确实会造成轰动，那又如何？你以为这样就能还清我父母对你的恩情吗？我告诉你封趣，想都别想，你欠我们家的永远还不清。”

“原来你一直都觉得我欠了你们家的吗？”她嗤笑了一声，问道。

他语塞了，想解释却又不愿轻易低头。

“那这支笔就当作是我的承诺好了。”她深吸了一口气，接着道，“虽然我的手艺是你父母教的，但从今往后的每一步都将是我自己走出来的，我一定会越走越好，好到青出于蓝而胜于蓝，好到不会再有人对我的出身评头论足，好到开心了就笑、伤心了就哭、生气了就骂，再也不必曲意逢迎。”

“你这是打算跟我们家划清界限吗？”

“不，到了那一天，我就不会再自卑了，能心安理得地站在你身边了。”

“你有毛病是吗？想站就站呗，我又没不让你站……”

她无奈地摇了摇头：“果然不管怎么说你都不会懂。”

“所以你说得那么复杂干什么？我不过就是想让你好好去读大学。”

“我也不过就是想让你别再管我的事。”

他一愣，怔怔地看着她：“你确定？”

她毫不犹豫地点头：“确定。”

“好，以后你是死是活都跟我无关。”

这不过就是薛齐的一句气话，诸如此类的气话他以前也不是没说过，通常过几天故意让她跑个腿、找个碴也就消气了。所以，当他撂完这句话便愤然离开后，封趣也并没有追上去道歉，何况当时她的爸爸刚走，她也实在没有心情去哄他。

她以为这次也不例外，放着不管自然就好了，以至于她忽略了时机有多重要。

那之后，他忙着出国事宜，她忙着工作，他们甚至连见面的机会都没有。

等她回过神来，已经是薛齐离开的时候，他甚至都没有告诉她，她还是偶然间从他妈妈那儿听说的。

那天，封趣请了假，偷偷去了机场。她一直躲在远处没敢靠近，目送着他进入安检口，那道背影离她越来越远，然后消失，去了一个遥远得她想都不敢想的地方……

这支鼠须笔就像一把钥匙，开启了封趣内心深处封藏着的回忆的箱子，她记起了那些往事，包括曾被她当作误会而丢开的那一段……

"你……"她从回忆中回神，惊愕地抬眸，"你当时在餐厅里说的是'我喜欢你'吗？"

薛齐眉梢微微扬了下："你果然听到了。"

"我以为……"她着急着想要解释。

她确实是听到了，但听得并不清楚，以至于她一直都觉得是自己听错了。薛齐怎么可能喜欢她呢？这是她以前想都不敢想的事啊。

这种事当然也不可能找他确认，万一真的听错了那多尴尬？更何况，那之后她也根本没有机会确认。

"我明白，对那时候的你而言，跟我在一起是绝对不可能的事，所以你宁愿相信是自己听错了。"

那些她无法解释清楚的事，他替她说出来了，她还能说什么？也只能默默地点头了。

"那现在呢？"他问。

封趣轻声咕哝了句："对不起……"

这个答案薛齐倒是丝毫不觉得意外，他很平静地问："是还没准备好吗？"

"我认为我现在的状态不适合谈恋爱……"她深吸了一口气，鼓起勇气抬起头，直视着他的眼睛，道，"我还没能完全忘记萧湛。"

"我等你。"

她眉心轻蹙："你打算等我多久？如果我一辈子都忘不了他呢？如

果他哪天又来找我，我控制不住对他旧情复燃了呢？别傻了好吗？你根本就没必要等我，这样只会让我压力更大，甚至会让人觉得我是在把你当备胎。”

“说得也是。”他不以为意地弯起嘴角，“那就定个期限吧。”

“这要怎么定？”

“你总得给我个机会吧？试用期都有三个月呢。”

“这怎么能一样……”

薛齐自顾自地打断了她的话：“就三个月好了，三个月之后，你如果还是没有办法忘记他，那我会试着忘记你。”

别说三个月了，她甚至觉得耽误他三天都是罪孽。

“我是什么个性你知道，如果连试都没试过，我是不可能死心的。”

她深吸了一口气：“好，那就三个月。”

他扬起一抹得逞的微笑，这笑容让封趣觉得自己就好像是掉进了陷阱的猎物！

第八章 我已经装不下去了

封趣本以为接下来这三个月她的日子应该不会太好过，以薛齐的人品倒是不会对她做些什么，但她总感觉可能需要承受非常大的心理压力。

结果，并没有。

那之后，他就像是什么事都没发生过，吃完年夜饭后就抱着一大堆烟火拉着她去找印好雨了。

印好雨家前几年也翻修过一次，不过就是外墙看起来更新了一些，变化不大，尤其现在又是晚上，以至于封趣瞬间有种回到了从前的感觉。吃完年夜饭来找印好雨一块儿去放烟火几乎是他们以前每年的必做节目，显然有这种想法的人不只是她，身旁的薛齐停住脚步，转头看了她一眼。

这一眼，让封趣意识到这世上可能真的有心有灵犀。

只凭着单纯的眼神交流她就确定了薛齐正在跟她想着同样的事情，甚至连接下来想要做的事情都一样……

“你抱着烟火不方便，我来。”她启唇道。

他笑着叮嘱：“挑块大点儿的。”

封趣点了点头，一溜烟地跑到了一旁的草丛边，选了好一会儿，挑了块大小、形状都很合适的石头，手一扬，朝着印好雨所住的那间屋子的窗户砸了过去。

“砰”的一声，无比精准。

这事他们以前常干，有段时间印叔叔和薛叔叔闹得不太愉快，两边都下了通牒，不准他们一块儿玩。

于是，他们偷偷溜出来找印好雨的时候总是会像现在这样拿石头砸他的窗户。

通常来说，大概过一分钟印好雨房间的灯就会亮……

这一次甚至连一分钟都不到，印好雨就打开了窗户，冲着楼下吼道："谁砸的？"

封趣和薛齐非常默契地指向对方……

"你出卖我！"封趣愤愤地瞪着他。

"你诬蔑我！"薛齐不服输地回道。

"你们俩多大了？无不无聊？"印好雨的吼声再次传来。

"少废话，赶紧滚下来！"薛齐没好气地冲着他嚷道。

"你叫我下去我就下去吗？小爷我不要面子的？"虽然嘴上这么说着，但印好雨还是默默关上了窗户。

没多大工夫，他就从面前那栋屋子里走了出来，当然，还是免不了一阵骂骂咧咧。

"行了，你这不是被砸得挺享受吗，脸上的笑容止都止不住。"封趣打断了他的骂声。

印好雨不情不愿地摸了摸头，终于还是忍不住说实话了："你们别说，好久没听到这声音了，还真有点儿想念。"

"变态。"封趣和薛齐异口同声地道。

"你们不变态？你们不变态大过年的跑来砸我家玻璃窗？我是跟以前似的没手机还是怎么着？发条微信不行？打通电话不行？再说了，我爸妈现在看到你们俩别提有多高兴了，你们俩就不能光明正大地走进来找我吗？"

"你怎么这么啰唆。"封趣嗤了声，问，"以前我们一块儿放烟火的那块空地还在吗？"

"早没了，不过我今天回来的时候顺便物色了一下，倒是有个还不错的地方……"

薛齐打断了他的话："那你还废什么话，赶紧带路。"

"我就不该跟你们俩出来，这夫唱妇随的，欺负人是吧！"

"那行，我们不欺负你了。"薛齐转头看向封趣，道，"走吧，回家了。"

"好嘞。"封趣格外配合。

"行行行，我错了，我错了……"印好雨连忙拽住他们俩，"这家我是待不下去了，你们是不知道里头什么阵仗，我爸、我妈、我舅、我舅妈、我叔、我婶、我姨联袂主演年终必备大戏——催婚。就连我爸妈养的那条狗都跟着瞎凑热闹，冲我直叫唤，我要是继续待下去，我妈都要开始怀疑我性取向是不是有问题了……不对，她已经怀疑了，我今天一回家她就紧张兮兮地问我是不是不喜欢女生……我爸倒是比较正常，觉得我性取向没问题，但是可能性功能有点儿问题，拼了命地想给我补肾……”

印好雨一路絮絮叨叨，还好他所说的那块还不错的地方离他家并不远，他只絮叨了十分钟，他们就到了目的地。

那地方沿河，封趣记得原先这里有栋宅子来着，不过他们小时候那栋宅子就一直荒废着，看着随时会倒。

按照印好雨的说法，几个月前，它总算倒了。

废墟被清理得差不多了，几乎看不出这里曾经有过一栋宅子，就这样空出了一大片地。

还是跟从前一样，印好雨和薛齐负责摆放点燃那些烟火，封趣只站在一旁看。

回想起来，她很久都没有看过烟火了，那些大城市都不让放了。

薛齐还是那么无聊，点了几个小炮故意往印好雨脚边丢，印好雨当然也不会客气，礼尚往来嘛。

他们俩追来跑去地闹腾着，其间薛齐还抽空塞了一把仙女棒给封趣解闷，其实她并不闷，看着他们俩久违地打闹，她觉得还挺开心的。

闹累了，印好雨又把剩下的烟火摆好、点燃。

薛齐走到封趣身边，烟火声音太响，他凑近她的耳边，问：“冷吗？”

“还、还好……”本是真的有点儿冷，但他说话时的气息清晰地抚过她的耳畔，让她瞬间觉得一阵潮热。

他“嗯”了声，还是自顾自地握住她的手，塞进了他的大衣口袋里。

封趣下意识地挣扎了一下，他加重了掌心的力道。

她放弃了，默不作声地低下头，就这么静静地站在他身旁。

“喂……”他突然唤了声。

“嗯？”封趣不解地抬头看向他。

还没等她反应过来，他便侧过身，把一个蜻蜓点水般的浅吻落在了她的嘴角。

她微微张着唇，透过唇间的雾气怔怔地看着他，这个吻来得太突然，突然到她根本没来得及拒绝就已经结束了，简直就是完全不给她说“不”的机会啊！

“你以前不是说跟喜欢的人在烟花下面接吻一定特别浪漫吗？”

薛齐的话音传来，她回过神，语无伦次地道：“什么喜欢……喜欢什么啊……什么啦，我、我又没说过我喜欢你……”

“说不定以后会喜欢呢，先吻了再说。”

“哪有这样的啊！再说，刚才那种根本也算不上吻吧……”

“嗯？”他笑意盈盈地看着她，“那重新来过？”

“我不是这个意思……”

“说起来……”突然，印好雨转头朝着他们看来。

封趣猛地把手从薛齐的口袋里抽了出来，惹得他不悦地蹙了蹙眉。

极其不自然的动作自然没逃过印好雨的眼睛，他打住了原本想说的话，用一种如同捉奸在床般的语气质问道：“你们俩刚才背着我在干什么？”

“她的眼睛进灰了，我帮她吹了一下。”薛齐面不改色地撒着谎。

印好雨狐疑地皱起眉头，显然不相信他的话。

生怕他继续刨根问底，封趣连忙道：“你刚才想说什么？”

“也没什么……”印好雨有些吞吐，“就是今天刚好跟我爸聊到了，随口问问。”

“所以你到底想问什么？”这支支吾吾的态度让薛齐直皱眉。

“你打算什么时候回来制笔？”

薛齐愣了愣，片刻后才回道：“还不是时候。”

“还不是时候？我觉得没有比现在更好的时候了。你看啊，你们年前推出的那两款化妆刷销量都不错，客户群也算是有了，回头等那款什么水什么漆的化妆刷上市，话题性和关注度也有了，简直就是回归制笔业的最佳时机，再晚就要定型了。”

“嗯，我考虑考虑。”

印好雨没再说话，默默地看了眼一旁的封趣，意思很明确——这家伙有问题！

是的，薛齐有问题，封趣也意识到了。

尽管他的语气听起来很平静，但她还是察觉到了其中所蕴藏的敷衍和逃避。

直到过了零点，封趣和薛齐才告别了印好雨。

回家的路上，薛齐倒是表现得很平常，就好像什么事都没发生过一般。

反而是封趣纠结了一路，眼瞧着他把她送到房门口，说了“晚安”，她终于还是憋不住了：“进来坐会儿，我们聊聊吧。”

他怔了下，片刻后，不发一言地跨进了她的房间。

封趣的房间不算大，格局还跟从前一样，衣柜、书架，只不过现在都空着，角落里有张单人沙发，以前薛齐来她的房间找她的时候通常都坐那儿，可是这一次他走到床边坐了下来。

“过来。”他拍了拍床沿。

她犹豫了一下，还是走了过去，但只是停在他面前，并没有坐下。

他并未在意，仰起头看着她，已经猜到了她想聊什么，也省得她纠结该怎么问，索性自己直接说了：“我确实还没准备好，当年回国帮我爸处理破产事宜的时候见识到了太多人性的丑陋。有很长一段时间，光是看到笔我脑海中就会浮现出那一张张落井下石的嘴脸，我甚至一度对整个制笔业都感到厌恶。”

“那都已经是过去的事了……”她实在是不怎么擅长安慰人，能说的也就只有这些。

“我明白，我也早就不放在心上了，可是我们都知道，制笔是门手艺活，熟能生巧，而我已经放下太久了，我不确定自己是不是还能做到。”

“可你不是说，如果连试都没试过，你是不会死心的吗？”

“嗯。”他当然知道这是他迟早要去面对的事，而他向来不是逃避的人，“我会试试看。”

封趣思忖了会儿，仍旧不知道自己能帮他什么，干脆直接问了：“有什么是我能做的吗？”

他直勾勾地看着她，道：“让我抱一会儿吧。”

“你是在趁机占便宜吗？”

“是啊。”他不由分说地把她拉进了怀里。

封趣就这样跌坐在了他的腿上，腰被他的双手紧紧扣着。

然而，她并未在这个拥抱里品尝到丝毫情欲的色彩，他更像是个无助的孩子，只是想汲取些许温暖。

这很要命，精准无比地踩中了她的恻隐之心，她非但不舍得推开他，甚至……

她放弃那种毫无意义的天人交战了，微微转过身，让自己面向他，尝试着伸出手，遵循着本能去回应他。

“封趣……”他轻轻唤了一声，打破了沉默。

“嗯？”

“你会一直陪着我吗？”

“会。”她想也不想地回道，这显然不是在哄他，而是她发自肺腑的回答。

落在她腰间的那双手臂又收紧了几分，力道让她回过神来，意识到这个回答充满了惹人误会的成分，连忙又补充了一句：“你和你爸妈对我来说就像亲人一样，哪怕我以后跟别人谈恋爱了，甚至是结婚了，亲人终究是亲人，不管什么时候，只要你有用得到我的地方，我一定会义不容辞。”

他沉默了一会儿，抬起头看着她，问：“那你想过你未来另一半的感受吗？”

“啊？”她显然没反应过来。

“作为一个男人，我可以非常明确地告诉你，我接受不了我未来的老婆义不容辞地去帮一个喜欢她的男人，别拿亲情当挡箭牌，在我看来这叫藕断丝连。如果他要求你跟我断绝一切来往，你会怎么做？”

“我、我可能做不到……”

"是我的话会毫不犹豫地答应。"

封趣猝然抬眸，怔怔地看着他。

他再次启唇道："爱情是很自私的，如果那个人爱我爱到愿意嫁给我，那想必也绝对不会想跟任何人分享我，我的义不容辞只会给我未来的另一半，也只有她配得上。"

她蓦地一震，没错，这才是标准答案，可即便如此，她发现自己还是没法做到。

"你还是做不到是吗？"

她紧抿着唇，默认了。

"我说啊……"他倏地扬起嘴角，开心得过了头，情不自禁地把脸埋入她的发间。片刻后，他微微侧过脸颊，视线被她红得仿佛快要渗出血的耳朵吸引，觉得可爱极了，忍不住轻轻咬了一口，"如果这都不算爱，那什么才算？"

"啊……"她轻轻喊了一声，下意识地伸出手捂住耳朵。

那微张的粉唇侵吞了薛齐所有的理智，他想吻她，发了疯地想。

就在他快要不顾一切后果这么去做的时候，门外传来一阵轻叩声："封趣，你是不是回来啦？"

是薛阿姨！

封趣就像是做了什么亏心事一样，连忙推开薛齐站了起来，急急地回应道："嗯……回、回来了……"

"我能进去吗？"

她当然不可能把薛阿姨拒之门外！

其实，即便是被薛阿姨看到薛齐在她的房里也没什么，不过就是进来说几句话而已，很正常，问题就在于……他们不是说了几句话啊！刚才那阵脸红心跳的感觉仍未褪去，她甚至都感觉到了薛齐想要更进一步，而那一瞬间她并未想到要拒绝！

这使得她脑中一片混乱，下意识地想要掩盖。

就这样，她做了件蠢事。

她冲着门外说出"可以"的同时，把薛齐推到了床上，拉开被子，将他盖得严严实实的，随即自己也迅速钻进了被窝。

她刚完成这一系列动作，薛阿姨就拧开了房门。

“哎呀，你已经睡啦？”瞧见躺在床上的封趣后，她的话音里透出了歉意。

“嗯，刚刚睡……”封趣作势要掀开被子下床。

她知道薛阿姨一定会阻止她，事实果然不出她所料。

“哎，别起来，别起来，这大冬天的，你继续睡吧，我也没什么事，只是想问问你饿不饿，饿的话我去给你做些消夜吃。”

“我不饿，还是说薛阿姨你饿了？那还是我来做吧……”说着，她又要下床。

“不用不用，赶紧睡吧。”

“嗯……”她一脸为难，过了会儿才道，“那……薛阿姨，晚安。”

“晚安。”薛阿姨渐渐退了出去。

眼看那扇门就要合上，她松了口气。

没承想房门又一次被薛阿姨推开了：“啊，对了，薛齐没跟你一块儿回来吗？我刚才去他房里看了一下，他不在呢。”

“印好雨说有话想跟他单独聊聊，估计是关于年后‘正源’租厂房给‘三端’的事，我也插不上什么嘴，就先回来了。”

“那么晚了，薛齐居然让你一个人回来？”

“没有没有……”她连连摇头，“他们俩一块儿先把我送回家的。”

“那就好……”薛阿姨放心了，“那你赶紧睡吧，灯要不要帮你关了？”

“好哇。”

啪——

整间屋子顿时被黑暗笼罩，薛阿姨慢慢关上了她的房门。

封趣仍旧不敢动弹，等了好一会儿，直到确认了薛阿姨的脚步声慢慢走远，她这才彻底放下心来，忍不住长出一口气。

“干吗搞得我们好像在做什么见不得人的事似的？”一旁的薛齐支着头，调侃道。

“这不是没想那么多嘛……”她刚才绝对是脑子短路了，什么都没想，等反应过来之后就已经做了。

"什么都没想就把我往床上推？你这本能反应过于大胆啊。"

"哎呀，别废话，赶紧回你自己的房间去。"封趣没好气地掀开了他那一边的被子。

"我怎么回去？"他动也不动，直挺挺地躺在床上。

"走回去啊。"

"我来给你分析分析我家的地形。"说着，他煞有介事地坐了起来，伸手在床上比画着，"你看，你的房间在这儿，走廊的最里面，我在这儿，最外面那一间，我爸妈在中间。刚才我只听到我妈的脚步声，没有关门声，很明显，他们俩没关门，多半是在等我，我如果是从外面走进来还好，我要怎么从最里面的这间房间走出去？"

封趣被唬得一愣一愣的："是哦！"

"嗯哼。"他得意地挑了挑眉。

"那怎么办？"

"还能怎么办？"他一手伸，搂着她倒回了床上，"睡吧。"

"啊？"

"放心，我什么都不会干，赶紧睡吧。"

"真的？"封趣充满怀疑地看着他。

"你要是话再多，我就不保证了。"

她立刻闭上嘴，同时也闭上了双眼……没事的，没事的，不就旁边多了个人嘛，他都说了他什么也不会干，那说白了就是多了一摊会呼吸的肉而已……

可是这摊肉有着一张好看到不行的皮囊啊！太诱惑了！她根本就无法静下心来啊！

封趣尽可能让呼吸平稳一些，然而心跳是无法人为调节的……

她的心跳太快了，快到手上那只监控她心率的手表都已经发出了警告，还好她调的是振动模式，她借着转身的动作用另一只手捂住了手表，生怕被薛齐察觉。

很不幸，他还是察觉了……

"你这个心跳很危险啊。"他边说，边转过身面对着她。

炙热的气息从她的鼻间掠过，抚过她的脖颈，她瞬间起了鸡皮疙瘩，整个人都紧绷起来，回眸瞪着他，质问道："你不是说你什么都不会做的吗？"

"我有做什么吗？"他一脸无辜。

"我……"她垂眸看了看，他的确什么都没做，双手很规矩，身体甚至还和她保持着距离，完全没有任何可以指摘的地方。

"把手表摘了吧，很吵。"

"它、它只是在提醒我起来站一会儿！没有别的意思！你别说话了！快睡！"

"嗯……"他弯起嘴角，呢喃般道，"晚安。"

"晚安。"

她发现了：薛齐温柔起来真的很要命，而她不想跟任何人分享这种温柔。

薛齐真的就像他所承诺的那样，什么事都没干，这一晚封趣睡得很踏实。

直到早上九点多，她被若有似无的说话声吵醒，迷迷糊糊地睁开了眼，只瞧见薛齐靠在一旁正在打电话。

她以为自己并没有发出什么动静，但他还是察觉到了，朝她看了过来，撞上她的打量目光后，他冲着她笑了笑，挪开了手机，俯身在她耳边低语："你刚睡醒的样子真好看。"

她就像一只猫，慵懒得很，哪怕只是一个不经意的动作都像是在伸出爪子挠他的心口。

她的脸颊蓦地涨红，有些羞赧地推开了他。

大概是好一会儿没有听到他的回应了，电话那头的人似乎有些不悦，封趣听不清那头说了什么，只感觉分贝明显提高了。她蹙了蹙眉，故作严肃地指责道："好好打电话。"

薛齐很听话，重新把手机放回了耳边，咕哝了一句："行了，我知道了，把地址发我，我马上过去。"

"发生什么事了？"封趣隐约察觉到他的语气有些不对劲儿，似乎透着烦躁。

"崔念念病了。"

她微微僵了下："你要过去吗？"

"你想我过去吗？"他反问。

封趣没说话。她当然清楚他的意思，也明白如果她对他确实没有任何那种想法的话就应该果断让他去，可她还是犹豫了。这片刻的犹豫让她很清晰地意识到了一件事——至少，她是在乎薛齐的，那是一种带着占有欲不愿意跟任何人分享的在乎。

她并不想对自己撒谎，于是给出了一个她认为最合理的答案："我陪你一块儿去吧。"

薛齐显然没想到她会给出这种回答，怔了片刻才回过神。难得她愿意尝试跨出一步了，他当然舍不得推开，但这也意味着有些事必须对她坦白。

他沉了沉气，道："这通电话是萧湛打来的。"

"啊？"她有些反应不过来，好一会儿才稍微理顺了些，"你是说，崔念念现在跟萧湛在一起？"

"嗯。"

她更加不明白了："他们俩为什么会在一起？"

这太奇怪了吧？明明是八竿子打不着的两个人，唯一的关联也就只有都会做漆器这一点了，大过年的，一般不都应该和亲人在一起吗？为什么这两个人会凑到一块儿去？！

"我也不清楚，你确定要一起去吗？"他的意思很明白，她如果还没准备好，没必要逼着自己去面对。

她确实有些怯了，思忖了好一会儿后突然觉得好像有什么地方不太对："崔念念生病了为什么要打电话给你？大过年的，他们俩能凑在一块儿总不可能只是在大街上偶遇那么简单吧？萧湛不应该联系崔念念的家人吗？"

薛齐想了想，道："她得的是漆疮，她父母一直反对她碰漆器，如果知道她又得了漆疮的话，恐怕只会更反对。"

"那就当是不能和她家人说好了，他也可以直接送她去医院啊，为什么要找你呢？"

“你觉得呢？”其实萧湛的意图并不难猜，但薛齐不习惯在背后议论别人。

“他就是故意的，也许是猜到的，也许是崔念念跟他说的，总之他大概是知道我和你在一起，故意给我添堵！”

薛齐歪过头，笑着打量了她一会儿：“所以，如果我丢下你去了，你会觉得堵得慌，是这个意思吗？”

“我不管，反正我陪你一块儿去，绝对不能让他得逞。”说着，封趣掀开被子，从床上爬了起来，“你等我一下，我这就去洗漱，很快的……”

“急什么，吃了早饭再去吧，我妈都上来催过两回了，怕你饿着，又怕把你吵醒，纠结得很。”

“嗯……”嗯？封趣蓦地顿住脚步，猛然转眸朝着仍旧躺在床上的薛齐看了过去，“你、你妈进来过？”

“对啊。”

“你就这么躺在我的床上，她就这么进来了？”

“是啊。”

“她、她就没有说什么吗？”

“有啊，她把我骂了一顿，说肯定是我让你累着了才会睡得那么沉，让我下次节制点儿。”

“你就没有跟她解释吗？我们明明什么都没做啊！”

“解释了，她不信，我有什么办法？”

她理解，大清早看到这种画面，谁会相信昨晚什么事都没发生？

所以说，她这是跳进黄河都洗不清了？

崔念念到底为什么会和萧湛凑到一起？！

关于这个问题，就连崔念念自己都觉得简直透着玄幻的气息，但回过头来看，又似乎早有端倪。

往年过年她通常会出国去玩，有时候是跟她爸妈一起，有时候是拉着薛齐和施易，然而今年施易和吴澜结婚了，婚后的第一个春节，肯定是走不开的，而薛齐有封趣了，那家伙就是典型的见色忘义！原本她是想带着她爸妈一块儿出去的，可她爸妈今年就跟中了邪似的，说什么都要留在国内过年。

她拗不过他们，只好放弃了，万万没想到他们居然会跟她玩这手！

大过年的给她安排相亲，还是在完全瞒着她的情况下！只说今年年夜饭约了个老朋友一块儿吃，而这个老朋友居然是萧湛他爸！

说起来，她爸妈和萧湛他爸倒的确算是老朋友，但自从萧叔叔对萧湛妈妈始乱终弃后，他们就再也没有来往了，任凭她脑洞大过天也想不到他们竟然会突发奇想把她和萧湛凑成一对！

刚走进包厢她就觉得不对劲了，看到萧湛的刹那……她想起了以前网络上那些关于她抄袭萧湛作品的言论。事情闹得最大的那段时间，他的那些粉丝差点儿把她家祖坟在哪儿都给扒出来了。她在各大社交平台上的大号小号全都被挖出来，他们精准统计出她这一年偷偷围观过多少次萧湛的直播，披着马甲骂过他多少次，早期的作品都是以模仿萧湛为主。

最后，他们得出了结论——她就是个抄袭惯犯！

粉丝行为，偶像买单。

所以，就算是打死她，她也绝不可能跟萧湛坐在同一张桌子上吃饭，相亲什么的更是想都别想。

她狠狠地瞪了她父母一眼，不发一言，转身就走，完全没有考虑要给任何人面子。

相比之下，萧湛要比她冷静得多，来之前他就知道他要见的人是谁。他爸现在有太多事情要求他，安抚讨好都来不及，自然不敢有隐瞒。他甚至能感觉到，他爸提到相亲时是根本不抱希望的，没想到他竟然会答应，当然了，他只是想会会崔念念而已。

崔念念的行为无疑是把她爸妈放在了一个无比尴尬的境地，两人干笑着，想追但又觉得至少得先给个解释。

“那、那个……”最终还是崔念念的父亲率先开口了，“她早上吃坏了东西，急着去洗手间，咱们先点菜、先点菜……”

萧湛倏地站起身，冲着他们笑了笑：“我去看看她吧。”

“哎，不用不用……”崔爸爸连忙拦住他。

“没事，我理解，像令爱这种条件的女孩子突然被拉来相亲，难免会有些排斥，如果崔伯伯愿意的话，能否给我个机会？我也希望能跟她单独聊聊。”

“这样啊……”这是看对眼了啊！崔爸爸自然是愿意的，但场面话总还得说几句，“那就辛苦你了，我这闺女打小被我宠坏了，脾气不小，你多担待。”

“嗯，那你们先吃吧，不用等我们了。”

萧湛很清楚，他是不可能把崔念念给劝回来的，也不想浪费精力去做这种事，他只是想跟她聊聊，这是他唯一能了解封趣现状的突破口了。

好在崔念念穿着高跟鞋，走得不快。

萧湛追出来的时候，她正好打开车门，准备上车。

他走上去，伸出手挡住了她的车门。

“你想干吗？”崔念念愤愤地瞪着他，毫不掩饰对他的厌恶。

“不想聊聊吗？”他问。

“聊什么？”她微微转过身，挑衅地看着他，“如果你想问我关于封趣的事，那我只能说，我要是你就不会再有脸出现在她面前。但凡你还有那么一点儿良心的话，就别再去打扰人家了，她现在跟薛齐好得很，死心吧。你压根儿就没有出场机会了。”

“他们……”他抿了抿唇，然后艰涩地启唇，“他们已经在一起了吗？”

“哎，我说你这人怎么就能这么不要脸啊？做那种事的时候你就应该想到，你和封趣再也没可能了，不管她现在跟谁在一起，你都管不着。”

“嗯……”他整个人就像是被霜打过的茄子，瞬间蔫了。

“哎呀，这大过年的，你这么丧气干什么，看着就糟心……”他这模样让崔念念多少有些心软了，也觉得没必要再痛打落水狗，“赶紧回去吃年夜饭吧。”

“你不回去吗？”

"别得寸进尺啊，我一想到跟你坐在一张桌子上吃饭就犯恶心。"

"我一个人回去没法交差。"

"那是你的事……"她抬起手，试图拨开萧湛那只落在她车门上的手。

当她的指尖落在他的手背上时，他隐隐觉得有些不对："你的手为什么这么烫？"

"关你什么事啊？"

"不是……你没觉得哪里不舒服吗……"不只手烫，她的脸色也很苍白。

"有啊！我一看到你就整个人都不舒服！"

他皱了皱眉，强行抓过她的手，有些蛮横地捋起她的袖子，果然，一片再熟悉不过的红疹映入了他的眼帘。

"你……"他抬起头，还没来得及把话说出口，她突然整个人一软。

"千万别告诉我爸妈……"她仿佛是强撑着最后的意识讲完这句话的。

然后，她晕了。

就连晕倒她都本能地往后，明摆着不想跟他有任何接触。萧湛还是及时拽了她一下，让她安稳地倒在了他怀里。

再怎么说也是个女人，跟他无冤无仇的，整件事里她确实是最无辜的那个，恨他也能理解……萧湛终究还是心软了，总不能就这么丢下她不管吧？

崔念念醒来的时候发现自己正躺在沙发上，不太舒服的睡眠环境让她觉得腰酸背痛。她一时分不清现在到底是什么时候，甚至分不清自己在哪里。

但很快她的目光就捕捉到了靠在沙发背上的萧湛，他正背对着她，手里握着个杯子，看着落地窗外的风景。

崔念念一个激灵，记忆也迅速恢复过来。她猛地坐起身，冲着萧湛的背影嚷道："你对我做了什么？"

他缓缓转眸，蹙着眉心朝她看了过来："你连自己得了漆疮都不知道吗？”

被他这么一说，她才想起来。

她拉起袖子又检查了一遍，红疹的面积仿佛扩大了，很痒，她忍不住挠了起来。

她并不是第一次得漆疮了，相反，她经常得。

刚开始的时候痒得睡不着，还伴随着持续不退的高烧，就因为这样，她父母一直反对她做漆器，就连她师父都说过，她属于敏感体质，其实不太适合长期接触这种东西。

想到这儿，她有些心虚地朝着萧湛看了过去：“你没跟我爸妈说吧？”

“你不是交代了不要说吗？”

“看不出你还挺讲道义。”崔念念松了口气，转眸环顾起四周，“这里是你家吗？”

“嗯。”他放下杯子，走到药箱边拿了管药膏丢给她，“自己涂。”

她也不矫情，拧开药膏盖子，小心翼翼地给自己涂了起来。

萧湛默默地打量了她一会儿，忍不住道：“你有必要为了薛齐那么拼命吗？”

“啊？”她满脸不解。

“如果只是普通的漆疮也不至于晕倒，但你是复发，按道理，你早就应该静养，尽可能地避开刺激源。我没记错的话，你们那款刷子是定在年后上市吧？为了帮他抢在‘增满堂’之前发布新品，你连命都不要了吗？”

“跟薛齐无关，我这是被你气出来的好吗？要不是你找人黑我，我心情也不会这么糟糕，我心情一糟糕就想躲在工作室里做漆器！说起来，你才是罪魁祸首好吗？”她一直就觉得网络上那些持续抨击她的言论不太可能是粉丝发的，幕后黑手极有可能就是萧湛。

“那是黑你吗？”萧湛歪过头看着她，凉凉地道，“我不过是把事实说出来了而已，你的确一直在暗中关注我，不是吗？”

“我呸！谁稀罕关注你啊？我是想看看你还能把漆器糟践成什么样！”

“糟践？”他眉梢微微动了下。

“我有说错吗？你那是在做漆器吗？你根本就是以漆器为噱头！真正热爱漆器的人才不会像你这样成天搞什么直播……”

萧湛不耐烦地眯了眯眼眸，打断了她的话：“收起你那套所谓的匠人精神，听了就烦。”

“放心，我不会跟一个根本就不配称为匠人的人讨论什么匠人精神！”崔念念气鼓鼓地瞪了他一眼，费力地从沙发上站了起来，“我就是想告诉你，不管你耍什么花样都阻止不了‘三端’新品上市，给我睁大眼睛看看什么叫漆艺！”

“你去哪儿？”萧湛喊住了她。

“回家啊！”

“我已经打电话让薛齐来接你了，”他看了一眼手表，“应该差不多快到了。”

崔念念停住脚步，哼出一记夸张的嗤笑，转眸朝他看了过去：“你当我傻啊！薛齐在湖州呢，怎么可能来接我？”

“打电话问他一声不就知道了吗？”

崔念念皱了皱眉，半信半疑地掏出手机，拨通了薛齐的电话。

铃声只响了片刻就接通了，还没等她说话，那头薛齐就率先道：“醒了？好点儿了没？”

“你还真来了？”她瞥了一眼那头的萧湛，见他冷冷地嗤笑了一声，原本因为误会了他而不太好意思的心情立刻荡然无存。

“嗯，在路上了，不出意外的话，二十分钟左右就能到了。”

崔念念突然想到了什么，用手捂着嘴，压低声音道：“这是阴谋啊！你中计了！”

“嗯？”

“你好好想想啊，你好不容易把封趣骗回了家，多好的机会啊！他在这种时候打电话给你，明摆着就是为了阻止你们更进一步！我又不是第一次得漆疮，你犯得着特意过来接我吗？终身大事要紧啊，兄弟！”

“你想多了。”

“是你想少了！”

“我的意思是，谁说我是为了你回来的？”

亏她还为他的恋情着急，瞧瞧这说的是人话吗？

“我只是刚好想打他。”

有好戏看！崔念念瞬间话锋一转：“哦，那你路过便利店的时候去买点儿运动饮料，补充一下体能，千万不能输！别说二十分钟了，我再跟他吵三十分钟都行，所以你慢慢开，别着急！”

说着，她挂断了电话，有种上战场的架势。

萧湛正靠在单人沙发上，交叠着修长的双腿，边翻看着手机，边品着咖啡，看起来特别悠闲。

崔念念则直挺挺地坐在他对面，不发一言。虽然嘴上说再吵三十分钟也没问题，但这次的漆疮来得凶猛，她不仅发烧，身上还又疼又痒，头就像是要炸开了一样，实在没体力吵了，只能狠狠地瞪着萧湛，用眼神发泄。

终于，他忍不住抬眸朝她看了过来，笑着问：“干吗？熬鹰呢？”

“有件事我想不明白。”既然吵不动，她决定改变策略，尝试与他平心静气地聊聊，“你要是真有心的话，等我睡醒了帮我叫个车回去就成，有必要特意让薛齐从湖州赶回来接我吗？”

“我不知道他在湖州。”

“骗谁呢？”崔念念不屑地撇了撇嘴，用实际行动证明了一旦开始看一个人不爽，那不管对方做什么她都觉得有问题，她甚至都懒得去考虑这其中的逻辑是否合理。

萧湛也没有解释，自顾自地低下头，默然了许久才启唇问：“她也一块儿去的吗？”

说这话的时候，他依旧在拨弄手机，看起来好像很不在意，但崔念念感觉得出他是鼓起勇气才问出口的。

她有点儿动摇了：“你真不知道吗？”

“嗯。”他点了点头。

她眯着眼眸，意识到了她之前的疑问并没有得到解答，他根本就是在顾左右而言他。崔念念问："那就算薛齐在这儿好了，他又不是我男朋友，你为什么要找他？"

"你在我家睡了一整晚，打都打不醒，彻夜不归，总得跟你爸妈解释吧，还是说你希望我去解释？"

别闹了，如果由他出面解释，那她之后才真的会有一大堆问题需要跟她爸妈解释。

如果是薛齐的话，确实可以帮她想出无数的理由来糊弄她爸妈，且她爸妈一定会深信不疑。

这是最好的安排，但并不是最合理的。

最根本的问题是——

"我认为，昨晚你直接把我送去医院不会比联系薛齐更麻烦。"他根本就没必要把她带来他家！

在她的咄咄逼人下，他松口道："好吧，我确实是故意的。"

"为什么？"

"我想知道她是否还好，哪怕是由薛齐来告诉我也好，所以你的病给了我一个很好的借口。"

"装什么深情。"崔念念不为所动地嗤笑了一声，"真这么在乎她的话，为什么还要利用她？"

他别过头，怔怔地看着窗外的景色，轻叹道："人都会犯蠢。"

"你那不叫蠢，叫坏！"

很精准，他没法反驳。

"商业竞争我理解，你明刀明枪地上啊，利用一个喜欢你的女人算什么？"

他突然拉回目光，看着她，问："你跟封趣熟吗？"

"干吗？不熟就不能替她打抱不平了吗？哪怕她对我而言只是个陌生人，我也有路见不平拔刀相助的权利。"

"一叶障目而大放厥词事后被打脸的很多，我劝你了解清楚再说。"

"我怎么就一叶障目了？"至少现在摆在面前的事实就是萧湛利用封趣偷了东西！

他翕张着唇，犹豫了好一会儿才道："她喜欢的人不是我。"

“啊？”

“她只不过是在我身上寻找薛齐的影子，也许连她自己都没意识到这一点，但……迟早会意识到的……到了那时候……”他自嘲地笑了笑，“以她的个性，应该还是会勉强自己继续跟我在一起，装作若无其事的样子。如果是她的话，恐怕能装一辈子吧？可我不行，我已经装不下去了。”

“不是……”这番话虽然信息量不大，但含金量很高。崔念念有点儿乱，捋了许久才算在脑子中那一团乱麻里找到了线头：“你哪儿来的根据啊？”

“她刚到日本的第一年，元旦那天生病了，高烧不退，她一个人去医院挂了点滴，给自己煮了粥，想吃腐乳可是拧不开瓶子。你知道她怎么做的吗？”没等崔念念回应，他就接着说了下去，语气里透着无力，“她把腐乳瓶子砸碎了，从一堆玻璃碴里挑出了几块完整的腐乳。”

“那你在干吗啊？”

“我根本就不知道，她从头到尾都没联系过我，我也一直联系不到她。我因为担心去了她家，按了很久的门铃都没人开，我好不容易才找到房东帮我开门。”

“她晕倒啦？”

“不，她去医院挂点滴了，当时房间里一片狼藉，我还以为她被抢劫了，差点儿就报警了。”

“这、这不是挺好的嘛，你们男人不是一直都希望找到这样独立自主的女人嘛……”说这话的时候崔念念其实是有些心虚的，她认为如果真的喜欢一个人会控制不住地想要撒娇，尤其是生病的时候，可这也只是她认为，每个人都是不同的，也许封趣更倾向于不给对方添麻烦呢？

“你还不明白吗？她根本就不需要我，难过也好，开心也好，她从来都不会跟我分享。如果我不找她，她也不会主动找我，我找她还必须得直接打电话，因为她说了她不爱聊微信，每次接电话的开场白都是‘有事吗’，就好像没什么正经事我不应该打扰她一样。”

崔念念忍不住吐槽道：“一般人接电话的开场白不都是这样吗？”

“可她对薛齐不这样。”

“这你也知道？”

“是啊，看到了。”

“怎、怎么看到的？”他是趴在封趣家床底下了吗，还是说在封趣身上安了窃听器？

他陷入了沉默，好半晌后才咕哝了一句：“手机。”

“嗯？”他什么意思？

“我……”萧湛深吸了一口气，眼神躲闪，就像是在剖开自己最不堪的一面给别人看，但他还是想说，憋太久了，“我那天看她的手机并不是想找什么方案，事实上我根本不知道他们的聊天记录里会有那份方案，我只是……只是忍不住想看一下他们平常都在聊些什么……”

“呃……”崔念念实在是很好奇，他到底是看到了什么致使他最终下定决心点开了那份概念图，“他们聊了什么？”

“倒也没什么。”

那你不就是单纯利欲熏心才窃取概念图的吗？

“只是……”他苦笑了一声，接着道，“我才发现，原来她也会跟人彻夜视频，也会一日三餐事无巨细地汇报，也会秒回信息，也会看见好玩的段子就想立刻跟某个人分享，也会仅仅是碰到被人插队这种琐事都会想跟某个人抱怨……”

“这单纯是因为她跟薛齐比较熟悉吧？人家毕竟六岁的时候就认识了，从小一块儿长大的。”

萧湛皱着眉头朝她看去：“你是在安慰我还是在‘补刀’？”

“都不是，怎么说呢……”崔念念挠了挠头，她不太擅长解决这类问题，“这些话你跟封趣说过吗？”

“没有。”

“为什么不说呢？”

“为什么要说？”萧湛反问道，“让她意识到自己真正喜欢的人其实是薛齐，这对我有什么好处吗？”

“那你现在这么做就对你有好处了？”

“我刚才就说了，我装不下去了，这么多年了，我一直等着她忘记薛齐，甚至就连出售‘三端’这种损招都用上了，可结果呢？那个人只要一出现，她就会毫不犹豫地对我倒戈相向。”他故作轻松地耸了耸肩，“我算是看明白了，我这辈子都得不到她，但我也不会让薛齐得到。”

“所以你偷了我的作品，是想让薛齐误会封趣？”

萧湛紧抿着唇，避开视线，什么都没有说，算是默认了。

“哇，我竟然有点儿同情你了怎么办？”崔念念想忍住的，但结果还是藏不住语气里的幸灾乐祸，“没想到吧，薛齐非但没有怀疑她，人家两个人说不定就因为这事患难见真情了呢。你这叫多行不义必自毙，我爸从小就教我，做人不能欲壑难填，想要的越多往往最后什么都得不到。”

萧湛抬眸冷冷地看着她：“我从小就没有爸教。”

这话让崔念念的同情心瞬间觉醒了。

萧湛父母的事她是再清楚不过的，她也并不想拿这种事去攻击他，太下作。

一时间，她竟然不知道该说些什么好了，幸好门铃声及时响起。

萧湛僵在沙发边，不敢去开门……

他突然有点儿怕，怕在薛齐那张脸上看到太多被封趣爱着的痕迹。

然而他根本就没有逃避的余地，崔念念急不可耐地冲去开门了。她的脚步很轻快，脸上的笑容很刺眼，就像是在期待一场好戏上演。

打开房门后，她不由得一愣，怔怔地看着站在薛齐身旁的封趣，好一会儿才反应过来：“你怎么也来了？”

这话并没有恶意，只不过是表达惊讶而已。

但在封趣听来有些不适，好像她不应该来似的。她微微蹙了下眉头，有些故意地道：“我不放心薛齐一个人开长途车。”

“呃……”崔念念默默转身看了一眼沙发上的萧湛。

她是想看好戏，这场戏也确实非常精彩，但不知道为什么，她并不觉得有多畅快，反而有点儿担心萧湛。

他一动不动地坐在那儿，整个人就像是被点了穴一样，不难想象封趣的这番话对他来说打击有多大。

薛齐歪过头打量了崔念念片刻，轻声问了句："发烧了？"

"是有点儿。"崔念念点了点头。

"嗯，那走吧。"他说着，视线掠过崔念念，看向客厅沙发上的萧湛，"不好意思萧总，给你添麻烦了。"

萧湛缓缓站起身来，挤出礼貌性的微笑，朝门边走去，视线始终落在封趣身上："没事，我们家封趣怕是也给你添了不少麻烦吧。"

什么叫"我们家封趣"？这刻意的称呼让封趣不悦地蹙起了眉心。

"她啊……"薛齐转头看了封趣一眼，笑了笑，笑容很浅，看不出什么情绪，"是挺麻烦的，不过我习惯了。"

"薛总跟她也有些年没见了吧？现在的她可未必还是你已经习惯的那个。"

"那就重新习惯好了，没关系，我有耐心。"

这剑拔弩张的气氛让封趣觉得很不舒服，她突然想起了薛齐曾说过——"那是占有欲，不是爱"。

以前她确实不懂，没有爱又怎么可能会想要占有？

这一刻她有点儿明白了，对男人来说，占有还意味着征服，但萧湛想征服的人并不是她，说白了，她不过就是他用来和薛齐较量的筹码而已，因为有了"薛齐喜欢的人"这个标签，她才在他心里有了分量。

"我们走吧。"崔念念举步走到封趣身旁，轻轻抓了一下她的手。

显然，崔念念在圆场。

封趣也很给她面子地轻轻"嗯"了一声，扶着她转身离开。

"等一下！"萧湛突然喊住了他们。

薛齐挑了挑眉："还有事吗？"

他有些担心地看了一眼崔念念，道："她的漆疮很严重，很明显最近一直在复发，必须远离刺激源，好好休养。"

"哪有那么夸张，休息两天等烧退了就好……"崔念念反驳道。

话还没说完就被萧湛打断："我可以来帮你。"

"什么意思？"崔念念难以置信地问，"你想来'三端'？"

“嗯。”

“得了吧！”她不屑地瞟了他一眼，“先不说别的，你来干吗？你会天水雕漆吗？”

萧湛不以为意地回道：“一理通百理明。”

崔念念哼出一记有些夸张的讽笑：“想不到你还能说出这么外行的话，这跟你的犀皮漆可不一样，玩的不是打埝，而是雕填好吗！”

“你能稍微用一下脑子吗？”萧湛斜睨着她，“我能做剔红又怎么可能不会雕填？”

崔念念语塞了，虽说剔红和雕填还是有些许差别的，但同样需要在漆面上雕刻图案。换句话说，他会雕刻技法，那确实是一理通百理明了。

眼见崔念念不说话了，薛齐意识到萧湛是真会。

于是，他抬了抬眸，不动声色地问：“增满社长舍得放你走吗？”

“我已经辞职了。”萧湛微微歪了歪头，继续道，“天水雕漆的工艺很繁杂，就算崔念念没得漆疮怕是也完成不了，我猜你应该是打算组建团队，那多我一个对你没坏处。”

“确切地说，是百利而无一害。”薛齐礼貌地朝他伸出手，“希望我们能够合作愉快。”

封趣和崔念念几乎同时转眸朝薛齐瞪了过去，脸上写满了惊愕。

那头的萧湛绽开微笑，若有似无地瞟了一眼封趣，轻轻握了下薛齐的手：“薛总还真是相当自信呢。”

“彼此彼此。”薛齐笑着回道。

刚上车，崔念念就憋不住发问：“薛齐，你是脑子进水了吗？居然会答应让他来‘三端’？”

副驾驶座上的封趣也跟着点头附和：“我也不能理解，你到底是怎么想的？”

薛齐回头看了一眼崔念念，道：“萧湛说得没错，你需要休息，我需要人手。”

考虑到自己的身体状况，崔念念并没有继续逞强。是的，她的确需要休息，但她还是没办法认同薛齐的做法：“就算他说的是事实，可你找谁不好为什么非得找他？”

“你有更好的人选吗？”

“什么叫‘更好’？他哪里好了？”

“有天赋，又懂营销，想必管理能力应该也不错。”薛齐很无私地细数着萧湛的优点，转过头，有些故意地冲着封趣扬了扬眉，“是吧？”

“我哪儿知道……”封趣没好气地白了他一眼。

“我是没看出来他有什么天赋，倒的确是挺会包装自己的，漆艺水平也就那样吧，不过是靠着那张脸骗骗那些无知小女生罢了。”崔念念不屑地撇了撇嘴，哼道，“像他这么会钻营的人，怎么可能放着在‘增满堂’的大好前程不要，跑来‘三端’跟我们开荒呢？一看他就没安好心，指不定就是增满正昭派来的卧底。”

“增满正昭不会这么做。”

崔念念匪夷所思地朝他看了过去：“你怎么还歌颂起敌人的人品了？”

“我的意思是，他要是真想派卧底，那大可以找个我们从未见过的面孔。日本总公司那边有很多这种人，为什么要让萧湛来？他刚偷了你的创意，我们有那么容易相信他吗？”

“那他到底想干吗？”

“谁知道呢。”

“不知道你还冒险？”崔念念一惊一乍地吼开了，虽然不能理解他的行为，但她以为他应该是有周全打算的。

“也许并没有我们想的那么复杂。”

“嗯？”崔念念愣了愣，转头看了一眼封趣，猜测道，“你是说，他可能只是为了封趣？”

“不排除这种可能。”薛齐回道。

那你还让他来？从容过头了吧！封趣差一点儿就把这话说出口了，幸好及时忍住了。

她不清楚崔念念是否知道薛齐对她的感情，也无法确定崔念念到底对薛齐是什么感情，总之，他不说，她自然也不好多嘴。

让她没想到的是，反倒是崔念念激动地嚷开了："那就更不能让他来'三端'了呀！你怎么想的？居然为情敌创造机会？"

"啊？"封趣有些诧异地朝她看了过去。

"怎么了？"崔念念不解地问。

"没、没什么。"

薛齐瞥了封趣一眼，猜到了她在想什么，笑着道："关于我喜欢你这件事，认识我的人都知道。"

说到这个崔念念就忍不住想吐槽："你是不知道，当初我们学校好多女生喜欢他，你知道他怎么做的吗？直接把各种社交平台的头像换成你的照片，搞得所有人都以为他在国内已经有女朋友了！当时我还不认识他，就是常听其他人提起，还想说这男人可以啊，简直守身如玉啊，认识之后才知道……原来你根本就不是他女朋友啊，这行为怎么看都像猥琐男啊！"

"你哪儿来的我的照片？"封趣有些诧异地看向薛齐。

"手机里多了。"

"是不是很猥琐？我都怀疑他每天晚上是不是会对着你的照片干些什么事！"崔念念兴奋地把头凑到封趣身旁，继续道，"还有还有，不认识他的时候我以为他挺高冷的，熟悉了之后我的天哪，成天叨叨你的事，烦到什么程度呢，我就这么跟你说吧，我没见过你就已经知道你是天秤座、喜欢吃蟹黄和牛角包、怕狗、讨厌喝牛奶、36 码的脚、字写得很漂亮……哦，对了，人也长得很漂亮，反正在薛齐眼里，这世上就不存在比你长得好看的女人。"

封趣忍不住转头看了薛齐一眼，碰巧撞上他的目光，她心口轻轻颤了一下，连忙转开视线，低下头，嘴角情不自禁地上翘，笑得格外甜。

见状，薛齐也忍不住扬了扬嘴角，气氛太暧昧！

"你们……"崔念念的目光就像个雷达似的在他们俩之间徘徊了一会儿，"该不会是已经在一起了吧？"

"还没。"薛齐回道。

"那你还让萧湛来'三端'？不怕他把人拐跑吗？"

“跑不了。”薛齐扫了一眼封趣，道，“除非她傻。”

封趣没说话，眉头微微皱着。

她傻不傻还无法定论，至少刚才看到萧湛时她还是没能做到内心毫无波澜。

先撇开这种私人感情不谈，她仍然觉得薛齐的这个决定太冒险，打死她都不信萧湛会全心全意地帮“三端”，这怎么看都像是一场阴谋。

“再说了……”趁着等红灯的时间，薛齐转头看向崔念念，似笑非笑地道，“我不会让封趣有太多跟他接触的机会，主要负责跟他接触的人是你。”

“你是嫌我病得还不够重吗？”崔念念的喊声充满了整个车厢，堪称歇斯底里。

崔念念的漆疮确实挺严重的，薛齐直接把她送去了医院，有些疮口已经发炎，高烧一直不退。

她表面上生龙活虎，实则全凭一口“仙气”吊着，到了医院后，那口“仙气”立刻就泄了。听说薛齐对她父母谎称她和吴澜、施易一块儿来湖州找他，会在那儿住几天，她父母深信不疑之后，她终于彻底放松下来。

待护士小姐为她挂上点滴后，没多久，她就迷迷糊糊地睡了过去。

高烧和漆疮的瘙痒致使她睡得很不安稳，脑子里一直有乱七八糟的片段闪过。

她好不容易才抓住了一组具有连贯性的画面……

那是她小时候，八岁的时候，爸妈带着她去日本玩，顺道拜访了一个故人，是萧湛的母亲。

那时候他母亲还没有漆艺教室，唯一的学生只有萧湛，可他对漆艺没有丝毫兴趣，他醉心于演戏……

这人从小就是个戏精啊！

他说他得了绝症，所以他爸爸才不要他了，幸亏还有妈妈对他不离不弃。

他说他最多只能再活两年，其实他很喜欢漆艺，可是身体不允许，他唯一的愿望就是有一天能完成一件让他爸爸满意的漆器，那样说不定他爸爸就会回来了。

他说他恐怕是无法实现这个梦想了，希望她能完成他的遗愿。

他甚至还在她面前吐血了！

长大以后崔念念才意识到那极有可能是番茄酱之类的东西，可是那时候她信了他的邪，回国后就吵着闹着要学漆艺。父母只当她是三分钟热度，他们也有足够的条件纵容她的任性，于是便为她找了师父。她心里是清楚的，其实那时候她爸妈都在等着她主动说不想学了。

可让她爸妈没料到的是，她居然坚持到了现在。

很久以后她才知道，萧湛根本就没得绝症，他是脑子有病！

他父亲之所以不要他是因为他是私生子，这么说或许有点儿不准确，他母亲并不是第三者。听说，他母亲原先是萧家老用人的女儿，当然偶尔也会帮忙照顾一下他父亲的衣食起居，久而久之，两人之间擦出了火花。但萧湛的爷爷是个门第观念极重的人，强烈反对他们在一起。

而这些反对非但没能拆散他们，反而为这段爱情染上了轰轰烈烈的色彩。

他父亲带着他母亲私奔了，当时是她父母暗中帮助他们俩的，给他们租了房子还替他们瞒着长辈。

可惜最终还是没瞒住，萧湛的爷爷还是找到了他们。

崔念念本以为那就是个很俗套的故事，之后萧叔叔大概就被强行带回去，娶了个门当户对的女人，强行成了不负责任的负心汉……

故事的真相是，他父亲的确是被骗回去的，那天是萧湛爷爷的生日，爷爷让他带着萧湛的母亲一块儿回去，说不管怎么样，父子亲情是断不了的，言下之意就是勉为其难地认可他们了。据说那天他们俩是满心欢喜地回去的，没想到，席间萧湛的爷爷给他父亲介绍了一个门当户对的女人。

然后，他父亲看上那个女人了。

用萧湛母亲的话说，他父亲当时见到那个小姐时的表情她这辈子都忘不了，那大概就是传说中的惊鸿一瞥便认定了一生，他从来都没有用那样的眼神看过她。

再后来，萧湛的爷爷给了他母亲一笔钱，把她送去了日本。

其实她可以不用走的，当时她已经怀了萧湛，看在孩子的分上，萧家会给她一个名分，萧湛的父亲也会咬牙负起这个责任。

可这不是她想要的。她说："这个男人的心已经不在我身上了，就算用孩子留住了他，那也注定要做一辈子怨偶的。与其成为墙上那抹惹人嫌的蚊子血，还不如活成他心口的朱砂痣。"

这些都是崔念念后来从她母亲那儿听说的，她母亲和萧湛的母亲算是闺密吧。那时候的闺密可比现在的闺密实在多了，因为这件事，她家和萧家再也没有过任何往来。

而这个故事，也让崔念念原谅了萧湛儿时的欺骗。

说起来那或许都谈不上欺骗，只是个跟扮家家酒差不多的游戏，没什么可记恨的。她只是打算等哪天她的作品赢过萧家的人拿了奖后去日本找他，问他怎么还没死。

让她没想到的是，还没等到那一天，他们就以这种她再也没办法轻易原谅的方式相遇了。

是的！没错！这次她是真的很难原谅他了！

她以为他就算只是把漆艺当作一种谋生的手段，但至少还有几分傲骨，没承想他居然能干出鸡鸣狗盗的事！他对得起他妈妈传承给他的那一身技艺吗？

崔念念在医院里待了三天，高烧已经退了，红疹情况也已经好转了。

既然是瞒着她父母，那当然只能由薛齐来照顾她了。他每天都会带封趣一块儿去，崔念念倒是不排斥，她喜欢热闹，多个人说说话也挺好的，何况她跟封趣也算聊得来，尤其是在吐槽萧湛这方面。

今天是她出院的日子，他们约好了中午之前去接她，刚好还能一块儿吃午饭。

薛齐正打算先去接封趣，却突然接到了她的电话。

“我肚子疼……”手机里传来封趣虚弱的声音。

“我现在去找你。”他想也不想地道。

“不、不用了……可能就是昨晚睡觉的时候着凉了，没多大事，你赶紧去医院接崔念念吧……”

他想了想，还是不太放心：“我带你去医院看一下。”

“真的没事啦，我已经吃过药了。”

他蓦地拧起眉心：“你吃的什么药？”

“管拉肚子的药啊。”

“药这种东西能乱吃吗？”

“呃，只是拉肚子而已……”

“反正都要去医院，去看一下保险一点儿……”

“哎呀，不行了，我又要去厕所了，先不说了，总之你先去医院接崔念念吧，我看一下情况，一会儿如果还是不行我再打电话给你。”

“不是……”

“就这样，挂了。”

还没等他反应过来，她已经挂断了电话。

薛齐皱着眉头，愣愣地看着手机。她并不是逞强的性格，如果真的病得很严重她一定会说，但他还是觉得放心不下。

思来想去，他决定去她家看一下，确定真的没什么大问题再去医院接崔念念。

车子刚靠近她家小区，他就看到一抹熟悉的身影从小区里走了出来，封趣完全不像是身体不舒服的样子！

封趣打扮得很随意，扎着马尾，穿着卫衣卫裤，站在小区门口左右张望着。

薛齐并未刻意放慢车速，也没有躲避，本来就是来探望她。

然而，她还是没瞧见他。

很快就有一辆车停在了她面前，黑色的跑车，薛齐皱了皱眉，一眼就认出那是印好雨的车。

她并没有立刻上车，而是敲开车窗，弯腰跟印好雨说着什么。没多久后，她才重新直起身，神情看起来有些犹豫，但最终还是打开了车门。

她刚钻进车内，关好车门，印好雨立刻踩下了油门，扬长而去。

封趣确实没有生病，本来也打算好了要跟薛齐一块儿去接崔念念，结果早上她忽然接到了印好雨的电话，说是有些事想跟她聊聊，还特意叮嘱——千万不要告诉薛齐。

当然了，封趣也不是那么听话的人，她打算先见一下印好雨，了解清楚到底是什么情况，然后再决定要不要告诉薛齐。

她本来是打算速战速决的，结果……

“上车，先找个地方吃点儿东西，我都快饿死了。”印好雨透过车窗冲着她道。

“我不饿，你赶紧把事说完自己去吃呗。”

“想得美，我不会给你过河拆桥的机会，赶紧上车陪小爷吃饭去！”

他很坚持，封趣犹豫了一下，觉得或许三言两语说不清楚，还是决定上车了。

幸好印好雨对吃什么向来不怎么挑剔，在她家附近随便找了家带简餐的咖啡店就进去了。他也没有卖关子，点完餐后从口袋里掏出两个已经被他捏得皱巴巴的信封。

封趣困惑地接了过去，信封很精致，里头是两张笔会邀请函，一张是给她的，还有一张是给薛齐的……

“你来决定要不要给薛齐吧。”印好雨启唇道。

“今年的笔会不是你办的吗？”封趣有些诧异。

邀请函上的主办方写的是邵峰笔庄，顾名思义，这家笔庄的创始人叫邵峰，传到现在已经是第三代了，少东家叫邵井，在善琏当地也算是一家小有名气的笔庄，但比现在的“正源”以及当年的“三端”还是稍逊一筹的。基本上每年的笔会都是“正源”牵头办的，以“正源”现在的江湖地位，这仿佛已经是不成文的规矩了，至少在善琏地区是不敢有其他笔庄越俎代庖的。

“我怎么办啊？到底该不该邀请薛齐？不请吧，好像有点儿说不过去；请吧，他要是不来，我岂不是很没面子？这烫手山芋谁爱接谁接，邵井那小子早就想找机会上位了，巴不得我把权力给让出来呢！刚好让他搞一次呗，搞砸了就消停了。”

“别把锅甩给薛齐，你不就是想教邵井做人嘛。”

“这确实是主要原因，但也不能说跟薛齐完全没关系……”印好雨喝了口咖啡，继续道，“上回我提到让‘三端’回归制笔业的时候，薛齐什么态度你也看到了吧。我是不知道你后来有没有跟他聊过、聊得怎么样了，总之，他到底还打不打算回来制笔先另说，这个笔会他多半是不愿意去的。”

“为什么这么肯定？”

“你是不知道当初薛齐回国帮他爸处理破产事宜的时候那些人的嘴脸有多难看。说起来也真好笑，薛叔叔那会儿也是想着有钱大家一起赚，那家制笔厂，善琏不少笔庄是拿了好处的。那会儿也是他们自己争破头要掺和进来的，做生意哪有稳赚不赔的，损失个几万块也好意思觍着脸上门要薛家负责？分红的时候他们可没少拿啊，区区几万块早回本了吧？薛家本来也不至于那么惨，卖了老宅的那点儿钱把负债都还清还能有剩余，可是薛叔叔老实啊，非得节衣缩食把其他股东的钱给了，邵家那时候闹得最凶了。薛齐去银行拿卖了老宅的那些钱时邵井他爸妈就守在银行门口，瞧见他出来就冲上去抢，拦都拦不住，邵井他妈妈还打了薛齐一巴掌，我觉着这仇他是没那么容易忘的。”

封趣愣怔着，一个字都说不出来。

是的，当年她不在，那时候她已经去“增满堂”了，但仅仅凭印好雨的叙述，她就不难想象出那时候的场面。

墙倒众人推，说起来不过就是一句轻飘飘的话，只有经历过的人才知道被众人推倒的时候有多难熬。

而她……她非但没能在那个时候陪在薛齐身边，甚至还站着说话不腰疼地去指责他为什么不愿振作。谈何容易啊，他可是被那些他曾经无比信任的叔叔给推倒的，难怪他会说他曾经对整个制笔业感到厌恶了，因为没有人比他更清楚那些道貌岸然的前辈丑陋起来有多不堪。

“我觉得邵井这小子绝对来者不善，薛齐要是真去了吧，那就是场鸿门宴；可要是不去吧，我都替他憋屈。”印好雨的声音再次传来。

封趣渐渐回过神，看着他道：“那你到底想不想他去？”

“我不知道啊，所以才约你出来商量嘛。”

“你这是商量吗？根本就是把烫手山芋丢给我而已。”

“不然呢？你男人的事当然得你来决定了。”

封趣陷入了默然，虽然对“你男人”这个说法有点儿不适，但也没有急着撇清，毕竟现在说这些不合适。她认真地思忖了一会儿，最终只收下了那封写着她名字的邀请函：“我替他去吧。”

“你可得想清楚啊，邵井故意给你准备了一封邀请函，就是想到了薛齐或许会逃避但你不会。你去代表的可就是薛齐啊，那些本该发泄在薛齐身上的情绪都会发泄在你身上。”

“我不相信薛齐会放弃，他迟早会回归制笔业，所以像这类的笔会必须得去，总得为以后铺垫。”

“不用跟薛齐商量一下吗？”印好雨问。

“商量的话就只有两种结果，要么就是他跟我一起去，要么就是他也不让我去。”

“那就让他跟你一块儿去呗，总比你一个人去面对好吧。”

“可是我也不想让他去面对。”这个笔会的场面不会太好看，那些人见到薛齐免不了会冷嘲热讽，没准儿会导致他从此对制笔业更加厌恶。

“你对薛齐还真不是一般喜欢啊，简直是非常喜欢啊！”

“能不能别什么事都往儿女情长上头扯？”

“那不然往哪儿扯？我这些年也很辛苦啊，怎么就没见你这么不顾一切地帮我呀，偏心成这样，除了喜欢还能怎么解释？”

她确实不知道该怎么解释了！

第九章 您还真是未雨绸缪呢

封趣已经好多年没有参加过这种笔会了，以前倒是时常会跟着薛叔叔一块儿去。但自从“三端”被收购之后就再也没有收到过邀请函，圈子里的人都觉得“三端”已经充斥着“增满堂”血统，早就不能算作湖笔了。后来“正源”逐渐上位，印好雨倒是问过她要不要去，她自然是拒绝了。

那时候她就清楚，去了也绝对不会听到什么好话，她并不想去遭罪。

这一次，封趣说是为了薛齐去确实也没错……

笔会在一家五星级酒店的宴会厅里举行，看得出邵井很想把它办好，排场搞得特别大，还请来了几家小媒体。以前印好雨办的时候地点基本都在善琏的“正源笔庄”，也就是行业内的小型交流会，自娱自乐为主。

封趣掐着时间准时抵达，她本来是打算提前来的，那样至少不用在众目睽睽之下去领教那些冷嘲热讽。

结果，光是为了应付薛齐就耗费了她不少时间。

当然不可能继续说肚子疼，都已经过去两天了，她要是还疼，薛齐铁定会把她往医院拽。于是她想了个超烂的借口——“大姨妈”来了，肚子疼。

是的！最终还是没有绕开“肚子疼”！

事后冷静下来她才发现可以想的理由实在太多了，可是在面对薛齐的时候她根本没法发挥最擅长的撒谎技能，抑制不住地心虚。

结果可想而知，薛齐特意跑来她家，送来了一堆暖宝宝和古方红糖……不管她怎么劝他都不肯走，软硬不吃，她要是真的来“大姨妈”了，被一个男人这样照顾也会很尴尬啊！

最终，她只能一不做二不休，提出让他帮忙去遛一下海苔，然后直接溜了出去，还故意没有带手机。

这已经是下下策了，等笔会结束，她就打算回去跟薛齐坦白从宽……

“哦，封总，稀客啊！”邵井正在远处跟人寒暄，一瞧见封趣就赶紧冲到门边，故意嚷嚷得很大声，吸引了不少人侧目。

封趣冲着他笑了笑，礼貌性地问候了一句：“好久不见。”

“可不是，听说你现在都已经是‘三端’默认的老板娘啦，长得漂亮就是有优势，在‘增满堂’有萧总给你保驾护航，混不下去了回‘三端’还有薛齐愿意接盘。”

刺耳的话并未削弱封趣脸上的笑容，她若无其事地道：“瞧你这话说的，夸得我都不好意思了。”

这话反倒让邵井脸色微微一变，但很快他就又恢复如常，转开了话题：“你们家薛齐呢？没陪你一块儿来吗？”

“怎么了？你这是想我了吗？”

突然有话音从封趣身后传来，是薛齐的声音。

她蓦地一僵，这一刻对她而言，身后的薛齐要比眼前的邵井可怕一万倍。

想到自己故意把他支开然后不告而别的行为，她就恨不得立刻逃跑，以薛齐的个性是绝不会轻易放过她的。

当然了，他们俩的问题完全可以关起门来解决，他也不至于当着邵井的面追究。

于是，她深吸了一口气，噙着微笑，转眸朝着他看了过去：“你停好车了呀？”

“是啊，狗都遛好了呢。”薛齐也报以同样的笑容。

封趣嘴角微微颤了颤。

好在薛齐只是点到为止，眼眸一转，目标很快就落在了一旁的邵井身上：“你要是想我的话，随时欢迎到‘三端’来玩。”

“玩什么？玩化妆刷吗？”邵井挑衅地哼出一记讽笑，“我可跟薛总不一样，对那些女人的玩意儿一点儿兴趣都没有。”

“原来你没兴趣啊，”薛齐一脸困惑地问，“那你发邀请函给我做什么？”

封趣猝然转头看向薛齐。

邀请函？他为什么会知道有邀请函？那东西不是被送到印好雨那儿去了吗？

很快，她就意识到了问题的症结所在——她怎么就会天真地相信印好雨能够守住秘密呢？

“你……”邵井被他戗得有些语塞。

“邵总要是不欢迎我的话，那我还是走吧。”薛齐一脸为难地道。

见状，封趣连忙道：“走什么走呀，你没看出邵井就是口是心非吗？跟我说了没几句就问薛齐人呢？简直就是超想你的啊。”

“是这样吗？”薛齐询问一旁的邵井。

“是、是啊。”这就是一对贼夫妻！一唱一和，配合默契，他完全不是对手啊！

“哦，那进去吧。”说着，薛齐牵起封趣的手，跨进了会场。

封趣愣了愣，下意识地挣扎了一下。

他收紧手心，轻声道：“你不都承认是‘三端’的老板娘了吗？总得有个老板娘的样子吧？”

“你都听到了？”想到刚才跟邵井之间的对白，她恨不得挖个洞把自己埋了。

他若有似无地“嗯”了一声。

封趣也不挣扎，闷声咕哝道：“印好雨是什么时候给你通风报信的？”

“跟他没关系，他这次是想瞒着我的。”

“那你怎么会知道邀请函的事？”

他微微偏过头，好笑地看了她一眼：“‘三端’在整个湖笔行业好歹也算是有过举足轻重的江湖地位，我总不可能只认识印好雨吧？”

“说得也是……”

事实并没有薛齐说的那么轻松，他当然不会认为封趣跟印好雨之间有什么，再结合除夕那晚印好雨突然询问他打算什么时候回归制笔业，那就不难猜到他们俩这么偷偷摸摸瞒着他的究竟是什么事了。当然，他也的确辗转打听了一圈才得知有这个笔会。

这一次，印好雨还真是竭尽全力瞒着他。

以至于当印好雨瞧见封趣和薛齐同时出现在他面前时，满脸惊愕，怔怔地冲着封趣道：“你怎么把他给带来了？”

封趣也很惊愕，因为印好雨身边还站着童佳芸。

“我才想问你，你为什么把她给带来了？”她一脸诧异地看着童佳芸。

“不是啦，我是跟爸妈来的，他们聊的那些事我也没兴趣，刚好看见印总，就过来打个招呼。”童佳芸解释道。

这么一说封趣才想起来她父母都是书法协会的，自然会是这类笔会的座上宾了。

所谓笔会，一般来说就是一个行业内的小聚会，通常在每年过年的时候举行，各家笔庄都会带着自家的得意之作出席，由书法协会和美术协会的一些爱好者来鉴别好坏，看看还有没有需要改进的地方。

原本是个良性的聚会，但这几年整个湖笔行业如同一盘散沙，很多笔庄各自为政，笔会的气氛也变得越来越剑拔弩张，一言以蔽之——谁也看不上谁。

不过今年他们倒是空前团结，把矛头齐刷刷地对准了“三端”。

老一辈的人倒是对薛齐没有太大偏见，只是无法认同薛齐重整“三端”的一些举措，比如说做化妆刷。就跟曾经的薛叔叔一样，他们认为他的这种行为甚至可以称得上是数典忘祖。关于这一点，他们倒是也不掩饰，直截了当地当着薛齐的面说了，毕竟前辈指责晚辈是天经地义的事。

至于跟他们同龄的那些人就不一样了。

“薛齐还真来了啊？”

“可不是，我要是他都没脸来，‘三端’都已经不制笔了吧？还来凑什么热闹呀？”

“哈哈，说不定人家带着化妆刷来的呢。”

…………

试笔环节时，这种议论声不绝于耳，这让封趣情不自禁地想起了七年前的那场同学聚会，这些人都只是为了看薛齐的笑话。

唯一不同的是，现在的薛齐很淡定，就像根本没有听到那些刺耳的言论，嘴角始终挂着礼貌的微笑。

察觉到她担忧的目光，他张了张嘴，轻声道："放心吧，我没事。"

"嗯……"她一点儿都不放心啊！

他越是这样，封趣越是担心，生怕他会因为这些人对制笔更加没信心，甚至彻底失去兴趣。

跟她有同样担心的还有印好雨……

他显然没有封趣和薛齐那么沉得住气，冷不丁吼开了："你们说够了没有？"

"就是！"早就忍耐不住的童佳芸紧跟着附和，"有完没完了？就你们有嘴呀！"

"瞧把你们一个个能耐的，是做出了什么惊世骇俗的笔，还是带领整个湖笔行业走出国门了？自己没本事就踩着别人找优越感是吧？"

"说得好像'正源'多有本事似的，还不是因为当初'三端'出事这才捡了个漏。"人群中忽然冒出一句嘀咕。

"谁？这话谁说的？有种给老子站出来！"印好雨怒不可遏地吼开了。

"就算'正源'是捡漏的，那又如何？你们连捡漏的本事都没有呢！"童佳芸冷冷地抛出了一句。

印好雨哭笑不得地转头看向她，一时间都有点儿搞不清她到底是站哪一边的。

"再说了！'正源'怎么样那是印好雨的事，关我们家封趣姐和薛总什么事？直接点儿，拿技艺说话，过阵子文博会上见，'三端'保证能够独占鳌头！"

童佳芸这句话威力简直非同一般，不仅炸得人声鼎沸，更是让薛齐、封趣、印好雨三人齐刷刷地朝她看了过去，他们眼神所表达的内容格外一致——"姑娘，你倒是先跟我们商量一下再夸下海口啊"！

最终，还是薛齐率先回过神来……

"嗯，那就文博会见吧。"他丢下话，转身冲着那几位前辈礼貌地告辞，至于其他人，他显然不打算放在眼里，自顾自地转身冲着封趣和童佳芸道，“走吧。”

封趣没说话，默默跟着他举步走出宴会厅。

童佳芸转头跟她父母打了声招呼，见他们点头后，她也立刻兴冲冲地追了上去。

见状，印好雨跟了上去，反正这笔会也不是他主办的，他没有留下来善后的义务，并且他也确实需要代表“正源”表达一下立场。

直到跨出宴会厅，印好雨和童佳芸的热血仍旧在沸腾。

“行啊，姑娘，居然比我还会撂狠话。”印好雨毫不吝啬地夸赞道。

“那是，得让这帮人明白‘你爸爸始终是你爸爸’，‘三端’是好是坏还轮不到这群人置评！”

“说得好！”

“嗯！你也不赖！”

两人激动地击了个掌，互相吹捧了一番。

终于，童佳芸察觉到了格外安静的封趣和薛齐。她逐渐冷静下来，后知后觉地道：“那个……我是不是太冲动了？好、好像不应该提文博会的事？”

“你才知道吗？”封趣轻轻瞪了她一眼。

这简直就是给自己挖坑啊！豪言壮语都已经放出去了，可是他们根本就没有计划要去参加今年的文博会，该怎么收场啊？

“没事，”薛齐反倒安慰起了童佳芸，“你不说我都忘了过阵子还有个文博会呢。”

“你打算去吗？”封趣小心翼翼地问。

薛齐转眸看向她，笑着问道：“有没有兴趣做竹丝笔？”

“有！”封趣眼眸倏然绽放出光芒。

“你们俩冷静点儿好不好？有必要挑战这么高难度的东西吗？”印好雨觉得这个想法太乱来了。

竹丝笔，顾名思义，是用竹子做的笔，选用毛竹逐层削成竹片，在水中浸泡一定时日，敲打成丝，这还只是最基本的工序，之后的环节才是将大部分制笔师挡在竹丝笔门外的重点，那就是打造竹丝的锋颖。

“不挑战高难度的东西怎么独占鳌头？”说着，薛齐看了眼一旁有些愧疚的童佳芸，笑着道，“难得有人那么信任我和封趣，总不能让这孩子失望吧。”

“少东家……”童佳芸被感动了，“我就知道你和封趣姐一定可以的！”

“不是……薛齐，你这样是不给我活路啊！”印好雨终于想起来他们也是竞争对手这件事了。

“你不是一直想赢我吗？”薛齐冲着印好雨扬了扬眉，“来啊。”

“来就来！谁怕谁！文博会上见啊！”他学着刚才薛齐的样子，撂完话后，冲着童佳芸道，“走吧。”

“我干吗跟你走？有病吗？”童佳芸一脸茫然。

她就不能给点儿面子吗？

结果还是薛齐帮他解的围：“让印好雨送你回去吧，我跟你封趣姐还有些账要算。”

嗯，对印好雨来说这是解围，对封趣来说——这是死神来了！

求生欲让封趣就像个小媳妇儿似的，亦步亦趋地跟在薛齐身后。

他走到副驾驶座边，为她打开了车门。

她硬着头皮钻了进去，系好安全带，坐得格外端庄，等着薛齐上车跟她算账。

果然，他才钻进驾驶座就转过头，一本正经地看着她道：“有件事我们得好好谈一谈。”

“对不起！我错了！”不管三七二十一，总之她先主动认错就对了，态度要诚恳。

“错哪儿了？”

“我不该把你支开然后不告而别的！”

他继续问：“那你现在觉得你应该怎么做？”

“呃……”不知道，坦白说，如果让她重新选择一次，她可能还是会选择瞒着他。

“你想过我们之间为什么会错过这么多年吗？”

“嗯？”她下意识地问，“我们错过了吗？”

他愣了愣，片刻后，不由自主地扬起了嘴角：“还没有，不过本来说不定连孩子都会打酱油了。”

他太自信了吧！

“我很感谢你为我守着‘三端’这么多年，可是如果有选择的话，我宁愿你能一直陪在我身边，不是说非得由谁来保护谁，在我看来我们一直都是平等的。在我最脆弱的时候我希望你能对我不离不弃，同样，在你最无助的时候我也希望陪在你身边的人是我。”

“我明白了……”她抿了抿唇，轻声道，“以后不管什么事，我都会跟你一起去面对。”

他满意地笑了，伸出手揉了揉她的头：“孺子可教也。”

她显然已经习惯了他这种亲昵的动作，也已经懒得去回避什么了，何况眼下她还有更关心的事：“那你是真的准备好了吗？童佳芸不过就是一时冲动，你不必因为她的一句话就勉强去参加文博会的。”

“也不算准备好吧。”他顿了顿，接着道，“但是我想试试看，能不能独占鳌头我并不是那么在乎，不过作为‘三端’的回归首秀来说，确实得足够惊艳才行。”

“可是现在距离文博会只有一个多月了，年后天水雕漆的化妆刷就要上市了，还有很多事情要忙，我们根本就没有时间去研究该怎么做竹丝笔的锋颖。”

“化妆刷的事可以暂时先交给崔念念和萧湛去负责，我们俩只管考虑怎么做锋颖就行了。”

封趣不太认同他的这个安排，忍不住蹙起眉心：“你真的那么放心萧湛吗？”

“当然不放心，不过我放心崔念念，她会盯着的。”

“那还等什么？得赶紧先把原料确定好。”封趣决定不去想太多，她相信薛齐是不会拿“三端”开玩笑的，既然他敢让萧湛来，就不可能毫无准备。

“在这之前，还有件很重要的事得先确定一下。”他的口吻很凝重。

封趣不由得紧张起来："什么？"

"你的'大姨妈'是真的来了吗？"

"没有。"这种事情他有必要用这么严肃的语气来谈吗？

"到底是什么时候来？"

"关、关你什么事啦！"

"当然关我的事了，我得算好时间，要不然等你哪天终于愿意进一步的时候却碰上你家'大姨妈'，那得多憋屈啊！"

您还真是未雨绸缪呢！

春节假期终于结束，萧湛也算是正式来"三端"了。就像之前薛齐所说的那样，基本上都是由崔念念和他对接，而封趣和薛齐又忙着研制竹丝笔，封趣和萧湛就没怎么打过照面。

薛齐和封趣尝试了很多种方法来打造竹片的锋颖，可惜都失败了，最终只能选择最笨的方法——利用钢丝刷和砂纸逐个打磨。

这对薛齐和封趣来说倒也不算难事，跟当初他们打磨鼠须的方法差不多，只不过比较费时，而他们现在最缺的就是时间。

为此，他们俩基本每天都在公司加班到很晚。

今天也不例外……

到晚上十一点多的时候，封趣实在撑不住了，而这种工作又恰恰需要精神高度集中。她认为逞强只会更耽误时间，索性去工作室的沙发上躺了一会儿。

这个沙发是薛齐最近买的，为的就是方便他们俩休息。

萧湛路过工作室的时候，碰巧瞧见她在沙发上蜷成一团。

其实他根本就不需要来公司，他家的漆器工作室环境比公司好，工具也比公司齐全，可他还是坚持每天都来，为的就是能多看封趣几眼。但他还是低估了薛齐，这家伙派来的崔念念实在难缠，明明医生都说了她最近最好不要接触漆器，可她还是每天把自己包得严严实实地跑来公司盯着他。

今天她也是一直盯到他下班回家，只不过他突然想起手机忘了拿，这才折回了公司。

他站在门边，默默地看了封趣好一会儿，最终还是忍不住走到了她跟前，脱下外套，小心翼翼地替她盖上。

“谢了。”

薛齐不冷不热的声音从他身后传来。

萧湛不耐地蹙了蹙眉，转头看去，只瞧见薛齐端着杯咖啡，倚在门边，面无表情地看着他。

“你是不是搞错什么了？”萧湛没好气地道，“我并不是在帮你照顾她，要谢也轮不到你来谢。”

“哦，我只不过是在提醒你，要照顾也轮不到你来照顾她。”

“我都已经照顾她那么多年了，你现在才跑来说这种话会不会有些晚了？”

“那你可能得好好反省一下了。”薛齐漫不经心地抿了口咖啡，“你要是这几年做得足够好，我应该早就没机会了才是。”

“你……”萧湛的声音不自觉地上扬。

然而他还没来得及说些什么，身后的封趣就被吵醒了。

她皱着眉头，溢出了几句含混不清的呓语，翻了个身，原本只是想调整一下睡姿，迷迷糊糊间看见了面前的那两道身影，瞬间清醒。

片刻后，她从沙发上坐了起来，看了眼身上的那件外套，确定这并不是薛齐的。

于是她将外套丢到一旁，举步回到了工作台边，头也不抬地道：“还愣在门边干什么，不用干活啦？”

这话她显然是冲着薛齐说的，薛齐抬眸瞥了一眼萧湛，眼神很平淡，并没有胜利者的得意。老实说，这一刻他甚至都有点儿同情萧湛了。

某种意义上说，“同情”似乎也是只有胜利者才会拥有的情绪。

他撇了撇嘴，默不作声地走到工作台边坐了下来，将刚泡好的那杯咖啡递给了封趣，然后从口袋里掏出根棒棒糖塞进嘴里，重新拿起工作台上的竹片和砂纸，埋头忙碌起来……

被彻底无视的萧湛有些尴尬，原本他都已经打算默默转身离开了，但薛齐的这一系列动作让他蓦地停住了脚步。

察觉到他有些奇怪的目光后，薛齐忍不住抬头看了过去，询问道："还有事吗？"

萧湛回过神，自嘲地笑了笑，目光落在封趣身上："我终于知道你当初为什么说喜欢看我做漆器的样子了。"

封趣震了下。

直到萧湛离开，薛齐才看向封趣，问："什么意思？"

"没、没什么……"封趣下意识地避开了他的视线，"哎呀，别理他，赶紧干正事。"

然而，薛齐并没有就此放过她："是因为他做漆器时的样子跟我很像吗？"

惊讶导致她压根儿来不及多想，脱口而出道："你怎么知道？"

话音刚落她就后悔了，可惜已经覆水难收。

薛齐轻轻笑了一声："我看过他的直播。"

"你还去看他的直播？你怎么这么无聊啊？！"

"知己知彼。"

其实直到今天之前，封趣都没有意识到萧湛做漆器时的样子很像薛齐，或者说她从未刻意地把这两个人放在一起比较过，萧湛说过之后她才发现，他们确实有着非常相似的小动作，比如都喜欢盘着腿坐着，都爱咬着棒棒糖干活，都是看起来姿态散漫但神情很专注……

她根本就是下意识地喜欢薛齐啊！

文博会的展位基本是童佳芸负责布置监工的，"三端"拿到的展位并不大，位置也不够优越。这是童佳芸第一次独立做的项目，封趣还在忙着和薛齐一块儿赶制竹丝笔，压根儿没空搞什么展会布置。童佳芸自觉必须得把这个后勤做好，毕竟这件事的起因她也得承担一半责任。

于是开展前几天，她基本每天都泡在展馆里。

即便她都这么盯着，最后一天还是出问题了。

展位里的那个宣传展板她实在是没时间亲自过问，就让市场部的其他人去交接，结果给错了图片，印错了。

明天展会就要正式开始了，这都快晚上九点了，供应商都已经下班了，她根本就找不到人重新做。

如果是封趣姐的话一定会有办法吧？她差点儿就给封趣打电话求救了，最终还是忍住了，犹豫片刻后，她转身直冲向“正源”的展位。

和“三端”不同，“正源”的展位就在中心位置，特别大，很好找。

按道理来说印好雨是不会亲自过问展位布置这种事的，但今天下午的时候她瞧见他在展馆里晃悠，碰上她的时候还不阴不阳地嘲讽了几句，没准儿现在还没走……

果然，大老远她就瞧见印好雨跷着腿坐在展位角落里玩手机。

“太、太好了，你还在啊……”她急急忙忙地冲了过去，气喘吁吁地道。

印好雨愣了愣，关了手机游戏，抬眸朝她看了过去，调侃道：“怎么啦？想请小爷吃消夜啊？”

“行行行，请你吃多少顿消夜都行，只要你能帮忙……”

“发生什么事啦？”

“展板……我们那个展板做错了……”

“我的天哪，这么大的事儿，你怎么才发现？”

“我下午忙疯了，运来后一直没有拆开检查……”这事童佳芸确实有责任，她就应该到货了立刻检查一下。

“错得严重吗？”他问。

“非常严重，整个图片都给错了，本来应该是宣传竹丝笔的，他们不知道怎么就给了供应商那款天水雕漆化妆刷的宣传图……我刚才打电话给供应商，可人家都已经下班了……”

“哎哟天哪，这么精彩啊！”印好雨蓦地从椅子上站了起来，“快快快，快带我去看看，我得拍照留念，回头好好笑话一下薛齐，他还真带着化妆刷来文博会啦。”

“印总……”现在是幸灾乐祸的时候吗？

“别哭丧着脸，多大事啊……”印好雨搂着她，举步朝“三端”的展位走去，边走边认真给她分析，“这样，一会儿呢你先帮我跟那块展板一块儿照个相，明天我发个朋友圈……”

“印好雨！”

“别吵吵，让我说完啊。”

童佳芸噤声了，期待着他接下来的言论能够有些实质性的帮助。

“现在这时间，别说大部分做展板的厂商下班了，就是没下班也不一定能给你赶出来，我先去现场看看，正常情况应该可以做喷绘，背胶、550喷绘布或者刀刮布都行，这个印起来很快。你让同事先把正确的宣传图和尺寸给你，我先看一下情况确定用什么材料，让‘正源’这边的供应商给你做，一会儿我陪你直接去供应商那儿拿货吧，最多几个小时。”

童佳芸怔怔地看着他，好半晌都没反应。

见状，印好雨皱了皱眉，问：“怎么了？你别这样看着我啊，瘆得慌。”

“哦……”她连忙转开了目光。

糟糕啊！刚才那一瞬间是心动的感觉啊！

她一直知道印好雨不像表面看起来那么轻浮，甚至还挺靠得住的，但知道跟亲身体验毕竟是两回事，在她手忙脚乱的时候，有个人能这么平静地帮她解决问题，这很要命啊！

文博会的第一天，最热闹的莫过于“邵峰笔庄”的展台。

邵井从国外引进了一项新技术，据说可以完美替代动物毛，甚至能达到上等狼毫的效果，不仅价廉还非常符合近几年的环保主题，一经推出就引起了轰动，甚至吸引了不少媒体。

相比之下，位于角落的“三端”展台就显得冷清得多，只有零星的几个工作人员坐在展台里头翻看手机。童佳芸不停地拨打着封趣的电话，可惜手机里传来的一直是“对不起，您拨打的用户已关机”。

她认识封趣这么多年了，还是第一次碰到这种情况。印象中封趣的手机就像永远不会关机似的，这让她不免有些焦急和自责，这几天她一直忙着展会的事都没有去公司，也不知道封趣和少东家到底有没有把竹丝笔做出来。她自然是对他们有信心的，只是凡事总有意外，早知道她当初就不该撂下那种狠话。

她正想着，忽然有个声音传来……

“哎哟，这不是那天冲我们叫嚣的那个小妹妹嘛！”邵井停在“三端”的展台前，一脸幸灾乐祸地打量了一下，哼笑着道，“我这也是贵人多忘事，你上回那话是怎么说的来着？”

童佳芸白了他一眼，懒得搭理，她还是头一回听到有人说自己贵人多忘事的。

眼瞧着冷场了，跟在邵井身旁的助理连忙道：“邵总，她说文博会上‘三端’一定会独占鳌头。”

“啊，对对对……”邵井朝助理丢去一道赞赏的目光，视线很快又回到了童佳芸身上，“这还真是‘独占鳌头’啊，什么东西都没有就来参加文博会，整个展馆也就你们‘三端’独一份了。说起来，薛齐和封趣呢？没脸来了吗？”

“封总和少东家正在路上呢，我们也还在准备，邵总要是想参观的话可以晚点儿再来。”童佳芸面无表情地回道，但还是尽量让语气保持礼貌，她觉得跟这种人计较没意思。

“这都开始几个小时了，马上就要吃午饭了，你们还在准备？”邵井煞有介事地环顾了下四周，“我怎么就没瞧见你们有人在准备呀？这不是都无聊到开始玩手机了嘛……”

啪！

他的话音还没落下，就突然有双手从他身后伸出，照着他的脑袋狠狠拍去。

邵井脸色一变，转头吼道：“谁打我？”

“我打的，怎么着？还想还手啊？”印好雨一脸挑衅地看着他。

邵井抿了抿唇，没说话，但脸上分明写着不服气。

“多接了几笔订单就嘚瑟了是吧？骗骗外行就行了，还想在同行面前班门弄斧？什么国外技术，就仿生纳米纤维毛。小爷再提醒你一下，这供应商还是我先谈的，当初想着有钱大家一起赚，这才带你入局，你倒好，撇开我自己玩上了？”

“这不是你介绍的那个供应商……”邵井轻声解释道。

“我管你是不是！把这项技术引入制笔业就是我提出的，你偷我的想法连招呼都不打一声？还有没有点儿江湖道义了？”

“我……”

“我什么我？滚一边去，跑‘三端’来欺负我的人，你翅膀长硬了是吗？再敢多说一个字，信不信我现在就去拆了你的台？”

这个威胁很有用，邵井不敢再吭声了。

反倒是童佳芸忍不住皱起了眉心，抗议道：“什么叫欺负你的人……”

话还没说完她就后悔了，她就不该自我代入啊！万一印好雨回一句“我又没说你”，她要怎么下台啊？

然而，结果有些出乎她的意料，印好雨看了她一眼，声音明显放软了不少，甚至可以说是恳求了：“这事等没人的时候咱俩慢慢讨论，你就先配合一下，我这话都放出去了，当是给我点儿面子呗……”

“嗯……”童佳芸有些犹豫，但他都把话说到这分上了，她也确实不好在邵井面前让他下不来台。

正当她想开口配合时，林深愤愤的声音忽然传来……

“卑鄙！”

闻声印好雨忍不住抽了抽嘴角，这小子为什么会来？为什么早不来晚不来，偏偏在这时候出现？

他也知道自己这一招确实有些卑鄙，一时间竟有些不知道该怎么面对林深了。

“你来啦！”童佳芸见到林深眼眸一亮，激动地想要冲上前。

印好雨脚步一挪，倏地拦在了她面前：“你瞎激动什么？”

“不是……”她张了张唇。

“站着，别动。”印好雨轻轻瞪了她一眼，终于还是转身朝林深看了过去，“封趣和薛齐呢？”

林深别过头，不想搭理他。

急着想知道答案的童佳芸按捺不住了，催促道：“哎呀，你哥问你话呢，你倒是快说呀！”

林深只好不情不愿地回道：“他们俩在停车，展品有些多，让我先拿些过来。”

"竹丝笔呢？"童佳芸追问道。

"在薛总那儿。"

"竹丝笔？"邵井有些难以置信地朝他们看了过来，"他俩把竹丝笔给搞出来了？"

"你怎么还在啊？"印好雨朝他瞪了过去，还以为这家伙早走了呢。

"呃……我、我就看看……"邵井支支吾吾地道，面子上有些下不来，自尊心却没能战胜好奇心。

古诗有云——何人天匠出天巧，缕析毫分均且轻。

说的就是竹丝笔，可这笔的制作技艺已经失传了上百年，对大部分制笔师来说，哪怕只是得以一见也算是无憾了。

结果他当然不只是看，还摸了很久，甚至动手试写了一下。

竹丝刚柔并济，有着毛颖所没有的浑厚，灵动飒爽，曲折如意。

邵井在"三端"的展台前流连了很久，拿着那支竹丝笔都不想撒手，那一瞬间，无关输赢，有的只是制笔匠人之间的惺惺相惜。

文博会一共三天，"三端"的展位堪称门庭若市。

这得隆重感谢一下印好雨，拜他那条"哈哈，这白痴居然还真带着化妆刷来啊"的朋友圈所赐，不少同行特意跑来看热闹。

当然了，他们并没有看到想象中的热闹，那块出错的展板印好雨已经帮忙解决了，但"竹丝笔"这三个字成功留住了那些人。

最终，"三端"接了不少订单，自然不可能是竹丝笔的订单，像这种无法量产的东西大家都清楚只能拍卖行见，但显然封趣和薛齐是不可能把它拿出来拍卖的。就好像薛齐的爷爷曾经靠着兼毫鼠须笔打下了"三端"的招牌一样，这支竹丝笔从此会是"三端"的另一个招牌。

结束的当晚，薛齐搞了个庆功宴，算是犒劳一下最近跟他们一起忙得不分昼夜的员工。

他大概真的很开心，重逢至今，封趣还是第一次看到他喝酒。他酒量小，以前是个禁不起激的人，而现在似乎越来越懂得推杯换盏的生存之道了，能不喝就尽量不喝。

可是今天晚上，他看起来就像是放飞自我了。

封趣正想劝他少喝点儿，突然收到了一条微信，是萧湛发来的——出来一下，我有话跟你说。

她蹙了蹙眉，诧异地朝萧湛看了过去，触碰到她的目光后，他站起身，兀自朝餐厅外走去。并没有人注意到他的举动，餐桌上的气氛很热闹，他们在崔念念的领导下聚精会神地给薛齐灌酒，毕竟这位老板难得这么配合。

眼见薛齐正在跟人笑闹，封趣抿了抿唇，起身走了出去。

她也有过短暂的犹豫，会下意识地想要逃避，但最终还是觉得她和萧湛之间确实需要好好谈谈。

萧湛正斜倚在餐厅门外，扑面而来的新鲜空气让他觉得舒服了不少。听见开门的动静后，他忍不住屏住了呼吸，直到确认是封趣后，他才重重地松了口气，不由得扬起一抹微笑。

门口有三级台阶，封趣走了下去，尽可能跟紧挨着门的萧湛保持距离，仰头问："你想说什么？"

他有太多话想说，可在她那种几乎没有任何温度的目光注视下，他突然就语塞了，不知道该从何说起，但又怕如果就这样沉默，她会失去耐心，转身就走……

于是他把话语权丢给了她："你先说吧，既然你愿意跟我出来，那应该也有话想跟我说吧。"

"那好，我先说吧。"她直勾勾地盯着萧湛，问，"你到底为什么要来'三端'？"

"因为你。"

她并不对这个回答感到惊讶，毕竟在这之前薛齐就已经猜到了，她只是没想到萧湛在对她做了那些事之后还能理直气壮地把这个理由说出口。

为了她吗？那亲手把她推开的人又是谁呢？

"不管你信不信，我只是想要告诉你，我喜欢你，早在你说喜欢我之前我就已经喜欢上你了。"

多亏了他的提醒，她才想起来，他不止一次推开她。

她曾经跟他表白过，但他很明确地拒绝了，事到如今他说这种话简直一点儿说服力都没有。

这让封趣忍不住哼出一记冷笑："那你能不能解释一下，你当初为什么要拒绝我？"

"不如你先解释一下吧。"

她皱起眉心，不解地问："解释什么？"

"为什么喜欢看我做漆器时的样子？"

"为什么会觉得学金融的男人特别帅？"

"为什么想要做'小红刷'？"

"为什么死抓着'三端'不放手？"

"回答不出来吗？那我来替你回答吧。"萧湛自嘲地笑了笑，"因为薛齐。"

"是，我承认，我喜欢的确实一直都是薛齐这个类型的人，那又怎样？这跟我喜欢你并没有冲突，就好像一个人喜欢粉红色，买所有东西都会下意识地挑选粉红色一样。"

"冲突在于我并不是他那个类型，而是为了你逼着自己活成那样。"

"就算我跟别人在一起，你也不会嫉妒；就算我对你招之即来挥之即去，你也不会生气……倒不如说，这反而是你所希望的，因为这样才像他……"他定定地看着封趣，问，"说起来还真讽刺，是你帮我摆脱了我爸的影子，可也是你把我囚禁在了薛齐的影子里……"

"别说了。"她突然启唇，打断了他。

"让我说完吧，这些话我原本是打算这辈子都不说出口的，我宁可让你觉得我卑鄙，也不想让你看到我的卑微，可我还是不甘心……"他突然靠近，将额头轻轻抵在她的肩上，无力地低喃着，"你能不能好好看我一眼，就一眼……"

"你喝醉了。"她闻到了一股浓烈的酒精味，下意识地想要后退避开他。

可惜她没能做到，他伸手紧紧圈住她的腰："送我回去好不好……我好难受……"

封趣承认，她确实有点儿心软了，但这种心软跟男女之情无关，说是愧疚似乎也不恰当。

事实上，她还有些混乱。他说的那些事她确实没办法立刻给出答案，可这不代表他就可以把之前犯的错归咎到她身上，她要是不够好、不够一心一意，他可以说出来，而不是用这种方式来对待她。

所以不存在什么愧疚，她只是没办法对像个孩子般无助的萧湛置之不理。

她下意识地转过头，透过落地窗朝餐厅里头看去，视线不偏不倚地跟薛齐撞了个正着。

看起来，在她刚出来的时候他就已经注意到她了，并且一直在默默看着他们。

大概是她眼里的求助色彩太过明显，他应该是感受到了。片刻后他便起身走了出来，瞥了一眼萧湛落在她腰上的那只手，轻轻皱了下眉头，抬眸询问封趣："他怎么了？"

"喝醉了。"

几乎同时，萧湛耍赖般咕哝了起来："嗯……头好痛……我可能快要死了……"

薛齐瞪了他一眼，去死吧，立刻去死！

封趣有些无奈地道："要不我先送他回去吧。"

"如果我说不要呢？"薛齐看着她问。

他的语气很平静，不像是命令，也不像是恳求，只是在表达着他的想法而已。

封趣表现得很听话："那你先看着他，我去找个同事送他……"

话音未落，餐厅的门就被人用力推开。

崔念念跑了出来，自告奋勇地道："我来，我来，把他交给我吧。"

她边说，边蛮横地把萧湛从封趣身上扯了下来，其间还不忘狠狠地打了几下他的头，心里默念着——叫你装醉！叫你装醉！我就不信我还治不了你了！

"你没喝酒吧？"封趣不太放心地问。

"当然没有，我才康复，怎么可能喝酒啊。"崔念念笑嘻嘻地看着封趣和薛齐，道，"刚好我也不适合太晚回去，就先带他走了啊。"

封趣发现，崔念念是背着包出来的。

估计刚才默默注视着餐厅外的情形的人不只薛齐，还有她。

很快，崔念念便把萧湛塞进了她停在街边的车里，整个过程中，萧湛很不配合，以至于崔念念的动作极其粗暴，连拖带拽，还用力地扯了几下萧湛的头发。

“她跟萧湛到底什么仇什么怨？”封趣忍不住问。

她觉得不是她多心，崔念念对萧湛的态度很不一样，却又不像喜欢，硬要说的话……大概是咬牙切齿的喜欢？

“你管那么多。”薛齐不悦地瞥了她一眼，“你管好我就够了。”

“啊？”你多大人了？轮得到我来管？

“我说你刚才到底是怎么想的？要送也应该是送我回去吧！”

“可是你又没喝醉……”

“一会儿总会醉的。”

喝醉这种事还能预约的吗？少喝一点儿不就好了吗？他是老板啊，他要是拒绝的话，谁敢强行灌他？

崔念念的车才驶离餐厅没多久，原本醉倒在副驾驶座上的萧湛突然坐了起来，直挺挺的，就跟诈尸似的……

崔念念瞄了他一眼，没好气地讽刺道：“哟，这么快酒就醒啦。”

他没有顶回去，只是定定地看着前方。

“我都跟她说了。”好半晌后，幽幽的声音传来，透着浓郁的哀怨。

崔念念撇了撇嘴，漫不经心地回道：“看出来了。”

闻言，萧湛忽然转眸朝她瞪了过去：“那你就不能识相点儿吗？没看出来我就要得逞了吗？你半路杀出来干什么？”

“这……”崔念念一脸纠结地道，“还真没看出来。”

“你当薛齐吃素的？他能让封趣送你回去？以我对他的了解，你要是再闹下去，他会强行把你打晕，跟着再报警，让你在警察局度过漫漫长夜。即便这样你还不能说，因为你得在封趣面前继续装醉，你要是露馅了，那两个练蛊的人会联起手来整你，所以说……”崔念念一脸认真地道，“我刚才是在救你。”

“你救我的方式就是薅我的头发？是想把我薅秃吗？”

“哈哈……”崔念念忍不住大笑出声，“你的头发那么多，哪那么容易薅秃啊。”

他自顾自地翻开副驾驶座前面的化妆镜，打量了一下自己的头发：“还好，还是挺帅的。”

“你的心态还真好啊！”崔念念由衷地感叹道，“失恋了居然还有心情照镜子。”

“谁说我失恋了。”

都这样了，他感觉不出来吗？

“我觉得我还有机会。”

“是什么让你产生这种错误的感觉的？”

“她心软了。”

“那哪里是心软啊，只不过是每个正常人都会有的责任心好吗！你们好歹相识一场，她总不能就那样丢下你不管吧？”

萧湛压根儿就没把她的话听进去，兴致勃勃地凑近她道：“我们联手吧。”

“啊？”

“我看出来了，你也喜欢薛齐，只不过是觉得自己没希望了，所以就选择帮他。可是如果我能追到封趣，那他身边不就虚位以待了吗？你就可以乘虚而入了。”

崔念念沉默了好一会儿，溢出了一声长叹：“不可能的，就算没有封趣，我也不可能的。”

“那是因为以前没有我帮你。”

“你不懂。”崔念念紧紧地抿了下唇，哀怨地道，“我有病。”

“这我知道啊。”

“不，你不知道。”她重重地叹了口气，“你真以为我之前只是得了漆疮那么简单吗？只是漆疮的话怎么可能那么严重？看在你这么诚心想要帮我的分上，我也不瞒你了，其实我有‘莫吉隆斯症’。”

“什、什么隆？”

“这是一种很罕见的病，据说是初尘星号带回来的外星病毒。”

演科幻片呢?

“不过也只是据说，总之，刚开始的时候从表面看起来就只是普通的疹子，因为我的工作特殊，起初也一直认为是漆疮，皮肤会特别痒，很难愈合，周期性发作，每次发作的时候都感觉像有寄生虫在皮肤下面蠕动。现在症状已经越来越严重了，发病的时候皮肤上会长出红色或者黑色的纤维物，像头发，又像衣服上的纤维。”

萧湛收起了刚才的吐槽，她说得太具体了，怎么听都不像是假的，他小心翼翼地问：“你没去医院看过吗？你家不是很有钱吗？应该能为你请到最好的医生吧？”

“没用的，我之前去美国留学其实就是为了治病，可是那边的医生也束手无策，这个病在医学界还有很多争议，有些医生甚至觉得我们皮肤下面根本没有什么寄生虫，那只是幻觉，他们还曾试图把我关进精神病院。”

“那你还帮薛齐做化妆刷？这样岂不是会加重病情？”

“反正我也活不了多久了，医生都说最多也就一年了，所以我已经决定在短暂的人生里做自己想做的事，这样起码走的时候没有遗憾。”

萧湛不说话了，并不是因为这个话题沉重得他不知道该说什么，而是因为难以相信！一个科幻的开头为什么会有着韩剧一般的剧情？可万一是真的呢?

所以，他决定先不发表任何意见，至少得先回去查查那个病……

他又问了一遍：“什么症来着？”

“莫吉隆斯症。”

好的，他记住了。

薛齐果然喝醉了……

封趣费尽周折才把他扛回了家，毕竟已经来过很多次了。她熟门熟路地把他扶进了卧室，还帮他脱了鞋，正打算帮人帮到底，顺便帮他把外套也脱掉的时候，他蓦地睁开了眼睛，目不转睛地看着她。

那双眼眸就像是有磁力般，牢牢地将封趣吸附住。

她记不清他们这样对视了多久，他突然伸手把她拽了过来。

还没等她回过神，就已经被他压在了身下，封趣有些紧张，连舌头都跟着打结：“你、你干什么啊？”

他跪压在她身上，眯着眼眸，歪过头俯视着她：“你能不能有点儿自觉？”

“什、什么自觉啊？”

“离他远点儿行吗？”

她本来想说以后不会了，今天只不过是想把话说清楚而已，话到嘴边却变成了埋怨：“我还以为你很从容呢……”

“从容？”他轻笑了一声，边脱去外套边道，“果然得让你感受一下我忍得有多辛苦。”

“你不是喝醉了吗？”从他刚才那一系列动作的灵活指数以及刚才那番话的思路清晰指数来看，他明明很清醒啊！

薛齐自顾自地俯下身，凝视着她，笑着道：“你以为只有你会装醉吗？”

明明顶着一脸禁欲的表情，语气平静，他的手却很不安分地撩高了她的裙摆，试图更加深入。

封趣猛地抓住了他的手腕，阻止他更进一步：“你、你这样我根本没法好好说话……”

“嗯，你想说什么？”

“我……”

她的话音被他的吻吞没，这是个火热到甚至让她有些没法呼吸的吻。这架势怎么看都收不住了！

可是让封趣没想到的是，他突然停了下来，在她耳边低喃了一句：“别怕，我不会勉强你。”

话音落下的同时，他退开了，一翻身倒在她身旁，却还是下意识地收紧手臂，把她往他怀里揽。

封趣愣了愣，一时有些反应不过来，再一转头，才发现他的呼吸声很均匀，眉宇间也没有丝毫的情欲色彩，眼眸闭着，堪称安详……这是睡、睡着了？

这是没有力气勉强她才对吧？话说他根本就是喝醉了啊！

她呆呆地眨着眼睛，神情有些恍惚，回想起刚才的那个吻，她发现那算不上勉强，她竟然一点儿都不觉得讨厌。明明这也算不上是情到浓时、顺其自然的发展，甚至可以说，他和萧湛一样，并没有询问过她的意愿，她却完全没有被萧湛强吻时的那种害怕，相反她还挺享受的……

这鲜明的对比让她不得不正视一件事……

"我好像是喜欢你的。"她轻声咕哝了一句，又默默地往薛齐怀里钻了钻。

封趣一直都知道薛齐酒量差，只是没想到经过这些年居然越来越差了！

他折腾了整整一晚上，一会儿说饿了，封趣没办法，给他煮了点儿粥，才弄好他就睡着了。要是他就这么睡了倒也好，可是消停了不到半个小时，他又突然坐起来说要吐。她费尽全力把他扶到洗手间，他刷了个牙、洗了个脸，继续睡。再然后，他又抱着她死活不肯撒手，絮絮叨叨地说起了小时候的事……在她终于体会到他有多喜欢她的同时，也终于睡着了，迷迷糊糊间只觉得窗外的天已经有些泛白。

醒过来的时候，她正躺在薛齐床上，被子盖得严严实实的。她还穿着昨晚的衣服，有些凌乱，皱得她都没法看。窗外阳光很刺眼，她缓了片刻才适应，转眸打量起四周，薛齐并不在卧室里。

她看了一眼手表，已经是下午一点多了。

虽然睡了很长时间，但这一觉实在是睡得很累，她还清晰记得睡着的时候薛齐一直搂着她，这奇怪的姿势导致她有些落枕。

她也没多想，掀开被子，翻身下床，边揉着酸疼的脖子边打开了房门……

客厅里，一屋子的人齐刷刷地转眸朝她看了过来。

她蓦地一怔，傻傻地看着面前那些人，薛齐正坐在沙发上，一旁是施易，其他人她都没见过。

"哎哟……"率先回过神来的是施易，他抬起胳膊拱了拱身旁的薛齐，"你小子可以啊，怪不得今天心情这么好，这是被喂饱了呀！"

其他人也相继反应过来，跟着起哄。

“难怪还一直叮嘱我们轻点儿，原来是家里藏了个人啊！”

“哈哈哈，你们瞧瞧他笑得有多浪……”

被提醒了之后，薛齐才收敛了下脸上的笑容，清了清嗓子，一本正经地道：“别逗她了，吓跑了你们赔吗？”

封趣红着脸，愤愤地瞪了他一眼，转身跑回了卧室。

她其实想立刻跑回家，可是那样的话就必须得经过客厅，其他人她不知道，但施易绝对会逮着她不放的！

封趣回房后，薛齐也没了心思，主要是该聊的正事也都已经聊得差不多了，他索性开始逐客：“就先这样吧，之后的事等我确定了情况再讨论。”

“得，这是迫不及待要去哄老婆了呗！”

“行了行了，我们赶紧走吧。”施易很识相地从沙发上站了起来，边整理资料边冲着身旁的其他人道，“他都那么久没开荤了，咱们得体谅一下。”

“是是是，不打扰不打扰了。”

其中一人还故意停住脚步，冲着卧室的方向扯开嗓子喊了一句：“弟妹再见哈，改天一起吃饭！”

薛齐没好气地朝那人瞪了过去。

施易连忙拉着人往门口跑：“赶紧走吧，再不走他没准儿就要用武力解决我们了。”

把人都送走后，薛齐确实有些急不可耐地朝卧室走去。

他打开门后，就瞧见封趣一脸哀怨地坐在床边瞪着他：“有人在你家，你为什么不跟我说啊？”

“昨天折腾了你一晚上，我以为你起码得睡到三四点。”他解释道。

“折、折腾什么啊……”这奇怪的措辞让封趣越发不自在了。

“嗯？”很显然，薛齐就是故意的，他绽开笑容，特意用格外暧昧的语气道，“昨晚你不觉得折腾吗？”

“比、比起这个……”封趣有些慌乱地岔开了话题，“他们是谁呀？”

"以前'中林'的同事，现在算是'三端'的投资顾问团吧。"说着，他在床边坐了下来，"所以你不用害羞，反正以后会经常见到的。"

"不是……你要是跟我说一声，那我起码不会这样跑出去啊！"她不要面子的啊？

薛齐煞有介事地把她由上至下审视了一遍："这样有什么问题吗？"

"很丢人啊！"

"我觉得很漂亮。"

她没想太多，脱口而出道："你那是情人眼里出西施。"

"嗯？"

封趣意识到自己好像说了非常不得了的话。

"情人？"

"先、先不说这个了，他们找你是有什么事吗？"

这话题扯得非常生硬，但薛齐只是轻轻笑了一声，并没有穷追猛打，很配合地道："文博会挺成功，有家公司想投资'三端'。"

闻言，封趣蓦地一震："公司现在很缺钱吗？"

"不缺，但融资是迟早的事。"

她翕张着唇，有些欲言又止。

"你是担心我会重蹈我爸的覆辙吗？"

"我不是怀疑你的能力，只是……"再厉害的人也难免会有失策的时候，凡事还是小心为妙。

"我明白，我会很谨慎的，这不是连顾问团队都请来了吗？"

"那是家什么公司？"金融方面的事她完全不懂，可她还是希望自己可以帮薛齐。

"是家日本公司。"

"日本公司？"封趣没办法不往坏的方面想，她觉得薛齐也一定想到了。

但他什么都没说，只是冲着她挑了挑眉，那种胜券在握的表情，让她多少放心了一些。

从施易给的报告来看，那家日本的投资公司底子很干净，跟“增满堂”也没有任何往来。

为保险起见，薛齐还是打算派人去看一下，至于派谁去，这是个问题。

于是，萧湛嗅到了机会……

“我和封趣去吧，我们俩在日本待过，对那里也了解。你如果不放心我的话，还能有封趣盯着。”例会上，萧湛几乎是当着全公司的面说出了这个提议。

表面看起来，这个提议没有任何毛病，甚至堪称合情合理。

于公，薛齐没有说“不”的理由，而萧湛赌的也是薛齐当着这么多员工的面不会太过明显地徇私。

结果，他赌错了。

“你想得美。”薛齐毫不掩饰地回道。

这坦然的态度让萧湛胸口一闷。

其他人则纷纷打起了精神，这个原本让人意兴阑珊的例会顿时充满了激情。

“不过你说得也有点儿道理。”薛齐煞有介事地想了想，道，“我陪你们一块儿去吧。”

“我也要去！”崔念念自告奋勇地道。

薛齐没好气地白了她一眼：“你去了公司怎么办？”

“呃……”崔念念一脸的哀怨。

“老规矩，化妆刷那条线你来盯着，毛笔那边就交给童佳芸吧。”

“啊？”第一次被委以重任的童佳芸有点儿受宠若惊，但是机会难得她自然是不愿意推开的，“少东家请放心！我一定会盯好的！”

“嗯，就这样，散会吧。”薛齐根本就不给萧湛任何反驳的机会，说完他自顾自地站起身，不发一言地朝封趣看了过去。

她很识相地站起了身，紧跟在他身后走出了会议室，显然是把他那句“能不能离他远点儿”放在了心里。

萧湛一直没动弹，直挺挺地坐在椅子上。

奇怪的是，就连他身旁的崔念念也没动，只是脸上的表情有些奇怪。

直到会议室的人都走光了，崔念念这才吼开了："你神经病啊！抓着我的手干吗？"

"我有话跟你说。"萧湛启唇道。

"跟我？"崔念念有些意外，一脸惊悚地看着他道，"萧湛，你该不会是被那两个人秀恩爱秀傻了吧？你看清楚啊，我不是封趣啊！你跟我有什么好说的啊？"

"我当然知道你是谁……"萧湛白了她一眼，语气却很软，甚至还透着担忧，"你把真相告诉薛齐吧。"

"啥真相啊？"她一时有点儿反应不过来。

"就是你那个病。"萧湛特意去查了，那个听起来非常扯的病竟然还真有！

崔念念差点儿就忘了这茬！幸好她很快就进入了状态，溢出一声嗟叹，道："告诉他干吗呢？现在这样不是挺好的嘛。"

"好什么好？你这种身体状况哪有空替他盯着公司？"在薛齐提出这个安排的时候他就想反对了，考虑到了崔念念的意愿，他好不容易才忍住的。

"放心吧，死不了。"崔念念不以为意地撇了撇嘴。

"你到底图什么？封趣为了薛齐牺牲自己，那好歹还是有回报的，至少薛齐是真把她当回事。你呢？你为了他连命都不要，可人家连看都不看你一眼！"

"你有病吧？"崔念念觉得他这完全就是在迁怒，"我乐意为谁牺牲是我的事，轮得到你来管？"

"随便你，死了拉倒。"他猝然起身，丢下气话，大步朝着会议室外头走去。

一言不合就咒她死？这个男人太差劲了！

萧湛还是很有理智的，拒绝吃"狗粮"，所以就连航班都没有选择跟封趣、薛齐同一班。他提前一天到了大阪，当然也没有下榻封趣和薛齐住的那家酒店，而是选择住在自己家。

薛齐和封趣是中午到的，定了下午三点去那家公司看一下，刚好还能一块儿吃晚饭。

临出门时，封趣突然接到警察的电话，得知萧湛出了车祸……

“发生什么事了？”眼瞧她挂断电话时脸色很凝重，薛齐不禁有些担忧。

“他们说萧湛出了车祸……”她皱着眉头，脸上的情绪看起来有些复杂，担心的确是有的，毕竟朋友一场，但更多的是怀疑。为什么那么巧？偏偏是在这种时候？

“他们是谁？”

“警察，说是在他的手机通信录的最近联系人里找到我的，给了我一个医院地址，让我过去。”

薛齐想了想，问：“很严重吗？”

“没说……”她还是第一次接到这种电话，也不知道通常来说警察是否会把车祸伤情说明白，总之目前听来，这通电话并没有什么奇怪的地方。

“说不定有什么事……”薛齐咕哝了一句，很快就做出了决定，“你先去医院。”

“你要一个人去那家公司吗？”

“放心，只是去看一下情况，又不是要当场确定什么。”

“说得也是……”封趣犹豫了一下，“那你那边如果有什么事就给我打电话。”

他好笑地揉了揉封趣的头：“能有什么事？”

“这可不好说，日本山口组人多势众，万一那家公司有相关背景呢？”

“你的脑洞还挺大啊。”

“哎呀，反正你要是觉得有什么不对劲儿就赶紧撤，知道吗？”

薛齐没再搭理她，强行把她塞进了在酒店门口等候的出租车里，关上车门前，他叮嘱了一句：“我让你去只是出于人道主义精神，给我把心看好了。”

“要是看不好呢？”封趣有些故意地问。

“还真没想过。”他挑了挑眉，道，“要不你试试？”

“那我就不客气了啊。”

薛齐失笑出声，不逗她了：“我这边忙完了联系你。”

“嗯。”她点了点头。

警察说的那家医院距离萧湛家并不远，看起来他当时可能刚出门。

赶到医院后，封趣直奔急诊，瞧见有几个警察站在那儿，便跑上前询问。

萧湛的情况并不算严重，听说只是短暂昏迷了一阵子，医院这边给他做了详细的检查，并没有内伤，只是手臂扭伤了。他是全责方，被撞的那人是三十多岁的家庭主妇，倒也没什么大碍，就是被吓得不轻，连话都说不利索了，根本没法谈赔偿。

对方的丈夫正在赶来的路上，封趣只好陪着萧湛一块儿等。过了半个多小时，主妇的丈夫终于到了。

主妇的丈夫一来就忙着给警察鞠躬道歉，觉得自己给别人添麻烦了，对萧湛的态度也相当客气。当然这也是因为萧湛非常爽快，几乎满足了他们所有的赔偿要求。

等整件事解决完，已经是傍晚六点多了。

薛齐那边发来消息说一切顺利，正在跟那家公司的代表吃饭。

封趣放心了不少，索性把萧湛送回了家。再怎么说他现在也是个伤残人士，她总不能就这么丢下他不管吧？但她还是很谨慎，为了避免上次那种不愉快的事再次发生，特意把萧湛家的地址发给了薛齐。

让她没想到的是，她刚到萧湛家没多久，薛齐就到了。

很明显，他是提前结束饭局赶来的。

萧湛显然不怎么欢迎这个不速之客，甚至都懒得招呼一下，有些故意地转头冲着封趣道：“我饿了，想吃面。”

“你想吃面跟她说干什么？”薛齐不悦地戗道。

萧湛扬了扬那只绑着绷带的手：“我的手受伤了啊，不跟她说难道跟你说吗？”

薛齐语塞了。

要他去伺候萧湛那是绝对不可能的，为了不让局面这么僵持下去，封趣打起了圆场："行了，我去给他做吧。"

薛齐撇了撇嘴，走到客厅沙发边坐了下来："多煮一碗，我也饿了。"

"你不是刚和投资商吃完饭吗？"萧湛没好气地道。

"没吃饱，不行吗？"

封趣白了这两人一眼，懒得搭理，反正对她来说，煮一碗也是煮、煮两碗也是煮，并没有太大的区别。

很快薛齐就发现了一件事——封趣对萧湛家非常熟悉，可见以前常来。

而萧湛还担心薛齐察觉不到这一点似的，特意道："她以前有事没事就爱往我这里跑。"

烦不烦！薛齐忍着没有接茬。

即便如此，还是没能换来萧湛的消停，他自顾自地接着道："不过我没事也老爱往她那儿钻。"

那之后，萧湛完全不顾薛齐的反应，就好像只是想找个人倾诉似的，絮絮叨叨地说了不少他和封趣以前的事。

薛齐的确很想知道他和封趣分开的这七年里她过得怎么样，但并不想从萧湛那儿听说，他数次想打断萧湛，可惜都没能成功。

终于，封趣煮完面了。她缓步从厨房里走了出来，冲他们俩说道："自己去端，我端不了。"

"我的手受伤了。"萧湛又一次祭出了他那只行动不便的手。

薛齐长出一口气，默默起身走进了厨房，片刻后他端着两碗面走了出去，将其中一碗重重地放在萧湛面前。

萧湛不以为意地看了一眼薛齐："谢啦。"

薛齐咬了咬牙，闷声在他对面坐了下来，正要开动，萧湛又一次发出了扰人的声音……

"还是跟以前一样好吃。"他仰起头看着封趣，笑得很灿烂。

"是吗？那就多吃点儿。"她笑着拉开薛齐身旁的椅子，若无其事地转头冲着薛齐道，"你怎么不吃呀？哦，也对，我煮的面你都吃十几年了，估计是吃腻了吧。"

这话让饭桌边的两个男人齐刷刷地一顿，不同的是，萧湛忍不住皱起了眉头，心口一阵抽痛；薛齐则弯起了嘴角，心口一阵悸动。

封趣就像是完全没察觉到自己这话透着什么信息，目光又一次转向了萧湛，闲聊般道：“说起来，你想听我和薛齐以前的事吗？我能说上一辈子。

“所以你最好别想太多，我来医院找你也好，送你回家也好，给你煮面也好，都是出于朋友之间的关心，没有其他意思，况且，这还是薛齐让我来的。”

和萧湛一样，薛齐始终没说话，默默地埋头吃着面，他觉得这碗面特别香。

第十章 生来就注定是手下败将

薛齐心情好到吃完面还帮萧湛把碗洗了，告别的时候也格外有礼貌。

在封趣看来，直到跨进电梯之前，薛齐都很平静，就是嘴角一直挂着笑容，除此之外，并没有太过明显的情绪。

然而，电梯门才关上，他就倏地伸手把她拽进怀里，轻声道："张嘴。"

她很听话，不只微微启唇，还踮起脚主动吻住了他。

这个动作确实有些出乎薛齐的意料，他略微愣了下，然后就却之不恭了。

他能清楚地感觉到她有太多信息试图通过这个吻来传递给他，交缠的唇舌就如同奔流的洪水般，险些将守卫着薛齐理智的堤坝冲垮。就在他预感到即将失控时，他竭尽全力结束了这个吻，但仍未舍得松开怀里的她。

这一番天人交战让他有些疲惫，他喘息着，额头轻轻抵在封趣的额头上。

缓了片刻后，他才启唇道："我看你不只是好像喜欢我那么简单吧？"

"你、你都听到了？"先前的红晕还未完全从她脸上褪去，他的这句话又让它加深了。

她想起了他喝醉的那一晚，明明都醉成那样了，为什么还能听到啊？

他轻轻笑了一声："这么重要的话怎么能错过？"

"听到了你为什么不说啊？"这都隔了多少天了？他到底是怎么忍住的？

"该说的我都已经跟你说过了，你还想我说什么呢？"

是啊，他说过喜欢她，也说过会等她，所有的想法他都已经毫无保留地告诉她了，就好比他们之间曾经隔着一百步的距离，他已经朝她迈出了九十九步，这最后一步无论如何都该由她迈出。

“你有什么想对我说的吗？”他问。

“我喜欢你……”

最近她也想了很多，从某种意义上来说，甚至还得感谢萧湛，是他让她意识到了她喜欢的人一直都是薛齐。

还记得她六岁时，爸爸带着她去薛家的路上反复对着她说：“薛家是主，我们是仆，去了那边你得听话，有什么事就尽量帮着做，要恪守本分，千万别有什么逾矩的想法。”

这番提醒在年幼的封趣心里扎了根，她想，她可能是早就喜欢上薛齐了，只不过碍于身份，不敢妄想。于是她不断寻找替代品，起初是印好雨，再后来是萧湛，她只敢在别人身上寻找薛齐的影子，却不敢去肖想他，因为她得恪守本分。

想到这里，她深吸了一口气，又忍不住补充了一句：“不是‘好像’，我非常确定我是喜欢你的。”

薛齐目不转睛地看着她，已经记不清这句话他等了多久，他也曾幻想过很多次如愿以偿的那一刻会是怎样的心情，真正到了这一刻他才发现那种满足是难以言喻的，他唯一能做的就是遵循本能……

“晚上要不要去我的房间睡？”

“嗯。”

封趣直到天亮才睡着，这一晚上具体都经历了些什么她并不想回忆，总之，她必须得收回曾经的话——薛齐果然一点儿都不从容，他的确是快要憋坏了。

总感觉没睡多久她就被手机铃声吵醒了，迷迷糊糊间她摸索到了丢在床头柜上的手机，习惯性地看了眼来电显示，事实上却并未看清，她只是本能地接通了电话……

“你的房间号多少？”

一阵询问声从手机里传来，听起来像是崔念念的声音。

封趣也没多想，随口报了房间号。

“好，那我现在就上去找你。”

现在就上来？封趣瞬间清醒，把手机挪到面前又确认了一下，是崔念念没错。

她猛地坐起身来：“什么情况？你在日本？”

“对呀。”

“不是……你怎么跑日本来了？”

“先不说了，我要进电梯了，等一下上去再跟你细说。”

话音刚落，她就挂断了电话。

封趣怔了好一会儿，虽然上次也算是陪着薛齐在医院照顾了崔念念几天，但她们的交情仍然算不上太好。毕竟那之后她们见面的机会也并不多，只不过崔念念一直都是挺注意的人，自从她和薛齐之间的那个“八”字逐渐有了一撇的苗头后，崔念念也不再做那些故意气她的事了，跟薛齐很小心地保持着朋友之间该有的距离。就好比现在，崔念念是不会跑到薛齐的房间去的，只会找她。

问题是，她现在根本就不在房里啊！

她打了个激灵，猛地回神，迅速翻身下床。

显然，她忽略了一点，酸疼重灾区就是她的双腿，正因为毫无心理准备，以至于她都没来得及站直就一下跪在了地上。

这动静让薛齐猛地惊醒，他几乎是本能地朝着她的方向看了过来，听到她痛得倒抽凉气，连忙起身：“怎么了？”

“赶紧、赶紧起来……”封趣边说，边费力地从地上爬了起来，靠着有些奇怪的走路姿势捡起了散落在地上的衣服。

薛齐不悦地蹙起眉心：“你这是要去哪儿？”

“回房啊！崔念念来了！”

“她来做什么？不是让她待在国内看着吗？”

“我怎么知道啊，总之我得赶紧回房，她说她在电梯里了，应该马上就到了……”

“封趣。”他轻轻唤了声，打断了她的话。

“啊？”

“有个问题我觉得有必要确定一下。”

她停住了动作，看着他问："什么问题？"

"我们算是在一起了吧？"

"算、算啊……"他们都已经这样了，还能不算吗？

"那你怕什么？咱们都确定关系了。"

"话是这么说没错，可是……"她总感觉不太好意思。

"别可是了……"他翻身下床，走到她身旁把她抱了起来，小心翼翼地放回床上，"你再睡一会儿，我去应付她。"

"也是……"她这身体状况，也确实没有力气见人。

薛齐没急着转身，而是笑看着她，问："不给我个早安吻吗？"

她抿唇偷笑，尝试着伸出手搂住了他的脖子，他很配合地俯下身，方便她在他的嘴角印上浅吻。

浅浅一吻就够了，他也不敢更进一步，继续下去得出事。

"再睡一会儿。"他直起身，揉了揉她的头。

薛齐把崔念念拖到了酒店楼下的大堂……

起初崔念念也没多想，边搅弄着面前那杯咖啡边随口问了句："怎么就你一个人？封趣呢？"

"在睡觉。"

"这都已经中午了，还在睡？我刚才打电话给她的时候她的声音听起来挺清醒的啊。"

"那是被你吓的。"

"我又不是什么洪水猛兽……"话说到一半，崔念念忽然意识到了不对劲儿，"你怎么知道？你俩……刚才在一块儿睡？"

"嗯。"薛齐并不想说太多，这毕竟是他和封趣的私事，点到即止，只要崔念念能听懂就行了。

当然了，基本上把话说到这个程度，只要不是傻子都能听懂了。

"哎哟……"崔念念暧昧地冲着他挑了挑眉梢，"恭喜啊，你这是终于守得云开见月明啊。"

"谢了。"

"这么说起来，萧湛呢？"

"他没住这里。"

"不是，我的意思是，他知道你和封趣在一起了吗？"

"算是吧。"虽然不能说是明确知道，但封趣昨晚的那番话应该已经足以说明很多事了。

"那他还好吧？"

"这么关心他，你自己去看一下不就知道了？有需要的话，我可以把他家的地址给你。"

"谁关心他了……"崔念念没好气地嗤了一声，却心虚地避开了薛齐的目光。

口是心非，这四个字清楚地写在了崔念念的脸上，然而薛齐无意揭穿她，反而很配合地岔开了话题："说起来，你为什么跑日本来了？"

"我正好有作品在这里展出啊，我来看一下。"

"你隔三岔五就有作品在世界各地展出，也没见你每次都要去看一下。"

"哎呀，这不是正好你们也都在日本，我顺便来玩玩嘛。"

"玩？"薛齐轻轻瞪了她一眼，"你就这么丢下'三端'跑来玩？"

"放心吧，公司那边我都安排好了。再说了，你是不知道，那个印好雨天天往'三端'跑，那边根本就不需要我啦。"

"他来'三端'做什么？"

"还能做什么？嘴上说来看他弟弟，结果成天黏着童佳芸，我就是不想在那儿做电灯泡才跑日本来的，谁知道漂洋过海继续做电灯泡。"她煞有介事地叹了一声，表现出了跟她的个性极其不符的善解人意，"你一会儿上去陪封趣吧，不用管我，我自己会打发时间的。"

"那我把萧湛家的地址发给你。"薛齐掏出了手机。

"都说我没有要去找他啦！"

"来都来了，反正你也没什么事做，干脆就帮我去盯着他吧。"薛齐很贴心地替她找了个台阶下。

"你倒是挺会利用人啊。"

"不愿意就算了……"说着，他作势要把手机塞回口袋里。

见状，崔念念急了："我也没说不愿意啊！"

崔念念本以为会见到一个格外糟糕的萧湛，一般人失恋不都是借酒浇愁、一蹶不振之类的吗？

结果非但没有，前来开门的还是个女人！

一个长相平平、看起来甚至不怎么起眼的女人，就连打扮也很普通，穿着白色的毛衣、素色长裙，她身上唯一不普通的地方就是她居然围着围裙！俨然一副女主人的架势啊！

“不好意思，我是来找萧湛的，你是他家的保姆吗？”崔念念有些故意地问道，她当然知道眼前这个女孩无论气质还是年龄都不可能是保姆。

她以为自己这番话会让对方很不悦，可是面前的女孩始终噙着笑容，没有丝毫动怒，轻声细语地回道：“算是吧，我是萧湛的助理，叫罗夏可，你跟萧湛一样叫我小可就行了。他生活上的各种杂事我都得负责，跟保姆也没什么差别了。”

这女人段位很高啊！

“你先进来坐会儿吧，萧湛在洗澡，应该很快就好了。”

崔念念的胜负欲被激起来了，她冲着罗夏可笑了笑：“好啊。”

她走了进去，没给罗夏可招呼她的机会，自顾自地脱了鞋，光着脚走到客厅沙发边坐了下来。

“你要喝点儿什么吗？”罗夏可轻声询问道。

“哎呀，你不用忙了，我要是想喝什么会自己倒的。”

“我怕你不知道杯子放哪儿。”

“找呗，多大点儿地方，还能找到渴死不成？”

“那多麻烦，我直接帮你拿就行了。“

“不麻烦，我也是第一次来萧湛家嘛，刚好还挺想参观一下的。”

“那要不要我带你参观……”

“不需要。”崔念念窝在沙发里，优雅地交叠起双腿，冷冷地看着她道，“我直说吧，我不太喜欢你，你能不能别在我眼前晃悠了？”

罗夏可已经记不清应付过多少个缠着萧湛不放的女人了，但这种类型的她还是第一次遇到。

她确实有些意外，但很快就回过神来了，像这种自视甚高的人并不难对付。

身后传来轻微的开门声，她定了定神，转头看了过去。

萧湛边擦头发边从浴室里走了出来，见到坐在沙发上的崔念念后，不由得一愣：“你怎么来日本了？”

还没等崔念念回答，罗夏可就着急地道：“那个……你们先聊，我就不打扰了，这位小姐说她不喜欢我，让我别在她眼前晃悠……”

哎哟，小丫头片子还挺会告状啊？崔念念不着痕迹地哼笑了一声，眨了眨眼睛，挤出一副随时快要哭出来的表情，冲着萧湛道：“我刚才去过酒店了，看到他们俩在一起……我难受，你能陪陪我吗？”

这种难受萧湛感同身受，他轻轻“嗯”了一声，转头冲罗夏可道：“你先回去吧。”

这显然出乎罗夏可的意料。

她愣了愣，看着萧湛的眼里充满了未加掩饰的震惊。

可是最初提出要先走的偏偏又是她，事已至此，她只好默默收拾东西离开。

临走时，她清楚地看到崔念念朝她露出了得意的微笑。她紧咬着牙关，双拳紧握，看向崔念念的眼神就像是淬了毒。

这眼神让崔念念觉得心惊，直到房门关上她才回过神来，询问起了一旁的萧湛：“你这助理哪里找来的？”

“我妈以前的学生，挺老实的一个女孩子，怎么了？”

“呵，老实。”崔念念好笑地哼了一声，转念一想，这毕竟是萧湛的事，她也管不着，“没什么，就随口问问嘛，不谈她了，我正好有作品在京都展出，陪我一块儿去看吧。”

萧湛狐疑地瞥了她一眼：“你不是难受吗？”

“对啊，所以才要去嘛，去看看自己正在展出的作品，想想我这么一个才貌双全的女人要什么样的男人没有？没准儿心情就好了呢。”

这理由听起来头头是道，萧湛轻易就被说服了。

崔念念去过很多地方，唯独日本她只是在小时候跟父母来过一次，意识到被萧湛骗了之后，她便连同他所在的日本也一起讨厌了。当时她还想，除非是复仇之日，否则打死她都不会再踏上这片土地。

说起来，仿佛冥冥中注定一般，她还是来了，而此刻陪在她身边的人居然是萧湛。

从大阪到京都坐特快列车也就一个小时，她就像个孩子般一直把脸贴在窗户上，好奇地打量着外头的景色，时不时拽着一旁的萧湛分享感受。

总之，怎么看她都不像心情不好。

又或许她只是在强颜欢笑吧？萧湛这么一想，萦绕心头的疑窦也退去了。

崔念念说的那个展览在现代美术馆，展品并不算多，只开放了两层楼，一楼大多是日本大师的作品，对两个同样爱好漆器的人来说，这种展览简直就像是老鼠跌进了米缸里，仅仅是一楼他们就逛了一个多小时。崔念念的作品在二楼，所谓的国外作品区，整个区域很小，作品也都摆放得很局促，从展品简介牌上的名字来看，这里大多是一些来自中国的漆器作品。

她的作品是一个泥金画漆的茶叶罐，造型很别致，开口处就像旗袍的领子，上头勾绘着几片金色的茶叶。

这种工艺和日本的莳绘很像，而中国这边普遍认为莳绘起源于唐朝的“末金缕”，又混合了后来的泥金画漆，但日本这边普遍觉得这是由日本自创并独有的漆艺。

萧湛一直都觉得这种争论毫无意义，他讨厌凡事都要追溯起源，这或许与他的出身有关。

但他也确实不认同很多漆器爱好者甚至区分不出这两种工艺，每每见到中国的泥金画漆就认为是在模仿日本的莳绘，比如面前的那两个人……

他们煞有介事地对着崔念念的作品评头论足，最后甚至上升到了“中国漆艺已经没落得跟日本没法比”的高度。

就在他憋不住想要说些什么的时候，崔念念忽然拦住了他：“随他们去吧，他们说他们的，我又不会少块肉，作品还不是照样能进他们的美术馆展出。”

萧湛有些意外地看向她："你听得懂日语？"

"不太懂，不过有些话听多了自然就懂了。"

所以诸如此类的话她到底听过多少遍？

"我第一次听到这种话的时候还是在美国，有个日本留学生特别不屑地说我的东西就是在抄袭他们日本的漆器，我差点儿跟他吵起来，后来被薛齐拦住了，我也是那个时候才听他提起'三端'的事。我们得承认，在传统文化的保护和传承方面确实做得没有人家好，'三端'之所以被收购，固然有一部分原因是薛齐爸爸经营不善，但那个时候整个毛笔市场都很萧条，这才使得薛齐他爸爸不得不做化妆刷来打开年轻人的市场，然后就被'增满堂'给盯上了，不过现在好了，国学复兴，有好多小孩子很小就开始学书法、学国画、学民乐，漆艺也是呢。我看我师父那儿现在有好多学生是小孩子……"生怕萧湛再冲动，崔念念边说边把他拖离了那块展区，"所以没什么好争论的，我们只要能认认真真把自己擅长的事情做好，现实早晚会打他们的脸的。"

这个说法萧湛并不是那么认同："我接触过很多日本的漆艺大师，他们并不会在乎什么中国、日本的，只看好坏。"

"你也说了是大师嘛，我可没那么高的境界，还特别肤浅，说什么只看好坏，我还是希望全世界都知道这些好东西是我们的。"

"然后呢？"

"什么然后？"崔念念不解地看着他。

"知道是我们的了，然后呢？你就多块肉了？"

"这不是多不多块肉的问题，是民族自豪感啊。"

"能当饭吃？"

他们果然是聊不到一块儿去的！

萧湛虽然嘴上说着那些不以为意的话，但事实上，他或多或少还是有些被崔念念影响了。

民族自豪感这种东西，坦白说，他还真没有认真考虑过，可是冷静下来想想，他才突然发现有些东西的确是不需要刻意去考虑，而是与生俱来的。

就好比他在听到别人说泥金画漆模仿莳绘时会感到不适，甚至还差点儿跟那两个人争论。他其实并没有自己想象的那么不在乎，只是他的生存环境不允许他在乎……而他似乎也从未想过要去改变什么，习惯了奉承、讨好。哪怕是他对一些主流观点有意见，也会选择沉默，不愿去做那个异类，所以他才做不到像崔念念那样把漆艺当作一种信仰去对待，又或是像薛齐和封趣他们那样固执地坚守着"三端"。

封趣曾说过的"民族品牌"，直到现在他才隐隐有些明白。

当天晚上他就约了薛齐见面，他知道，自己这个行为可能只是一时冲动，也许只需要睡一觉这种冲动就会荡然无存，但他还是决定趁着这股冲动去做些什么。

见面地点在薛齐下榻的酒店附近，是一家居酒屋，他特意在微信里说了想跟薛齐单独聊聊。

庆幸的是，薛齐单独赴约，并没有把封趣带来。

老实说，萧湛还没有做好心理准备去接受她和薛齐的关系，若是真的见到他们俩手牵着手出现，他的冲动可能会被妒恨吞噬……

"想聊什么？"薛齐率先打破了沉默。

"那家投资公司有问题。"萧湛开门见山，趁着自己还有勇气，速战速决。

薛齐微微蹙了下眉，问："什么问题？"

"增满正昭猜到了你融资只可能是一个目的，那就是对付'增满堂'，他想让你搬起石头砸自己的脚。"

"所以你来'三端'的目的是促成我和那家公司合作？"

"嗯……"

薛齐轻笑了一声："我猜增满正昭应该不会在你刚偷了我们的创意之后还派你来做这种事，是你主动请缨的？"

萧湛默默点了点头。

"那为什么现在又要告诉我真相呢？"薛齐问。

"我不想玩了。"

"嗯？"薛齐不解地哼了一声。

"我曾经真的很讨厌你，即便是在你消失的七年里，你仍然一直活在我和封趣之间。我以为把‘三端’卖了就能彻底把你从她心里铲除，可你为什么偏偏要在这个时候回来呢？你让我觉得我好像生来就注定只能是你的手下败将，我竭尽全力，你却还能轻轻松松地赢我，我不甘心，所以向增满正昭主动请缨。我知道你始终防着我，所以那天你去那家投资公司的时候我故意出了车祸。我甚至想过反其道而行，让你觉得那家公司有问题，也许你反而会上钩，但我突然想不出继续下去的理由了。”

“你这是打算正式放弃封趣了吗？”

“不放弃还能怎样？”萧湛苦笑了一声，继续道，“更何况，我们都清楚，我们之间的斗争早就跟封趣没有多大关系了，我纯粹只是想要用赢你来证明自己而已。”

“那是你的想法，对我而言，如果我们不是情敌，完全可以做朋友。”

“朋友？”萧湛笑出了声，“你的心可真大，不怕我又坑你吗？”

“那就互相纳个投名状吧。”

萧湛愣了愣，竟然对这个提议有几分心动：“怎么纳？”

“我先来好了。”薛齐直勾勾地看着他，道，“那家投资公司已经没有问题了。”

“什么意思？”

“想知道？”薛齐扬了扬眉，“那接下来就该你来纳投名状了，你告诉增满正昭，我上当了，打算跟那家公司合作，等资金链充足之后，我就会对外宣布‘三端’要收购‘增满堂’。”

萧湛很快就明白了他的意思：“你想上演蛇吞象？”

“你觉得我吞得了？”

“难。”

“那吞他个象牙呢？”

“呃……”

“有没有兴趣一起玩？”

“我有什么好处吗？”

“没有，图个痛快罢了。”

"玩吧。"

该怎么说呢？也许薛齐是无意的，也许是真的能够看透人心，总之，萧湛迄今为止的人生中唯独缺了"痛快"二字。

面对他爸，他隐忍自卑甚至一度差点儿自弃，始终没能痛痛快快地闹过一场。

面对封趣，他瞻前顾后、算计得失，始终没能痛痛快快地爱过一场。

面对增满正昭，他违心屈就、小心谨慎，始终没能痛痛快快地活过一场。

或者，他对薛齐的恨意更多源自羡慕，羡慕薛齐能时隔这么多年逆袭反扑，羡慕他的酣畅淋漓。

封趣一直等到半夜十二点多才把薛齐给等回来，这期间她把各种最坏的情况都想了个遍，甚至包括萧湛一怒之下杀人埋尸，差点儿就想报警了！

以至于当薛齐终于回来时，她激动地扑过去就是一个拥抱。

薛齐下意识地接住了她，任由她像只无尾熊似的赖在他身上，笑着调侃道："就这么想我吗？"

"是啊……"熟悉的气味让她安心了不少，她跳了下来，仔细检查起他的身体，"你没事吧？没受伤吧？没跟他打架吧？"

"小孩子才打架，成年人只会悄无声息地把对方玩死。"

"……所以你把萧湛玩死了？！"

"心疼了？"

"跟你说正经事呢！"

薛齐脱去外套，在酒店套房客厅的沙发上坐了下来，顺势把封趣拉进怀里，让她坐在他腿上："什么事都没发生，只是聊了一会儿而已。"

"这哪是一会儿啊！你看看现在都几点了……"她拿起薛齐的手腕，戳了戳他的手表，"你们聊什么聊了近五个小时啊？"

"聊接下来该怎么跟增满正昭玩。"

封趣微微一愣："他都跟你坦白了？"

“嗯。”

“你也跟他坦白了？”

“礼尚往来嘛。”

“往来你个头啊，你就不怕他们还有个局中局吗？假装对你坦白，诱骗你说出计划，最终把你玩死。”

“嗯，也不是没有这种可能。”他当然也想到了这种可能性，“但我宁愿相信人性本善。”

“你这么天真是要吃亏的呀！”

“吃不了，不是还有你在嘛。”他将头埋在她的发间，嗅着那股淡淡的香气，感觉分外踏实。

“得了吧……”封趣没好气地推开了他的头，“说你胖你还喘上了是吗？就你还能吃亏？还能相信什么人性本善？我呸，根本就是因为萧湛是枚必不可少的棋子，当初你之所以答应让他来‘三端’就是算好了也许迟早有用得到他的那一天。”

薛齐失笑出声：“你都知道还担心什么？”

“嗯……”她支吾了一会儿，道，“萧湛其实也挺可怜的，你也别太过分了。”

“你果然还是在心疼他啊。”

“不是……我是担心你……”

他很快就明白了封趣的意思，轻声给出承诺：“说是棋子，但我绝不会利用完就丢，也做不出弃车保帅的事，放心吧。”

“嗯……”她抿了抿唇，突然转过身，伸出双手捧着他的脸颊，一本正经地道，“你要记住，你是屠龙的人，千万不能慢慢也长出龙鳞来。”

“要真长出来了，你就帮我刮了吧。”

“会很疼哦，万一你到时候疼到开始讨厌我甚至恨我了怎么办？”

“我又不是没恨过你。”

“呃……”

“但我总会一次又一次地重新爱上你。”

“这辈子我大概是逃不出你的手心了。”

“我还不是一样……”

尾声 外面的世界太危险

“三端”与“增满堂”中国分公司之间长达一年半之久的控股权大战终于落下帷幕，说不清到底谁输谁赢，双方的一系列操作被金融圈看作是教科书式的演绎，甚至还被当成蛇吞象的经典案例。

不少财经媒体想要做出更为细致的独家报道，最终当然还是吴澜占据了得天独厚的优势让“我闻”又一次赚了一大波点击率和转发量。

“我闻”的这篇报道格外细致地梳理了整件事。

首先当然得从“增满堂”中国分公司的背景说起，当年“增满堂”进入中国市场时，增满正昭为了能够让分公司在中国独立上市而与诺康投资合作，诺康一直都是“增满堂”中国分公司背后的最大控股方。

两年前，“三端”成功挂牌上市，引入融资，同年，诺康投资开始逐渐对“增满堂”中国分公司减持，显然增满正昭想逐渐将中国分公司一并私有化。

大战的苗头在那个时候已经显现，增满正昭这么做无非是希望之后跟“三端”对峙时不必顾虑任何股东。

然而，“三端”在诺康彻底退出“增满堂”分公司而增满正昭个人还在筹措资金时，突然发布公告，称将通过二级市场增持“增满堂”中国分公司的股份。当时“三端”的市值甚至连“增满堂”的一半都不到，巨大的体量差异让绝大部分人认为薛齐是在痴人说梦。

但业内人士都能看明白，“三端”这个时机掐得无比精准，此时的“增满堂”分公司恰好没有了控股股东，而增满正昭的现金流未必跟得上。

只是让所有人都没想到的是，增满正昭引进白衣骑士，突然和一家日本投资公司谈成合作，转让 0.7 亿股，同时“增满堂”中国分公司作为合伙人持有对方 47%的股份。有趣的是，这位白衣骑士正是当时融资“三端”的，局面瞬间逆转，看起来更像是“增满堂”中国分公司即将完成对“三端”的收购。

一个月后，“三端”再次发布公告，称已持有“增满堂”中国分公司6%的股份。

“增满堂”中国分公司启动毒丸计划，即低价增发大量新股，以稀释“三端”的股份占比，同时增加了收购成本。

本来局面演绎到这个地步，虽说双方都没得到什么，但正常情况下“三端”多半是已经被逼退了。

可是，仅仅过了半个月，白衣骑士突然反水，“三端”对“增满堂”中国分公司的控股瞬间上升到24%，已逼近持股比例接近30%的要约收购线。遭受重创的增满正昭终于意识到他一开始就被薛齐摆了一道，他找的白衣骑士早就已经是薛齐的人，无奈之下，增满正昭亲自走访，说服了二十多个小股东签署一致行动协议，合计持股达到了23.2%，双方股权再度拉近。

自此“三端”和“增满堂”便进入了长达半年之久的僵持战，谁也没能更进一步，但又都不愿意退让。

表面看起来这就是一场完全没有输赢的战争，薛齐并没有如同最初公告所说的那样完成对“增满堂”中国分公司的收购，但是同样，增满正昭也并没有完全防守住。

事实上，薛齐已经赢了，以“增满堂”的品牌效应来看，他完全可以通过股权升值获得收益，而谁也说不准他哪天会突然放出“增满堂”的股权，到时候二级市场恐怕又是一阵混乱，甚至可能会有无数后来者效仿他，增满正昭终究会疲于应付。

增满正昭主动去找薛齐提出和解，只不过是时间问题了。

随着这场大战一起跃入众人视线的除了薛齐还有另外两位人物——萧湛和施易。

当然，其中收获人气最多的莫过于萧湛，他的那些小迷妹原先只知道他是漆艺匠人里最帅的，现在还是漆艺匠人里金融游戏玩得最厉害的！

只不过在这场控股大战即将收官时，他失踪了。

至于失踪的原因……

“罗夏可这个贱女人！要是杀人不犯法的话我非得弄死她！最好

别让我再碰到，不然我见她一次打她两次！”崔念念咬牙切齿地怒骂着。

原本就不大的新娘休息室，已经被她的怒气填得满满当当。

吴澜淡淡地瞥了她一眼：“你活该，谁让你骗萧湛说你得了绝症？”

“那也是他小时候先骗我的！”

“小时候那叫童言无忌，到了你这岁数就是欺骗别人的感情了。”

“就算我欺骗他的感情好了，他有必要玩失踪吗？失踪前还特意打电话问我到底什么时候死！”

“他那也是被你气的嘛，你当什么真啊。”童佳芸拍了拍她的肩安慰道。

“我才气呢……”崔念念嘟起嘴，气势忽然就软了下来，“我还以为他喜欢我呢，都已经在认真考虑了，结果他对我所有的好就只是同情啊……”

说着说着，她居然哭起来了，并且有越哭越凶猛的架势，任凭吴澜和童佳芸怎么劝都没用。

封趣刚换完迎宾婚纱，走出来见到的就是这一幕……

为什么要在她的婚礼上哭啊？太不吉利了啊！

另一头，吴澜和童佳芸朝她抛去求救的目光，这种混乱的场面，大概只有封趣有办法了。

为了让自己的婚礼能够顺利进行下去，封趣决定——

“薛齐请萧湛做伴郎。”

一句话成功让崔念念的哭声瞬间打住。

崔念念眨着眼睛，呆呆地看着封趣，睫毛上还挂着泪珠，看起来楚楚可怜。

半晌她才回过神来：“快！快帮我补妆！”

后来……

封趣和薛齐大概是唯一一对结婚时没有伴娘和伴郎的人了吧？说不清到底是伴郎把伴娘拐跑了，还是伴娘把伴郎拖走了。

为什么不是童佳芸和印好雨当伴娘和伴郎呢？因为这两个人速度比他们还快。

好在婚礼蛋糕够大，大得有些离谱，让整个舞台看起来颇为拥挤，以至于就算没有伴郎和伴娘看上去还是挺和谐的。

只是切蛋糕的时候有点儿辛苦。

“薛齐，我有个问题想问。”

“叫老公。”

“老公。”

“嗯，你想问什么？”

“你到底为什么要订这么大的蛋糕？”整整十层啊！要不要这么夸张啊？有钱也不能这么浪费啊！

“我不是说好每年都要给你买生日蛋糕的吗？”

“可是今天也不是我的生日啊……”就算是生日，也不用十层蛋糕啊！

“我不是还说过，中间空白的这些年以后找机会给你补上吗？”

她想起来了，他确实说过，在很早之前，他们刚重逢的时候。

当时她以为那就是一句玩笑话，现在看来，这人是早就有预谋了！

嫁给薛齐的这一天，封趣意识到了——也许她从六岁那年起就掉进了他所布好的陷阱里，这辈子都出不来了。可是，出来干什么呢？外面的世界太危险，他把她藏在里头保护起来，多好。

< 全文完 >

图书在版编目（CIP）数据

人生苦短甜长 / 安思源著 . -- 成都：四川文艺出版社，2020.5

ISBN 978-7-5411-5638-0

Ⅰ. ①人… Ⅱ. ①安… Ⅲ. ①言情小说—中国—当代
Ⅳ. ① I247.5

中国版本图书馆 CIP 数据核字 (2020) 第 036724 号

RENSHENG KUDUAN TIANCHANG

人生苦短甜长

安思源 著

出品人　张庆宁
出版统筹　刘运东
特约策划　刘丽伟
特约监制　王兰颖
责任编辑　邓　敏
特约编辑　薛天舒　苗玉佳
封面设计　苏　涛
封面插画　陈　漫
责任校对　汪　平

出版发行　四川文艺出版社（成都市槐树街2号）
网　址　www.scwys.com
电　话　028-86259287（发行部）　028-86259303（编辑部）
传　真　028-86259306

邮购地址　成都市槐树街2号四川文艺出版社邮购部　610031
印　刷　北京永顺兴望印刷厂
成品尺寸　145mm×210mm　开　本　32开
印　张　9.75　字　数　290千字
版　次　2020年5月第一版　印　次　2020年5月第一次印刷
书　号　ISBN 978-7-5411-5638-0
定　价　38.00元